虞美人草

くびじんそう

夏目漱石

劉子倩◉譯

一

「這路可真遠啊。本來應該是從哪上來？」

一人駐足拿手帕擦汗。

「我也搞不清楚。不過無論從哪上來都一樣。反正山就在那頭。」

臉孔和身材都很方正的男人隨口回答。

從翹起的褐色帽簷下挑起濃眉仰望，頭頂上有春日微茫的天空無垠蔚藍，叡山[1]就屹然聳立在這片彷彿一吹便會隨之搖曳的柔和中，似乎在向他們挑釁。

「這山真是頑固得可怕。」方臉男挺起方正的胸膛，微倚櫻木手杖說，「不過都已看得那麼清楚了，小意思。」這次話中對叡山帶有輕蔑。

「已看得那麼清楚？這座山打從今早我們離開旅館時就看見了。來到京都如果看不見叡山那還得了。」

「所以看得見不就好了。別廢話那麼多，只要繼續走自然會到山頂上。」

1 叡山，聳立在京都東北方的「比叡山」的俗稱。

瘦高的男人沒回話，脫下帽子在胸前搧風。唯有平時被帽簷遮住，未被春日染黃油菜花的豔陽照到的寬闊額頭蒼白得醒目。

「喂，現在就休息可麻煩了，趕緊繼續走吧。」

對方任由汗濕的額頭暴露在春風中，彷彿恨不得濕黏的黑髮倒立飛起，一手握著手帕，也不管是額頭還是臉孔就胡亂擦拭一通，甚至連頸窩邊上也沒放過。對於方臉男的催促充耳不聞，

「你剛才說那座山很頑固是吧？」他問。

「嗯，看起來文風不動。就像這樣。」方臉男說著聳起方正的肩膀，用空著的那隻手比劃出類似蠑螺的形狀，同時擺出本大爺也不動如山的架勢。

「所謂的文風不動，應該是能動卻不動的時候吧。」瘦男人細長的眼角斜覷對方。

「沒錯。」

「問題是那座山能動嗎？」

「哈哈哈，又開始了。你這傢伙生來就是為了講廢話。快走吧。」方臉男說著迅速將櫻木手杖扛到肩上，隨即邁步走出。瘦高男子也把手帕放回懷裡邁開步子。

「早知如此今天應該在山端的平八茶屋[2]玩一天。現在就算爬上去也會卡在半山腰不上不下。距離山頂到底有幾里？」

「距離山頂一里半。」

「從哪算起？」

「誰知道，只不過是京都的一座小山。」

瘦男人不發一語默默微笑。方臉男盛氣凌人地繼續說：

「和你這種只會紙上談兵的男人一起旅行，會錯過各種好風景。帶你出來真倒楣。」

「跟著你這樣莽撞地跑出來我也覺得很倒楣。先不說別的，是你把我帶出來的，卻連該從哪登山、看甚麼風景、從哪下山都毫無計畫。」

「怕甚麼，這點小事有甚麼好計畫的，只不過是那樣一座山罷了。」

「你看不起那座山無所謂，但你知道那座山標高幾千尺嗎？」

「那麼無聊的事我哪知道——難不成你知道？」

「我也不知道。」

「你看吧。」

「那你也犯不著這麼跩吧。你還不是一樣不知道。就算彼此都不知道山有多高，起碼該知道去山上要參觀甚麼、得花多少時間，否則無法按照預定的行程進行。」

2 山端的平八茶屋，位於比叡山登山口的山端，乃知名料理店。明治維新前以河魚料理著稱。

「無法進行的話只要重來就好。像你這樣胡思亂想瞎操心的時間，已經足夠重來幾百遍了。」方臉男說著繼續走。瘦男人也沉默地跟上。

從七條到一條[3]，橫貫春天可以輕易成詩的京都市區，高野川如溫水沖激的一匹白布自煙柳之間數遍河灘，沿著向北蜿蜒的長路約莫行了二里有餘後，山脈逼近左右，腳下奔流的潺潺水聲也迂迴曲折，此起彼落地響起。入山後春意漸深，若走進山中最深處想必還有殘雪春寒。仰望山峰，只見沿著山腳坡面劃過暗影的山路上，大原女[4]正從對面走來。牛來了。京都的春天有如老牛滴滴答答撒尿，漫長且沉靜。

「喂——！」落後的男人駐足，呼喚走在前頭的友人。呼喚聲沿著曬得白花花的山路，被春風推送悠揚至盡頭，撞上芒草叢生的山壁時，在前方一百米處移動的方正影子倏然映入眼簾。瘦男人高舉細長的手臂，朝對方搖晃兩下示意回頭。只見櫻木手杖在暖陽照耀下倏然在肩頭光芒一閃，隨即人已走回來。

「叫我幹嘛？」

「你還好意思問我。應該從這裡上去。」

「從這種地方爬上去嗎？有點怪呢。走這種獨木橋好奇怪。」

「像你這樣悶著腦袋一直往前走恐怕會走到若狹[5]。」

「就算走到若狹也沒關係，但你熟悉此地的地理環境嗎？」

「我剛才問過大原女了。她說過了這座橋，朝那條小路向上走一里就會到。」
「那是到哪裡？」
「叡山頂上。」
「會到叡山頂上的哪裡？」
「那我就不知道了。得上去才知道。」
「哈哈哈，看來你這樣的計畫狂也有沒打聽到的地方啊。這就叫千慮一失[6]嗎？好吧，那就聽你的過橋吧。接下來要爬山喔。怎麼樣，你走得動嗎？」
「走不動也沒法子啊。」
「原來如此，不愧是哲學家。只要頭腦再清醒點就可以出師了。」
「隨你怎麼說都行，你還是先走吧。」
「你會隨後跟上來嗎？」
「總之你走就對了。」

---

3 從七條到一條，京都市區道路呈棋盤狀，從「七條通」到「一條通」都是橫貫東西的大道。
4 大原女，來自京都郊外的大原山村，頭頂著木柴或蔬菜至京都市區叫賣的女人。
5 若狹，現在的福井縣西部，面臨若狹灣。翻越叡山後有一條若狹街道通往若狹，但路途遙遠。
6 千慮一失，出自《晏子春秋．雜下十八》，「聖人千慮，必有一失；愚人千慮，必有一得。」

「如果你會跟上那我就走。」

兩人相繼越過顫巍巍架在溪上的獨木橋，身影隱沒在遍山雜草叢中勉強以一縷微力闢出的小徑。雜草帶著去年的冰霜就此枯萎，被太陽透過微雲從正上方照射的日影蒸烤，熱得人兩頰發紅。

「喂，甲野兄。」方臉男說著轉身。甲野挺直和細長山路很相稱的細長身軀站著不動，低頭應了一聲「嗯」。

「你快要投降了吧。真是不中用的傢伙。你看看那下面。」他說著將櫻木手杖從左向右揮了一圈。

揮舞的手杖尖端指向的遠方，只見高野川如一絲銀帶射入眼中，左右是恣意怒放幾乎燃盡整片草原的油菜花，背後是扁平黏貼的淡紫遠山描繪出縹緲的彼方。

「的確是好風景。」甲野頎長的身子轉過來，勉強維持危險的六十度角站立。

「不知不覺居然已經爬到這麼高了嗎。真快啊。」宗近說。宗近就是方臉男的名字。

「想必和人在不知不覺中墮落或頓悟是一樣的道理吧。」

「就像從白天變成黑夜，從春天變成夏天，從青年變成老人嗎？那我早就明白了。」

「哈哈哈，對了，你幾歲了？」

「與其問我幾歲，重點是你幾歲。」

「我知道自己幾歲。」
「我也知道啊。」
「哈哈哈，看來你果然想打馬虎眼。」
「誰打馬虎眼啊，我清楚得很。」
「所以你到底幾歲？」
「你先說。」宗近不為所動。
「我二十七。」甲野不假思索頂回去。
「是嗎，這樣說來，我也二十八了。」
「這麼老啊。」
「開甚麼玩笑，我們才差一歲而已。」
「所以彼此彼此。我是說彼此都老了。」
「嗯，彼此彼此啊，那我就放你一馬，否則如果只說我老……」
「你就不放過我嗎？會這麼計較表示你還太嫩。」
「幹嘛在登山途中瞧不起人。」
「喂，你杵在坡道上會擋到路。退後一點。」
一個神情悠哉的女人說聲借過，沿著百轉千折沒有三十尺直路的坡道走下來。比身子還高的成綑粗柴，壓在她濃密的黑髮上，她用頭頂著也沒伸手扶，就這麼經過宗近身旁。撥開枯草叢的背影，特別醒目的是斜切過深藍色棉布粗服在身子中央交叉的紅色布帶。即便相隔一里她也說就在那邊不遠，她遙指的稻草屋頂看似就在指尖上，那八成是她的家吧。此地仍保有昔日天武天皇落難[7]時的模樣，拖曳的煙霞封鎖八瀨山村看似平和悠閒。

「這一帶的女人都很漂亮。真厲害。簡直如詩如畫。」宗近說。

「那就是所謂的大原女吧。」

「哪裡，是八瀨女。」

「我可沒聽說過八瀨女。」

「就算沒聽過也肯定是八瀨女。如果不相信，下次再遇到你可以當面問人家。」

「我又沒說不相信。不過那種女人不是統稱為大原女嗎？」

「一定嗎？你敢保證？」

「那樣更有詩意。至少感覺很風雅。」

「那就暫時當成雅號使用吧。」

「雅號是個好東西喔。世上有各式各樣的雅號。有立憲政體、萬有神教，還有忠信孝悌，甚麼樣的玩意都有。」

「原來如此，就像冒出一大堆蕎麥麵店都叫『藪屋』，牛肉店全都叫做『伊呂波』[8]。」

「沒錯，彼此自稱『學士』也是同樣的例子。」
「無聊。如果要這樣歸結，那雅號不如廢除。」
「今後你應該會取得外交官的雅號吧？」
「哈哈哈，那個雅號很難取得。因為主考官裡沒有懂得風雅的人。」
「你已經落榜幾次了？三次？」
「胡說。」
「不然是兩次？」
「搞甚麼，你明明就知道。小弟雖不才但落榜也就僅此一次而已。」
「報考一次落榜一次，所以我看你下次恐怕也……」
「如今不知得考幾次，我也有點不安。哈哈哈哈。到時我的雅號就叫那個好了，不過你到底要幹甚麼？」
「我嗎？我要登叡山呀。——喂，你不要用後腳踢石子。跟在你後面會很危險。——唉，累死了，我要在這裡休息一下。」甲野說著，砰的一聲仰倒在乾枯的芒草叢中。

7 天武天皇落難，壬申之亂時，天皇曾逃到比叡山山麓的八瀨避難。
8 伊呂波，畫家木村莊八的父親木村莊平，替每個情人在東京各開了一間「伊呂波」牛肉店讓情人經營。

「咦，你已經陣亡了嗎？嘴上講著各種雅號，卻還是沒力氣登山啊。」宗近拿那根櫻木手杖，在躺臥的甲野頭部上方敲來敲去。每次一敲，手杖尖端就會鏟倒芒草沙沙作響。

「起來吧。馬上就到山頂上了。就算要休息，也等攻頂之後再慢慢休息。快點起來！」

「嗯。」

「嗯甚麼嗯，你怎麼了？」

「我快吐了。」

「要嘔吐陣亡了嗎？唉呀呀。那就沒辦法了。我也休息一下吧。」

甲野把烏黑的腦袋塞進泛黃的雜草之間，帽子和傘都扔在坡道上，仰臥眺望天空。他那稜角分明顴骨突起的蒼白臉孔，和無垠天際浮雲悠然消失的廣闊天界之間，沒有絲毫遮蔽之物。嘔吐是朝地面吐。而他迎向遠空的眼中，唯有脫離地面，脫離世俗，脫離古今人世的萬里長天。

宗近脫下米澤絲綢外掛，簡單折起後暫時搭到肩上，隨即又改變主意，從懷中伸出雙手，一眨眼已脫去上衣。露出裡面的背心。從背心裡面冒出毛茸茸的狐皮。這是去過中國的朋友給他的禮物，是他心愛的背心。古人說千羊之皮不如一狐之腋[9]，他總是穿著這件背心。因此穿在裡面的狐皮已斑駁，脫毛的情況很嚴重，可見這肯定是隻難纏的野狐狸。

「先生要登山嗎？需要我帶路嗎？呵呵，怎麼躺在這種地方。」又有穿深藍色棉衣的女人走下山來。
「喂，甲野兄。人家笑你躺在這種怪地方呢。你被女人嘲笑了喔。還是趕緊起來繼續走吧。」
「女人就是愛嘲笑人。」
甲野依然眺望天空。
「你這樣泰然自若地賴著不走，我可傷腦筋了。你還想吐嗎？」
「一動就會吐。」
「真麻煩。」
「一切嘔吐都是因為動才會吐。俗世無數嘔吐皆來自『動』之一字。」
「搞了半天你根本不是真的想吐啊。無聊。我本來還真有點緊張，深怕萬一你情況嚴重，我得扛著你一路走下山呢。」
「不用你雞婆。我可沒求你。」
「你這人真不可愛。」
「你到底懂不懂可愛的定義？」

9 千羊之皮不如一狐之腋，出自《史記》，意思是千張羊皮不如一隻狐狸腋下的皮毛珍貴。

「說來說去，你就是不打算離開這裡一步是吧？沒用的傢伙。」

「所謂的可愛——是擊斃比自己強大者的柔性武器。」

「照你這麼說，冷漠應該是使喚比自己弱小者的銳利武器囉？」

「哪有那種邏輯。要動就必須可愛。知道一動就會吐的人哪有心思裝可愛。」

「你可真會狡辯。那我要先走了，可以吧？」

「隨便你。」甲野依然眺望天空。

宗近把脫下的雙袖綁在腰上，把裹在小腿的直條紋衣襬撩起，折進同樣用白色縐綢做成的腰帶。將之前折起的外掛搭在櫻木手杖尖端，隨即一邊大聲嚷著「一劍走天下」，一邊沿著十步就走到盡頭的山徑險路飄然左轉就此消失蹤影。

之後是一片寂靜。萬物靜定，得知安靜之中寄託吾人一脈性命時，血潮貫通這乾坤天地之間肅然流動，卻又在無聲寂定裡視形骸為土木，且依稀帶有生氣。抱著渴求生存的自覺，捨棄活著必然會有的種種負擔，就像出釉之雲，天空的朝夕變換，是超越一切拘泥的蓬勃生氣。唯有一腳跨進這古往今來皆成空，遍歷東西南北的世界外的世界——否則真想變成化石。想變成一顆吸盡橙紅青藍黃與紫，不知還原本來五彩色澤的漆黑化石。再不然就一死了之。死是萬事之終。亦是萬事之始。無論積時成日，積日成月，積月成年，到頭來無非是累積一切成一抔黃土。墳墓這頭的一切紛擾瑣事，猶如在一重肉體之隔的因果，注入無法滲入乾枯骸骨的人情油脂，倒有種徒然讓屍骸跳長夜之舞的滑稽。擁有遐遠之心者，理當憧憬遐遠國度。

任由思緒紛飛的甲野終於爬起來了。他不得不繼續走。不得不觀看並不想看的叡山，磨出無數不必要的水泡，留下這趟無用的登山痕跡，充作兩三天的痛苦紀念。痛苦的紀念若屬必要，他早已多到白髮蒼蒼都數不盡。多到撕心裂肺深入骨髓也不消失。何須再讓腳底磨出十幾二十個水泡——他低頭朝自己剛要跨上鋒利石塊的短靴鞋跟一看，頓時石頭冷然滾動，他剛踩上去的腳霎時滑行二尺。甲野小聲吟詠：

「不見萬里路。」

正拄著洋傘爬上艱險山路，突然出現崎嶇陡坡，彷彿要引誘登山者上天般直逼帽簷前。甲野掀起帽簷，從坡下筆直仰望山坡盡頭的頂端。再從坡頂仰望平淡中瀰漫無限春色的遼闊天空。這時，甲野同樣小聲地吟詠出第二句：

「只見萬里天。」

登上草山，在雜樹林之間走上四、五段，肩膀以下忽然變暗，鞋底似乎很潮濕。山路沿著山脊由西向東，雜草驟然絕跡後立刻進入森林。在這片將近江[10]天空染成深色的森林裡，

---

10 近江，現在的滋賀縣，江州。

一旦靜止，只見上方的樹幹與更上方的枝椏連綿幾重幾里，彷彿從古至今的綠意年年重疊加深。葉底掩埋二百山谷，掩埋三百神轎，掩埋三千惡僧猶然綽綽有餘，埋盡三藐三菩提的佛陀，森然聳立半空的，是傳教大師[11]以來的杉樹。甲野踽踽獨行這杉樹下。

杉樹根向左右伸展，雙手遮擋行人去路，不僅穿土裂石深入地磐，尚有餘力波及陰暗的山路，將路面層層橫斷為二寸高。替甲野即將登上的石梯鋪上天然形成的枕木。他將那踩起來很舒服的階梯視為山靈的恩賜，氣喘吁吁地拾級而上。

「這裡！這裡！」

茂密的石松逼近前方的杉樹，似從黑暗中傾瀉而出般匍匐滿地幾乎纏住雙腳，越過石松後，沿著拖曳的長藤，只見伸手不及之處有即將枯萎的羊齒，在無風的白晝輕輕搖曳。

宗近突然在頂上發出天狗般的叫聲。走在枯草腐爛堆積成土的地面，一腳踩下，鞋子就軟綿綿陷進去，甲野好不容易才靠著洋傘施力登上天狗座[12]。

「善哉善哉，我已在此等候多時。你到底在磨蹭甚麼。」

甲野只應了一聲，猛然將洋傘往地上一扔，跌坐在那上面。

「你又要吐了？嘔吐之前先看看那邊的景色。看到那個，你就算想吐也會遺憾地收回念頭。」

宗近用那根櫻木手杖指向杉林。參天巨樹亭亭並立的縫隙之間，可以清晰看見近江的湖泊波光粼粼。

「原來如此。」甲野凝眸遠眺。

用光滑如鏡來形容還不夠。彷彿是叡山的天狗們忌憚以琵琶為名的明鏡神光，趁著夜裡偷喝神酒的醉意，朝湖面吹去整片氤氳酒氣——沉入發光的湖底後，原野山林之間的朦朧熱氣匯集在巨人的調色盤上，只刷上一抹瀲灩春色，模糊拖曳至十里之外。

「原來如此。」甲野又說一次。

「就只有一句『原來如此』？不管給你看甚麼你都不會開心。」

「給我看？這又不是你創造的。」

「你們這些哲學家往往就是這麼忘恩負義。整天學些不孝的學問，也不和外人打交道……」

「那可真是抱歉。——不孝的學問嗎？哈哈哈！欸，可以看見白帆呢。你瞧，就在那座小島的青山前——完全不動呢。不管看再久都不會動。」

「那船帆真無趣。不乾不脆的就像你。不過很漂亮。咦，這邊也有喔。」

11 傳教大師，叡山延曆寺的開山始祖最澄（767-822）的諡號。與空海（弘法大師）齊名。
12 天狗座，傳說中曾有天狗住在比叡山，因此有此俗稱。

「更遠處的紫色岸邊也有。」
「嗯，有有有。無聊透頂。千篇一律。」
「簡直如在夢中。」
「你說甚麼東西？」
「這還用問，當然是眼前的景色。」
「這樣啊。我還以為你又想起了甚麼。我告訴你，做事情就是得雷厲風行。光是袖手感嘆如在夢中是不行的。」
「你到底在說甚麼？」
「我說的話也同樣如在夢中嗎？哈哈哈，對了，將門[13]是在甚麼地方口吐氣焰大放厥詞的？」
「應該是對面。因為當時他正俯瞰京都。不是在這頭。那傢伙也是笨蛋。」
「你說將門嗎？嗯，與其口吐氣焰，還是吐出嘔吐物更像個哲學家。」
「哲學家哪會吐出那種東西。」
「那你是說真正的哲學家只剩下腦袋，只知思考嗎？簡直像達摩不倒翁。」
「那個朦朧的小島不知是甚麼島。」
「那座島嗎？還真是縹緲呢。大概是竹生島[14]吧。」

「真的嗎？」
「哪裡，我隨便說的。總之雅號這種東西，我向來主張只要品質牢靠其他的都不重要。」
「世上哪有那麼牢靠的東西，所以才需要雅號。」
「人間萬事如夢嗎？傷腦筋。」
「唯有死亡是真實的。」
「我可不想死。」
「若不直面死亡，人就改不了三心二意的毛病。」
「改不了沒關係，總之我絕對不想死。」
「就算不想死，死亡遲早也會降臨。到那時才會幡然醒悟。」
「誰幡然醒悟？」
「喜歡耍小伎倆的人。」
只要下山進入近江平野就是宗近的世界。從高遠、陰暗、陽光照不到的地方，遙不可及地遠眺春意爛漫的和煦世間，則是甲野的世界。

13 將門，平安時代的關東豪族平將門，從四明岳頂上的岩石俯瞰皇居，遂生野心宣稱要奪取天下。
14 竹生島，位於琵琶湖北部的小島。

二

這是個彷彿以豔紅包裹三月的白晝暖陽中，萃取春天的一點濃紫，鮮明滴落在天地沉睡中的女人。讓夢的世界比夢更鮮明的黑髮，在淩亂堆疊的鬢上，插著一根細長金簪，簪頭鑲嵌用彩虹貝雕刻得栩栩如生的紫羅蘭。安靜的長日，心魂彷彿已飄向渺遠世界，但女人的黑眸一動，觀者就會立刻回神。半滴暈染中，偷得瞬間短暫，形成疾風威力的，是在春光中壓制春意的深邃眼眸。溯著這眼眸窮極魔力之境時，桃源化為白骨，再也無法回歸塵寰。這不是普通的夢。在模糊的廣袤夢境中，一顆燦爛的紫色妖星逼近眉睫，彷彿在命令人至死都得看著它。女人穿著一襲紫衣[15]。

女人在這安靜的午後，靜靜抽出書籤，在膝上閱讀沉重的燙金書籍。

「……跪在墓前說。我用這雙手——用這雙手埋葬你，如今這雙手也失去自由。被捕後身在遙遠異鄉雖無法親至，但請記住，這雙手只為你掃墓，這雙手只為你焚香。在有生之年，莫邪[16]也難以讓我們分離，唯有死亡是殘酷的。羅馬的你被葬在埃及，埃及的我，將被葬在你的羅馬。你的羅馬——無視我的深情，拒絕憂心的我，你的羅馬，無情的你就是羅馬的化身。然而，若真有情，羅馬之神對於我將被活生生遊街示眾的恥辱，必然不會在雲端之上袖手旁觀。必然不會讓我成為你的仇人的戰利品。必然不會拋棄被埃及眾神拋棄的我。我的性命是你復仇的遺物。我向慈悲的羅馬之神祈求——請藏起我。請將你我永遠藏在不會受辱的墓底。」

女人抬起頭。蒼白的臉頰緊繃，隱約化了淡妝，單眼皮底下彷彿藏著甚麼，急於看清她藏了甚麼的男人悉數成為她的俘虜。男人目眩地半張開嘴。在嘴巴失守時，此人的意志必然已成為對方的獵物。當女人的下唇刻意流露性感風情，卻又不明確開口的瞬間，被她襲擊的對象必定招架不住。

女人只是如鷹隼自長空搏擊般眨動了一下黑眸。男人默默笑著。勝負已分。與口舌如飛的冒泡螃蟹做烏鷺之爭[17]是最拙劣的計策。風勵鼓行之下被迫訂立城下之盟是最平庸的計策。含蜜吹針、強灌毒酒甚至不能稱之為計策。最高之戰不容彼此交談一語。拈花一笑，即便並非此去八千里，也終究不言又不語。在躊躇的剎那，趁虛而入的惡魔，正中下懷地寫下「迷」，寫下「惑」，寫下「迷失的人子」，眨眼便抽身離去。在人間萬丈紅塵的鬼火，用筆尖

---

15 女人穿著紫衣，文中之後經常以「紫」色暗喻高傲的女主角藤尾。

16 莫邪，中國古代鑄刀師干將之妻，此處指名刀。

17 烏鷺之爭，冒泡的螃蟹形容人口沫橫飛，烏鷺之爭指圍棋黑子與白子的較量。整句話的意思是滔滔不絕地爭論是非黑白。

沾上腥臭的青磷擅自寫下的字跡，縱然用白髮當刷子也無法輕易刷除。一笑就完了。男人不能收回這笑容。

「小野先生。」女人喊道。

「啊？」男人立刻回應，甚至無暇收拾失控的嘴巴。唇角之所以帶笑，是因為半無意識地流露澎湃心潮，任其無所事事流於草書，卻又在即將徹底變形消散之際，煩惱該來的第二波沒來，所以順水推舟的「啊？」就這麼安心地從咽喉滑出。女人本就刁鑽。讓他冒出一聲「啊？」後，半天都沒再發話。

「甚麼事？」男人只好主動又問。如果不接話，好好的默契會被破壞。默契被破壞了會不安。一旦將對方放在眼裡，饒是貴為王侯也會有這種感覺。更何況現在，除了紫色女子之外男人甚麼都看不見，當然會立刻接話。

女人依舊無言。掛在壁龕的容齋[18]作品，描繪的是小松旁梳著稚子髻的近侍，從以前就一派悠閒。穿獵衣騎褐馬的主人，或許是習慣太平無事的殿中生活，也沒有活動的跡象。唯有男人提心吊膽。第一箭沒射中，第二箭也不知射到哪裡。這次如果又沒中，還得再繼續。男人屏氣凝神盯著女人的臉。細瘦的臉孔湧現期待的表情，雖不知女人過於厚重的嘴唇究竟會說出好消息還是壞消息，卻似乎還是希望得到回應。

「你還在那裡？」女人從容不迫說。這是意外的回應。對天拉開的弓，差點讓射出的葫蘆形羽箭射回到自己頭上。男人渾然忘我，只顧著看女人，相較之下女人從一開始就盯著膝上攤開的書，似乎壓根沒把坐在面前的人放在眼裡。可女人其實只是發現這本書燙金精美，這才從男人的手裡搶來開始翻閱。

男人只應了一聲「對」。

「這個女人打算去羅馬嗎？」

女人面露不快地看著男人。小野不得不為「克麗奧佩托拉」[19]的行為負起責任。

「不會去的。絕對不會去。」

他彷彿是在替不相干的女王辯護。

「不去嗎？要是我也不會去。」女人總算被說服。小野僥倖鑽出了黑暗的隧道。

「看莎翁寫的作品，非常立體地呈現出那個女人的個性呢。」

小野才剛出隧道，立刻就想跳上腳踏車奔馳。魚躍深淵，鳶舞長空。小野是住在詩鄉之人。

此地有燃燒金字塔的天空，有擁抱人面獅身像的沙子，有藏於長河的鱷魚，有二千年前

18 菊池容齋（1788-1878），狩野派畫家。
19 克麗奧佩托拉，莎士比亞所著悲劇《安東尼與克麗奧佩托拉》的主角。

的妖姬克麗奧佩托拉與安東尼相擁，任由鴕鳥羽扇輕拂如玉肌膚，是好畫題亦是好詩材。這是小野的拿手本領。

「看莎翁描寫的克麗奧佩托拉會產生一種奇妙的感受。」

「甚麼感受？」

「彷彿被拽入古老的洞穴中再也出不來，正在茫然之際，紫色的克麗奧佩托拉鮮明映現眼前。從色彩剝落的木版畫中，就只有她一人燃燒著紫色火焰冉冉浮現。」

「紫色？你經常提到紫色呢。為什麼是紫色？」

「不為什麼，就是有這種感覺。」

「那麼，是這種顏色嗎？」女人說著倏然將半鋪在榻榻米上的寬袍大袖一甩，掠過小野的鼻尖。小野的眉心深處，突然飄過克麗奧佩托拉的氣息。

「啊？」小野頓時回神。彷彿以駟馬難追的速度掠過天空的杜鵑鳥驟然穿過雨幕底層，女人瞬間流露的異色早已收起，美麗的玉手安然放在膝頭。沉靜得彷彿沒有脈搏。

飄過的克麗奧佩托拉的氣息，逐漸從鼻腔深處溜走。小野眷戀追逐不意間從二千年前喚起的影子，心已被誘往杳窕之境，被帶向二千年的彼方。

「那不是微風吹拂的戀愛，亦非含淚之戀或嘆息之戀。那是暴風雨之戀，是曆本上也沒有記錄的大暴雨之戀。是刀刃相向的生死之戀。」小野說。

「生死之戀是紫色的？」

「不是生死之戀為紫色，是紫色的戀情為生死之戀。」

「你是說斬斷情絲會流出紫色的血嗎？」

「我是說愛情發怒時，砍斷愛情的匕首會閃現紫色。」

「莎翁寫過那種事嗎？」

「這是我對莎翁作品做出的詮釋。——安東尼在羅馬與屋大薇結婚時——使者送來結婚的消息時——克麗奧佩托拉的……」

「紫色被嫉妒濃烈渲染吧。」

「紫色被埃及的陽光燒焦後，冰冷的短刀發光。」

「若是這種程度的濃度應該沒關係吧？」話聲未落長袖已再次翻飛。小野被打斷話頭。就連對於對方有所求時，女人也非得打斷對方說話才滿意。先聲奪人的女人得意地望著男人的臉。

「結果克麗奧佩托拉怎麼了？」壓制的女人再次放鬆操控對方的轡繩。小野不得不邁步向前跑。

「她盤根究底向使者打聽屋大薇。那種問話和責備的方式，讓她的性格更生動，所以很有意思。她沒完沒了地追問使者：屋大薇也像自己這麼高挑嗎？頭髮是甚麼顏色？是圓臉嗎？聲音低沉嗎？多大年紀了……」

「這個不停追問的人自己多大年紀？」

「克麗奧佩托拉應該正好三十歲吧。」

「那她跟我一樣已經是老太婆了嘛。」

女人歪頭呵呵嬌笑。男人被捲入妖異的酒窩中有點不知所措。如果認同女人的說詞，會顯得虛偽。但是否定又顯得太平凡。直到女人的皓齒間閃現一絲金光又消逝，男人始終沒有接話。藤尾這年二十四歲。小野早就知道她和自己相差三歲。

這樣的美人過了雙十年華仍待字閨中，空虛地數著一二三，直到花信之年的今日猶未出嫁著實不可思議。春院徒更深，花影酣欄干，春日遲遲的陽光似乎早早將盡，抱琴猶帶幽恨意，是一般錯過嫁期的世間女子常態，將撣拂塵的陣陣空響聽成琴柱彈琵琶，享受本不該有的音色，這就愈發不可思議了。詳情本就無從得知。我們只能從這對男女的隻字片語之間不時窺視，以莫須有的猜測偷偷占卜曖昧不清的愛情八卦。

「隨著年紀增長，嫉妒也會增強嗎？」女人一本正經地問小野。

小野再次啞然。詩人必須了解人性。對於女人的質問當然有義務回答。但不懂的事情不可能答得出來。沒見過中年人如何忌妒的男人，饒是詩人或文人也答不出來。小野是個擅長玩弄文字的文學家。

「是啊。想必還是因人而異。」

為了不起衝突，他圓滑地含糊帶過。但女人可沒這麼好敷衍。

「如果我變成那種老太婆——現在好像已經是老太婆了，呵呵呵——但我如果到了那個年紀，不知會怎樣。」

「妳——妳怎麼可能會嫉妒，就像現在……」

「我會喔。」

女人的聲音冷然斬斷靜謐的春風。遨遊詩鄉的男人，突然一腳踩空墜入凡間。墜落之後也只不過是凡人。對方正從高不可攀的崖上俯視。男人甚至無暇思考到底是誰把自己踢落到這種地方。

「清姬[20]是幾歲變成蛇的？」

「這個嘛，還是得設定在十幾歲才有戲劇張力。大概十八、九歲吧。」

「安珍呢？」

「安珍應該在二十五歲左右吧。」

20 清姬，「道成寺」傳說的知名主角，愛上僧侶安珍，遭到背叛後化為大蛇緊追不捨，最後將躲在道成寺之鐘裡的安珍燒死。

「小野先生。」

「是。」

「那你幾歲？」

「我嗎——我啊……」

「自己的年齡還得想了才知道嗎？」

「不是——我記得和甲野君是同年。」

「對了，你和我哥哥同年。但我哥哥看起來老很多。」

「哪裡，沒有那回事。」

「是真的。」

「看來我該請妳吃飯。」

「好啊，那就讓你請客。不過，你不是長相年輕。是心態年輕。」

「我看起來像那樣嗎？」

「簡直像小弟弟。」

「真可憐。」

「是真可愛。」

女人的二十四歲等於男人的三十歲。不懂道理不分是非，當然也不知世界為何旋轉為何靜止。她們也不懂在古今遼闊的舞台不斷發展中，自己佔據何種地位，扮演何種角色。只有嘴皮子特別厲害。女人無法應付天下大事，無法與國家周旋，面對群眾時也無法妥善處理。但女人特別擅長一對一的把戲。一對一較量時，獲勝的必然是女人。男人鐵定會輸。被豢養在具象的籠中，啄食個體的小米，為之欣喜拍翅的總是女人。在籠中的小天地與女人競相鳴叫者必然會斃命。小野是詩人。因為是詩人，所以主動將脖子半伸進這個籠中。小野完全沒找到機會鳴叫。

「你很可愛。就像安珍一樣。」

「說我是安珍太過分了。」

男人彷彿要求饒，這次接受了這個評語。

「難道你不服？」女人只有眼睛在笑。

「可是……」

「可是甚麼？你有甚麼不滿？」

「我不會像安珍那樣逃避。」

逃不掉只好硬著頭皮接招。小弟弟不懂得見機俐落抽身。

「呵呵呵，我會像清姬一樣追著不放喔。」

男人聽了只是沉默。

「如果要變成蛇，我是不是有點太老了？」

女人射出春天不該有的閃電，穿透男人的心口。那是紫色的。

「藤尾小姐。」

「甚麼事？」

呼喚的男人與被呼喚的女人相向而坐。六帖房間被茂密的樹叢隔開，連路上的車聲都變得幽微。寂寞的浮世，只有這兩個人活著。以榻榻米的褐色鑲邊為界，隔著二尺距離面面相覷時，社會遠離了他倆。救世軍[21]這時正敲著鼓在市內四處遊行。醫院的腹膜炎病人奄奄一息即將斷氣。俄國的虛無黨[22]正投擲爆裂彈。火車站有扒手被捕。火災發生。嬰兒即將誕生。練兵場的新兵被責罵。有人自殺。有人殺人。藤尾的哥哥和宗近正在攀登叡山。

連花香都嫌過重的深巷幽室，互相呼喚的男與女，在消逝於死亡底層的春影上，顯然正心動雀躍。宇宙是兩人的宇宙。越過脈脈三千條血管湧現年輕熱血的心扉，為戀愛開啟為戀愛關閉，在長空歷歷描繪出不動如山的男女。兩人的命運就在這危險的剎那決定。是東還是西，全在身體微微一動之間。呼喚不是小事，被呼喚亦非小事。彼此之間隔著生死以上的難關，不知會是對方先拋出炸彈，還是自己先丟出炸彈，靜止的兩人身體恍若兩團火焰。

玄關響起一聲「您回來了！」一時，輾過碎石子路的車輪倏然停止。隨即是開門聲。小跑步經過走廊的腳步聲。兩人緊繃的姿勢頓時放鬆。

「是我媽回來了。」女人依然坐著，隨口說道。

「是嗎？」男人也若無其事回答。只要心事沒有明確表露在外就不算犯罪。可以修改的謎，作為法庭證據的效力薄弱。若無其事相敬如賓的兩人，一邊默許彼此之間「有事」一邊若無其事地安心。天下太平。沒有任何人能在背後指指點點。若有人能夠，那是對方的錯。天下非常太平。

「令堂剛才出去了嗎？」

「對，去買點東西。」

「我今天打擾太久了。」男人在起身之前稍微調整姿勢。他很在意西裝褲的摺線走樣，一直盡量不用跪坐的姿勢。此刻不得不跪坐時，為了撐起重心抬臀而在膝頭併攏的雙手，被雪白的袖子遮蓋到手背，鼠灰色條紋的袖子底下，露出發亮的景泰藍袖扣。

「你別急著走。就算我媽回來也沒甚麼事情。」女人似乎無意去迎接回來的母親。男人本來就不想走。

「可是——」他說著摸索西裝內袋，取出一根粗紙菸。香菸的煙霧可以掩飾許多東西。

21 救世軍，由英國人威廉·布斯在倫敦創立，以軍隊的形式在街頭佈道，從事社會服務。日本也有山室軍平成立的分部。

22 虛無黨，十九世紀後半，因反抗獨裁專政而組成的俄國革命黨。企圖打破現狀，經常發動暗殺。

更何況這是有金色濾嘴的埃及菸[23]。吹出煙圈，吹出山形，吹出雲霧之際，或許他又能換個姿勢安然坐下，趁機稍微縮短克麗奧佩托拉與自己的距離。

輕煙越過黑色小鬍子緩緩飄散時，克麗奧佩托拉果然客氣地下達命令：

「不急，你請坐。」

男人沉默地再次坐下。春日對彼此都很悠長。

「最近家裡只有女人很冷清。」

「甲野君甚麼時候回來？」

「我壓根不知道他甚麼時候會回來。」

「他都沒寫信回來？」

「沒有。」

「現在正是好季節，在京都肯定玩得很開心吧。」

「當初你也應該跟他們一起去。」

「我……」小野支吾其詞。

「你為什麼沒去？」

「沒甚麼原因。」

「不是有老交情嗎？」

「啊？」

小野的菸灰毫不客氣地落在榻榻米上。那是因為他「啊？」的時候，手不意間抖了一下。

「你不是在京都住了很久嗎？」

「所以就是老交情？」

「對。」

「正因為太熟悉，我已經不想去了。」

「你可真沒人情味。」

「哪裡，沒那回事。」小野變得比較嚴肅，將埃及菸深深吸入肺中。

「藤尾，藤尾。」對面房間傳來呼喚。

「是妳母親在喊妳吧？」小野問。

「對。」

「那我該告辭了。」

「為什麼？」

「但妳母親應該找妳有事吧？」

23 埃及菸，當時的高級香菸。

「有事又有甚麼關係。你不是我的家教老師嗎？老師正在給我上課，誰回來都不重要。」
「但我也沒教妳多少。」
「你當然有，光是教我這些就足夠了。」
「真的嗎？」
「那甚麼克麗奧佩托拉的，你不就教了很多嗎？」
「如果妳喜歡克麗奧佩托拉那種故事，我還有很多。」
「藤尾，藤尾。」母親頻頻呼喚。
「抱歉失陪一下。——我還有事請教，請你等我一下。」
藤尾起身離去。男人被留在六帖房間。低矮的壁龕放置的古薩摩[24]香爐，不知是幾時焚燒留下了煙痕，掉落的菸灰依然保持原來的形狀，藤尾的房間昨天和今天都很安靜。失去主人的八端織[25]坐墊上，等待主人的餘溫被輕拂的春風悄然吹過。
小野默默看著香爐，又默默看著坐墊。格子花紋在榻榻米上浮起一角，似乎在底下夾了甚麼發光的東西。小野略微歪頭思忖是甚麼在發光。好像是懷錶。之前他完全沒留意。或許是藤尾起身時，絲滑的坐墊摩擦移位，讓藏在底下的東西出現。但是照理說應該沒必要把懷錶藏在坐墊下。小野再次伸頭看坐墊下。松葉形相連的鏈子曲曲折折，朝外側的地方微微反射光線，隆起的魚子地[26]雕金錶框自深處幽微浮現。的確是懷錶。小野納悶不解。

金色純粹而穠麗。喜愛富貴者必然喜歡這個顏色。希冀榮譽者必然會選擇這個顏色。獲得盛名者必然會裝飾這個顏色。這個顏色猶如吸鐵石，吸引一切凡人。不在這顏色面前拜倒之人，就像沒有彈力的橡皮。身為一個人恐將難以在社會生存。小野認為這是好顏色。

恰好這時從對面房間那頭傳來絲綢磨擦的窸窣聲，沿著彎曲的簷廊逐漸接近。小野急忙移開窺探金錶的視線，佯裝無事地望著正對面的容齋掛軸，只見兩個人影在門口出現。

窄肩女子穿著合身的黑色縐綢三紋和服，搭配暗色假領，唯有古典的髮髻油亮發光。

「歡迎。」藤尾的母親輕輕點頭致意，在靠近簷廊的位置坐下。院子裡沒有黃鶯鳴叫，卻也沒有顯眼的灰塵，打掃得很乾淨，只有一棵過高的松樹傲然挺立。這棵松樹與這位母親彷彿渾然一體。

「藤尾老是麻煩你——她想必很任性吧——簡直像個小孩——來，請隨意坐——照理說應該每次都過來打招呼，但我年紀大了，所以就失禮沒過來了——這孩子像個不懂事的小娃娃，讓人傷透腦筋，老是使性子——不過唯獨英文托你的福，她似乎很喜歡——最近好像也看得懂艱深的文章了，她自己相當得意。——本來她有哥哥，讓她哥哥教就行了——可惜，

24 古薩摩，最早期的薩摩燒陶器。薩摩燒是鹿兒島縣內燒製的陶器。

25 八端織，縱橫形成褐色、黃色格紋的絲織品。

26 魚子地，用鏨刻的技法在金屬表面敲出無數如魚卵般突起的小圓點，呈漩渦狀規律排列。

那個——兄妹之間好像反而不好教——」

藤尾的母親滔滔不絕令人歎為觀止。小野連個感嘆詞都沒機會打岔，只能被對方的話鋒一路帶著跑。當然不知會被帶往何處。藤尾不發一語，逕自翻開之前向小野借的書看。

「女王在墳前獻花，親吻墓碑，一心悲嘆自己的境遇，之後去沐浴。沐浴後享用晚餐。這時卑賤的小廝獻上一小籃無花果。女王送信給凱撒說。唯願死後與安東尼葬在同一墓塚。卻不料無花果茂密的綠葉下，躲藏著用尼羅河淤泥冷卻火舌的毒蛇。凱撒的使者奔走。開門定睛一看——黃金臥榻上，分明躺著女王盛裝打扮的屍體。名叫艾莉絲的侍女死在女王的腳邊。名叫查蜜恩的侍女，在女王的頭旁，無力地支撐著匯集黑夜露珠鑄成千顆明珠此刻正搖搖欲墜的皇冠。開門進來的凱撒使者質問這是怎麼回事。查蜜恩說，這就是埃及女王的結局，正是死得其所。說完倒下就此瞑目。」

這就是埃及女王的結局，正是死得其所——最後這句話，彷彿即將燃盡的薰香拖曳幽微的輕煙飄向虛冥，讓整頁看起來氤氳朦朧。

「藤尾。」不知情的母親呼喚。

男人總算可以放鬆姿勢瞥向被呼喚的人。被呼喚的主角低著頭。

「藤尾。」母親又喊一次。

藤尾的眼睛終於離開書頁。彎曲的廂髮[27]，雪白的額頭，下方是細長的鼻子，微紅的嘴唇——以及悄然滑過嘴唇，在臉頰末端巧妙貼合的下巴——還有拋棄下巴柔弱後退的咽喉——逐漸爭相浮現在現實世界。

「甚麼事？」藤尾回答。這是站在晝夜之間的人，介於晝夜之間的回答。

「妳倒是輕鬆。那本書真的有那麼好看嗎——待會再看嘛。這樣多沒禮貌。——你也看到了，這孩子不懂事很任性，讓我傷透腦筋。——那本書是向小野先生借的嗎？好漂亮——妳可千萬別給人家弄髒喔。一定要愛惜書本——」

「我很愛惜。」

「那就好，可別又像上次……」

「上次那是哥哥的錯。」

「甲野君又怎麼了？」小野總算有了開口的機會。

「沒有啦，就是兩個孩子都任性，老是像小孩子一樣吵架——上次也是把她哥哥的書……」母親說著看藤尾，擺出不知該不該說的態度。帶有同情的恐嚇手段是長輩最喜歡對小孩施展的把戲。

「把甲野君的書怎麼了？」小野小心翼翼的很想問。

27 庇髮，明治三十年代後半，因女明星川上貞奴而流行的一種束髮。前髮與兩鬢彎曲膨起如帽簷。

「要我說嗎？」老人半是笑著賣關子。就像拿玩具匕首嚇唬女兒。

「我把我哥的書扔到院子去了。」藤尾撇開母親，逕自朝小野的眉心拋去尖銳的回答。母親苦笑。小野張口結舌。

「你也知道，她哥哥的脾氣很古怪。」母親迂迴地討好自暴自棄的女兒。

「甲野君好像還沒回來啊。」小野機靈地轉換話題。

「你都不知道他簡直像砲彈——他成天說自己身體不好，拖拖拉拉的，我就跟他說，既然如此，不如出門旅行一下活動活動——可他還是繼續找藉口跟我拗，就是不肯動，我只好拜託宗近把他帶出門。沒想到他就像砲彈一去不回。年輕人真是……」

「哥哥就算年輕也與眾不同喔。因為他在哲學方面超人一等所以與眾不同。」

「真的假的，媽是不懂這些啦——而且那個宗近是超級樂天派，那才是真正的砲彈，真是傷腦筋。」

「哈哈哈，那人很有趣很活潑。」

「說到宗近，剛才那個東西在哪裡？」母親說著，精明地抬起眼掃視屋內。

「在這裡。」藤尾說著，微微抬起雙膝，將絲綢坐墊滑過榻榻米上。盤旋三圈的富貴金鏈中，綴有魚子雕金花紋的金錶高高坐鎮。

她伸出右手，金光燦爛的懷錶戛然一響，金鏈子差點從掌心滑落榻榻米上，猛然抓住一尺長的鏈子後，反作用力讓鏈子連同末端鑲嵌的石榴石一起搖晃了兩三下。第一下讓紅珠子打在她白皙的手臂上。第二下轉動一圈後輕輕撞擊袖口。第三下的餘波即將靜止時，女人猛然起身。

小野茫然望著繽紛色彩在眼前迅速晃動，藤尾已在他面前一屁股坐下，

「媽。」藤尾一邊回頭，

「這樣更好看。」她說完又迅速回到原位。只見小野的背心胸前，松葉形的金鏈子穿過左右鈕扣孔，在暗色呢絨布料的襯托下格外耀眼。

「怎麼樣？」藤尾說。

「原來如此，的確很適合。」母親說。

「這到底是怎麼回事？」小野一頭霧水詢問。母親呵呵笑。

「這錶送給你吧？」藤尾眼波流轉問。小野沉默。

「那就算了。」藤尾說著再次起身，從小野的胸前摘下金錶。

三

這是個垂柳篆煙吹欄杆的雨天。掛在衣架上的藏藍色西裝陰影下，黑襪子有三分之一反捲，蜷成一團蹲踞著。裝飾架狹窄的邊上，放著巨大的帆布袋，沒綁緊的繩索懶洋洋垂下，一旁的牙膏牙刷在道早安。透過緊閉的拉門玻璃，只見白色雨絲細長發光。

「京都這地方可真冷。」宗近在旅館供應的浴衣外面罩著銘仙棉袍，背倚松木床柱，傲然盤腿而坐，一邊眺望外面一邊朝甲野搭話。

甲野用駱駝毛毯蓋住下半身，頭枕在空氣枕[28]上，

「不僅寒冷更令人想睡。」

他說著把臉稍微換個方向，剛梳過的濕髮，在空氣的彈力下，與隨手亂扔的襪子挨到一起。

「你怎麼一直躺著。簡直像專程來京都睡覺似的。」

「嗯。這地方讓人很放鬆。」

「能夠放鬆是好事。伯母很擔心你呢。」

「哼。」

「你這是甚麼反應。為了讓你放鬆，我私底下不知費了多少苦心呢。」
「你會念那匾額上的字嗎？」
「原來如此，的確很怪。『僝雨楸風』嗎？從沒看過呢。都是人字偏旁，所以應該是說人怎麼樣吧。寫這種沒用的字幹嘛！是甚麼人寫的？」
「不知道。」
「不知道就算了。不過這紙門很有意思。整面貼著金紙特別豪華，可是又到處有皺紋，讓人怪驚訝的。簡直像三流戲班子的舞台道具。不僅如此還畫了三根竹筍湊熱鬧，真不知是甚麼意思。甲野兄，這是個謎喔。」
「甚麼樣的謎？」
「這我就不知道了。因為畫了意義不明的東西所以是謎吧。」
「意義不明的東西無法成為謎。有意義才叫做謎。」
「可是哲學家總喜歡把無意義的東西當成謎題拼命思考。就好像對著瘋子發明的象棋殘局冒出青筋死命研究。」
「那這個竹筍也是瘋子畫師畫的囉？」

28 空氣枕，便於攜帶，因此當時很常用。

「哈哈哈，你能這樣明白事理就沒啥好煩悶的了。」
「世事和竹筍怎可混為一談。」
「欸，你知道以前有個戈迪安之結（Gordian Knot）的故事嗎？」
「你以為我是中學生？」
「我沒這麼以為，只是問問看。你既然知道就說說看。」
「煩死了，我知道啦。」
「那你就說呀。哲學家這種人經常唬弄人，不管被人問起甚麼都不肯老實承認不知道，特別固執……」
「不知道到底是誰在固執。」
「不管是誰都行，總之你說說看。」
「戈迪安之結是亞歷山大時代的故事。」
「嗯，你果然知道。然後呢？」
「有個名叫戈迪亞斯的農夫把車奉獻給眾神之王朱彼特……」
「咦，等一下。還有這回事？然後呢？」
「怎麼沒有這回事，你不知道？」
「我不知道還有這種細節。」

「搞甚麼，原來你自己才是不知道。」

「哈哈哈，以前在學校上課時老師沒有講得這麼深入。那個老師肯定也不知道詳情。」

「可是那個農夫用藤蔓綁在車轅和車軛的結沒有人能解開。」

「原來如此，所以叫做戈迪安之結。原來是這樣。亞歷山大嫌那個結太麻煩，索性一刀砍斷。嗯，這樣啊。」

「我可沒說亞歷山大嫌麻煩。」

「那個不重要。」

「聽到神諭說解開這個死結的人便可統領東方時，亞歷山大說，既然如此只能這麼做……」

「這個我知道！這裡學校老師有教。」

「那麼，這不就行了。」

「是沒錯，但我認為人必須要有這種既然解不開就一刀砍斷的決心。」

「那應該也不錯。」

「你這種反應太沒勁了吧。戈迪安之結是怎麼思考都解不開的。」

「砍斷才能解開嗎？」

「砍斷的話——就算解不開，至少是對自己有利的結果吧。」

「有利？世上再沒有比只求利益更卑鄙的。」

「照你這麼說，亞歷山大豈不是成了卑鄙的傢伙。」

「亞歷山大那種人，你真以為有那麼偉大嗎？」

對話暫時中斷。甲野翻個身。宗近依舊盤腿而坐翻開旅遊指南。雨絲斜斜飄落。

濛濛細雨令古老的京都更顯淒清，當雨滴頻繁落在對空翻出紅肚皮翩然飛過的燕子背脊時，下京和上京都沉靜地融入雨中，三十六峰[29]的翠色下，聲音只是溶入友禪染的紅色顏料，注入油菜花田。在某人唱著「你在上游，我在下游……」洗芹菜的門口，脫下遮眉的手巾，便可看見「大文字」[30]。「松蟲」和「鈴蟲」[31]也歷經數代春日苔痕，本該鶯啼婉囀的竹林徒留墓塚。鬧鬼的羅生門，自從鬼怪不再出現後，不知何時城門也被拆毀了。渡邊綱扭住的手臂[32]下場如何也已無人知曉。唯有春雨一如往昔紛紛飄落。在寺町飄落寺院，在三條飄落大橋，在祇園飄落櫻花，在金閣寺飄落松樹。在旅館的二樓飄落甲野和宗近身上。

甲野正趴著寫日記。橫向裝訂的褐色封面邊角略帶手汗的污漬，他像要折紙般掀起，翻了兩三頁後，其中一頁的三分之一都是空白。甲野就從這裡開始繼續寫。他拿著鉛筆一鼓作氣寫下「一奩樓角雨，閒殺古今人」，之後停下想了一會。似乎打算再添上轉結寫成五言絕句。

宗近扔開旅遊指南，重重踩著榻榻米來到簷廊。簷廊上放了一張藤椅，正一臉期待地寂寥佇立。連翹稀疏的花朵間可以看見鄰家房間。房間的紙門緊閉。室內傳來琴聲。

「忽晤彈琴響，垂楊惹恨新」。

甲野換行寫下這十個字，似乎不大滿意，立刻畫線刪除。接著寫起普通文章。

「宇宙是個謎。如何解謎端視個人。自行解謎自行滿足於答案的人是幸福的。如果起了懷疑，就連父母都是謎，兄弟也是謎，妻子兒女，甚至自己都是謎。生於這世間就是為了解開強加於己身的謎，徘徊至白頭，煩悶於中宵。為了解開父母之謎，自己不得不與父母同體。為了解開妻子之謎，自己不得不與妻子同心。為了解開宇宙之謎，不得不與宇宙同心同體。如果做不到這點，父母、妻子和宇宙都是謎。是不解之謎，是痛苦。面對父母手足這些不解之謎，還去主動娶回妻子這個新的謎，就好像自己已經不知如何處理自己的財產了還去保管他人的金錢。不僅主動接收妻子這個新的謎，新的謎又生出更新的謎折磨自己，那大概就像保管他人的金錢產生利息，自找麻煩不知如何處理他人所得。……一切懷疑唯有捨棄自身才能解決。唯一的問題就是該如何捨身。死？尋死未免太無能。」

宗近大搖大擺坐在藤椅上，打從剛才就在聽鄰家彈琴。他當然不懂御室御所的春寒[33]，

29 三十六峰，本是指中國的嵩山，但在日本是指京都的東山。
30 大文字，大文字山，京都東山群峰中的如意岳之俗稱。每年八月十六在山腹焚火形成「大」字。
31 「松蟲」與「鈴蟲」，兩人皆為服侍後鳥羽上皇的宮女。後遁入佛門。墳墓位於東山的安樂寺。
32 渡邊綱扭住的手臂，傳說中源賴光麾下四天王之一的渡邊綱扭下了羅生門的鬼怪一隻手臂。
33 御室御所的春寒，此句是寫以知名琵琶演奏家平家公達為主角的謠曲《經政》的典故。御室御所是位於京都西部的仁和寺。宇多法皇喜愛平經政（公達）的琴技，特別賞賜他琵琶名器。

也不懂御賜琵琶有何風雅。更沒有那個雅興欣賞南部桐做的菖蒲形面板上綳著十三條琴弦，龍舌[34]鑲嵌象牙彩繪的古箏。宗近只是漫不經心地聽著。

點點遮蔽籬笆的連翹黃花對面有一叢業平竹，旁邊是布滿青苔的花崗岩洗手盆，不到三坪的小院子爬滿了叡山苔。琴聲就是來自這個鄰家小院。

下雨始終如一，冬天連防水外套都會結凍。秋天燈芯變細，夏天洗兜襠布。至於春天──扁平的銀簪落在榻榻米上，合貝遊戲[35]的貝殼內側有紅藍金色閃耀，叮咚一聲，接著又是叮咚一聲亂響。宗近正在聽的就是這叮咚琴聲。

「眼見為形。」甲野又換行寫下一句。

「耳聞為聲。形與聲皆非物之本體。無法證得事物本體者，形與聲皆無意義。當人捕捉到某種意義時，形與聲遂成為嶄新的形與聲。這就是象徵。象徵是為了讓眼睛看見、耳朵聽見本來空無的不可思議而採取的方便手段。……」

彈琴的手逐漸加快動作。穿梭在雨滴之間，白色的指甲彷彿一再飛馳琴柱上，濃重繁複的曲調，將粗弦與細弦的聲音揉合，輪番上陣一陣亂彈。甲野寫完「聆聽無弦之琴始悟序破急[36]的意義」這句話時，倚靠椅子一直俯瞰鄰家的宗近，從簷廊朝屋內喊道：

「喂，甲野兄，你別猛講大道理，不如聽聽那琴聲。彈得很不錯喔。」

「嗯，我從剛才就在洗耳恭聽。」甲野立刻將日記本朝下蓋住。

「哪有人躺著聽的。我命你速來簷廊所以你快出來。」
「沒事，在這裡聽就好。你別管我。」甲野依舊躺在空氣枕上沒有起來的意思。
「喂，東山看起來很美呢。」
「是嗎。」
「咦，有人涉水過鴨川。真是詩情畫意。喂，有人涉水過河耶。」
「涉水亦無不可。」
「不是有首俳句說甚麼蓋被子躺臥[37]甚麼的，到底是哪裡像蓋被子啊。你過來教教我好嗎？」
「我才不要。」
「你這樣磨蹭下去加茂川的水位都增高了。不得了。橋快斷了。喂，橋要斷了。」
「斷了也沒影響。」
「斷了也沒影響？晚上不能看京都舞[38]怎麼會沒影響。」

34 龍舌，箏首側面的半橢圓形裝飾。通常用龍來比喻日本箏，因此箏首的這個地方稱為龍舌。
35 合貝遊戲，在文蛤貝內側彩繪裝飾金箔，參加遊戲者須找出兩兩成對的文蛤貝另一半。
36 序破急，日本音樂、舞蹈、藝能及文藝的形式原理。將一個樣式分割為序、破、急三階段。
37 蓋被子躺臥……，出自服部嵐雪的俳句〈東山晚望〉。原句為「東山如人臥被眠」。
38 京都舞，每年四月一日至三十日，在京都舉辦的舞蹈公演。

「沒事沒事。」甲野一臉不耐煩，翻個身又開始瞄著旁邊金色紙門上的竹筍。

「你這樣穩如泰山我就沒輒了。除了主動投降別無他法。」宗近說著，終於妥協走進屋內。

「喂喂喂！」

「幹嘛，吵死了。」

「你聽到那琴聲了吧？」

「我不是剛剛就說聽到了。」

「你知道嗎？彈琴的是女人耶。」

「這不是廢話嗎。」

「你猜她幾歲？」

「誰知道她幾歲。」

「你這麼冷淡就沒意思了。應該直接求我趕快告訴你。」

「鬼才要求你。」

「你不說？不說的話我自己說。那是個島田髻[39]喔。」

「她敞著房門？」

「沒有，紙門緊閉。」

「那麼一定又是你亂給人家取雅號吧？」

「雅號也可以變本名。我看到那女的了。」
「怎麼會？」
「看吧，你想聽了吧？」
「不聽也沒關係。與其聽那種八卦，還不如研究這竹筍更有意思。這樣躺著側觀竹筍，不知為什麼看起來特別矮。」
「那是因為你的眼睛焦點放在側邊吧。」
「兩扇紙門上畫了三根竹筍，不知是甚麼緣故。」
「大概是因為技術太差所以免費多送一根？」
「竹筍為什麼是慘綠色呢？」
「大概是暗示吃了會中毒吧。」
「果然是謎語嗎。你也會解謎啊。」
「哈哈哈。有時會試著解解看。對了，我從剛才就說要解開島田之謎，結果你卻一直沒叫我解開，這種冷漠的態度似乎不像哲學家的作風。」
「你想解就解。我可不是那種看到人家賣關子就會低頭的哲學家。」

39 島田髻，多半是未婚女子或花柳界的女人梳這種髮型。

「那好吧，我先做個簡單的解謎，之後再讓你向我低頭。——我告訴你，那個彈琴的女人啊——」

「嗯。」

「我看到她本人了。」

「這你剛才就說過了。」

「是喔。那就沒甚麼好說的了。」

「沒話說就算了。」

「不，怎麼能算了。那我告訴你。昨天我洗完澡，正在簷廊邊乘涼時——你想知道下文吧——我隨意瀏覽鴨東風景，正感到身心舒暢時，不經意垂眼俯瞰鄰家，就發現那女孩把紙門拉開一半，靠著拉開的紙門眺望院子呢。」

「她長得漂亮嗎？」

「漂亮。雖然不如藤尾小姐，但好像比我家小糸漂亮。」

「這樣啊。」

「你這種反應未免太不捧場了。好歹也該說句『真可惜，早知道我也要看』之類的。」

「真可惜，早知道我也要看。」

「哈哈哈，所以我剛才就是想叫你看才讓你到簷廊。」

「可你不是說那家的門關著嗎？」
「說不定待會就開了。」
「哈哈哈，換作是小野，或許真的會等著門拉開。」
「是啊。應該帶小野來讓他看看才對。」
「京都很適合他那種人居住。」
「嗯，非常有小野風格。結果我叫他來，那位仁兄還囉哩囉嗦不肯來。」
「人家大概想趁著春假好好念書吧。」
「春假誰念得下書啊。」
「以他那種行事作風，甚麼時候都念不了書。基本上文學家最糟糕的就是太輕浮。」
「這話聽起來有點刺耳。因為我也不太穩重。」
「不，我只是說文學家整日沉醉雲霞恍恍惚惚，不肯去看雲霞底下的本質所以欠缺毅力。」
「被雲霞灌醉啊。那麼哲學家整天愁眉苦臉胡思亂想是被鹽水灌醉囉？」
「像你這樣來爬叡山卻悶著腦袋直接走到若狹的人是被驟雨灌醉。」
「哈哈哈，各有各的醉法，有意思。」
甲野的腦袋這時終於離開空氣枕。被烏亮濕髮壓縮的空氣隨著彈力膨脹，讓枕頭的位置在榻榻米上移了一寸。駱駝毯子也同時滑落，順勢翻面對折。從底下露出隨意纏在腰上的扁平細腰帶。

「原來如此，肯定是醉了。」端坐在枕邊的宗近當下做出品評。對方屈肘抬起細瘦身軀，手掌依舊撐著身子，盯著自己的腰部看來看去，

「的確是醉了。你不也難得坐得這麼端正嗎？」他說著，單眼皮的鳳眼犀利注視宗近。

「我這樣可是很清醒。」

「只有姿勢清醒。」

「精神也很清醒。」

「穿著棉袍端正跪坐，就等於明明醉了還得意洋洋說沒醉。只會更可笑。醉了就該像個醉漢。」

「這樣啊，那我就不客氣了。」宗近說著立刻放鬆改成盤腿而坐。

「你最了不起的地方就是不會愚蠢地堅持己見。明明愚蠢還自以為聰明是最可笑的。」

「從善如流這句成語說的就是我。」

「醉了還能講出這種話可見得沒問題。」

「那你這樣老氣橫秋的又算甚麼？你就算知道醉了也無法盤腿而坐或跪坐吧。」

「我是站街仔[40]吧。」甲野落寞地笑了。一鼓作氣滔滔不絕的宗近忽然神色一正。看到甲野這種笑容，宗近不得不正色。在無數臉孔的無數表情中，有一種表情必然感人肺腑。臉上

的肌肉不是為爭強好勝而抖動。頭上的每一根頭髮也不是為了怒髮衝冠。淚腺決堤不是為了增添涕淚滂沱的景象。無謂的激動，就像是壯士沒事找事地舞劍砍地板一樣。是因為膚淺而動。那是本鄉新派劇場的狗血劇。甲野的笑並不是那種舞台上的笑。

難以捕捉的情潮通過毛細管，偶然從心底流露出來，隱約現身在浮世的日光下。那和來往行人的表情不同。它一旦探出頭察覺是浮世就會立刻縮回內院。在它縮回去之前能及時捕捉到的人就贏了。沒捕捉到就一輩子都無法理解甲野。

甲野的笑容淡薄柔軟，毋寧是冷漠的。在那溫文儒雅中，在那驚鴻一瞥中，在那消逝的過程中，明確描繪出甲野的一生。能夠領會這瞬間意義的人，就是甲野的知己。若把甲野放在殺伐之境，自以為他就是這種人，哪怕是親子也不能算是理解他。即便是兄弟也一樣形同陌路。把甲野放在險惡的廝殺中才能描繪出甲野個性的是三流小說。二十世紀不可能隨便出現打打殺殺。

春日行旅悠閒。京都的旅館很安靜。兩個人閒來無事，互開玩笑。在這過程中宗近理解了甲野，甲野理解了宗近。這就是浮世。

「站街仔啊……」宗近說著開始拽駱駝毯子的流蘇，之後說，

40 站街仔，站在坡道下靠著幫人推車上坡賺點小錢的底層勞工。

「永遠是站街仔嗎？」

他沒看對方的臉，質問似地喃喃自語，又好似對駱駝蓋毯發話，一再重複「站街仔」這個字眼。

「就算是站街仔我也早有覺悟。」甲野直到這時才抬起腰轉身面向對方。

「要是伯父還活著就好了。」

「不，我老爸如果活著說不定反而更麻煩。」

「會嗎——」宗近拖長了音調。

「總而言之，我只要把家產給藤尾就行了。」

「那你自己打算怎麼辦？」

「我是站街仔。」

「你真的要站在街上推車嗎？」

「嗯，反正不管繼不繼承家產都是站街仔，所以無所謂。」

「可是那怎麼行。首先伯母就不會答應吧。」

「我母親嗎？」

甲野神情古怪地看著宗近。

一旦起疑甚至連自己都不可信任。何況是自己以外的人，全都站在衡量利害的街角，戴著排除損失的防護罩。面具的厚度無法輕易測量。好友對母親的評語，是就面具內做評斷？亦或只是看面具的外表下斷言？自己都覺得內心藏著自欺欺人的惡魔，哪怕是面對知交好友，父親那邊的親戚，甲野也不敢隨意洩漏天機。宗近的說法是想刺探自己對繼母的真正想法嗎？宗近刺探之後如果態度還是一如既往倒還無所謂，但他若真是會刻意套話刺探的人，一旦如願套出甲野的真心話後，誰知他會怎麼翻臉。宗近之所以這麼說，是因為率真的他表裡如一，只相信甲野母親言外之意的反應嗎？從他平時的言行推測八成是這樣。他應該不至於受母親委託，在自己這陰暗的內心，朝著自己都害怕的深淵底層卑劣地丟下刺探的錘子。然而，越正直的人越容易被利用。就算宗近知道那樣很卑鄙，不願成為他人的打手，說不定基於對甲野的好意，還是誤信了甲野的繼母，明知結果對彼此都沒好處，硬是在既定的旅程結束前抖出家醜。總之不管怎樣甲野都不能隨便鬆口。

兩人暫時陷入沉默。鄰家還在彈琴。

「那是生田流[41]的琴技嗎？」甲野問起不相干的問題。

「天氣冷了，還是穿上狐皮背心吧。」宗近也說起不相干的話題。兩人隔著一段距離各自發話。

41 生田流，以生田檢校為始祖的箏曲流派。

宗近敞著棉袍胸口，從架上取下那件奇特的背心，側身穿上時，甲野問：

「你那件背心是手工縫製的？」

「嗯，從去中國的友人那裡得到的狐皮，表層是小糸替我縫的。」

「是真貨啊。手工真好。小糸小姐和藤尾不同，務實又懂得理家，不錯。」

「不錯？嗯。那丫頭如果出嫁了我還真有點頭疼呢。」

「她沒有好對象嗎？」

「對象？」宗近瞄甲野一眼，意興闌珊地說，「也不是沒有啦……」說到最後懶洋洋地拖長尾音。甲野換個問題：

「小糸小姐如果出嫁了，伯父也很傷腦筋吧？」

「傷腦筋也沒辦法，反正遲早要傷腦筋——倒是你，不娶老婆嗎？」

「我嗎——可是——我沒能力養家。」

「所以你就該照伯母說的繼承家產……」

「那不行。不管我母親怎麼說，我都不願意。」

「真奇怪。就是因為你這麼不乾脆，所以藤尾小姐才沒辦法出嫁吧。」

「她不是沒辦法出嫁，是不肯出嫁。」

宗近默默抽動鼻子。

「旅館八成又要給我們吃狼牙鱔。天天吃狼牙鱔，吃得肚子裡都是魚骨頭。京都這地方實在很扯。我看我們也該回去了吧。」

「回去也行。如果只是因為狼牙鱔，倒也不必急著回去。不過你的鼻子可真靈。有狼牙鱔的味道？」

「怎麼可能沒有。廚房一天到晚燒那個。」

「如果有那麼靈敏的預兆，我老爸或許也不用死在外國了。看來他的嗅覺很遲鈍。」

「哈哈哈，對了，伯父的遺物說不定已經送回來了。」

「應該送到了吧。公使館的佐伯先生應該會送來——不過恐怕也沒甚麼遺物——頂多是幾本書吧。」

「那個懷錶呢？」

「對對對。老爸最自豪在倫敦買的那隻錶嗎？那個應該也會送回來吧。藤尾從小拿著它當玩具。抓在手裡就不肯放。因為她喜歡錶鏈上鑲的石榴石。」

「仔細想想那隻懷錶已經很舊了。」

「應該是吧，那還是老爸第一次出國時買的。」

「就把那隻錶當成伯父的紀念給我吧。」

「我之前也這麼想。」

「伯父走的時候還向我承諾，等他這次出國回來就把錶給我當作畢業賀禮呢。」

「我也記得——不過這時候說不定又被藤尾拿去當玩具了。」

「藤尾小姐和那隻懷錶難分難捨嗎？哈哈哈，沒關係，我還是照樣收下。」

甲野沉默地盯著宗近的眉心看了許久。午餐果然如宗近的預言送來狼牙鱔。

四

甲野的日記有一句是這樣寫的。

「見色者不見形，見形者不見質。」

小野就是見色度日的男人。

甲野的日記還有這麼一句話。

「生死因緣無了期，色相世界現狂痴。」

小野就是住在色相世界的人。

小野生於暗處。甚至有人說他是私生子。打從穿著窄袖和服上學時就被同學欺負。所經之處連狗都朝他狂吠。父親死了。在外飽受欺凌的小野已無家可歸。只好寄人籬下。

水底的藻類在陰暗處漂蕩，從不知白帆行過的岸邊有日光照耀。是左搖還是右晃全憑水波擺布。只要每個當下不違逆就好。習慣之後就連對水波也不在意了。甚至無暇思考水波為何物。當然更不會去想水波為何折磨自己這個問題。即便想了也毫無助益。命運只是令水藻生於暗處。於是就在暗處生存。命運只是令水藻朝夕漂移。於是水藻漂移。——小野就是水底的藻類。

他在京都時靠孤堂老師照顧。老師替他做了飛白藍染和服。每年二十圓的學費也是老師幫他出的。還常常教他讀書。他學會繞著祇園櫻花徘徊的雅趣。仰望智恩院[42]匾額時領悟其崇高。也學會像個成年人那樣吃飯。水底的藻類終於脫離泥土浮現水面。

東京是個令人眼花撩亂的地方。以前在元祿時代可保百年壽命的，到了明治時代比三天的東西更短命。別處的人用腳跟走路。東京則是用腳尖走路。倒立。橫行。性急的甚至用飛的。小野在東京緊張地團團轉。

團團轉之後睜眼一看，世界已改變。即便拼命揉眼也還是變了。會覺得奇怪是變得比以前更壞時。小野不假思索地前進。朋友說他是優等生。教授誇他前途有望。寄宿處的人成天小野先生長小野先生短。而小野不假思索地前進。這樣走著走著就獲得了陛下頒贈的銀

42 智恩院，正確名稱是知恩院。位於京都東山區的淨土宗總本山。

錶[43]。浮出水面的水藻開出白花。絲毫未察覺自己是無根之萍。

世界是色彩的世界。只要品味這色彩就等於品味了世界。世界的色彩隨著自己的成功鮮明映入眼簾。鮮明得勝過錦緞時，這寶貴的生命才算有意義。小野的手帕不時散發香水草[44]的氣味。

世界是色彩的世界。形狀是色彩的殘骸。談論殘骸卻不懂內在滋味的人，如同拘泥於方圓之器，不知該如何收拾冒出的美酒泡沫。就算看再久，盤子也不能吃。如果不沾唇，酒就會跑了氣。只重形式的人，抱著無底的道義酒杯在街頭踽踽獨行。

世界是色彩的世界。是虛有的空華[45]，是鏡花水月。所謂的「真如實相」，是不容於世的畸形人將不容於世的怨恨發洩在黑甜鄉裡[46]的妄想。一如盲人摸鼎。因為不見其色所以想窮究其形。無手的盲人甚至不能觸摸。在耳目之外尋求事物本體，是無手的盲人所為。小野的桌上插著花。窗外垂柳吹送綠意。鼻頭掛著金邊眼鏡。

超越絢爛之域漸趨平淡是大自然的規律。我們昔日曾被稱為嬰兒，身裹紅色襁褓。大多數人都像活在繪畫中，從四條派[47]的淡彩，逐漸老成為雲谷流[48]的水墨畫，最後趨近棺木的虛無。回顧起來有母親，有姊姊，有糖果點心，有兒童節的鯉魚旗。人生越回想越華麗。但小野的遭遇不同。他與自然的路線反著來，從晦暗的土中掙斷根，浮上日光透亮的光明水岸。——生於坑底的他，為了一步一步接近美麗的浮世，耗費了二十七年。從過去的縫隙中窺看二十七年的過往，越遠就越陰暗。途中只有一點紅色隱約搖動。剛來東京時他很懷念那抹紅色，不厭其煩地重溫寒冷的記憶，一再回顧過去的洞孔，不分長夜永晝，懷著思念度過時雨季節。而如今——那抹紅已退得很遠。而且也褪色了。小野已懶得再窺看過去的小洞。

想塞住過去那個洞孔的人通常對現在很滿足。現在不景氣就創造未來。小野的現在是一朵玫瑰。是含苞待放的玫瑰。小野沒必要拼命創造未來。只要花苞綻放，自然會成就他的未來。從得意的竹管眺望未來的洞孔，玫瑰已經盛開。看似垂手可及。有個聲音在他耳邊催促他趕緊抓住。小野決心寫博士論文。

論文寫完是否就能拿到博士學位，為了拿到博士學位能否寫出論文，這些必須問博士才知道，但總之他非寫論文不可。不是普通論文。一定得是博士論文。博士在學者之中尤其出色。每次管窺未來，博士二字都金光閃閃。博士旁邊的半空中垂掛金懷錶。懷錶下方有鮮紅的石榴石化為心臟似的火焰搖曳。擁有黑眸的藤尾正在一旁朝他伸出纖纖玉臂招手。一切美

43 銀錶，東京帝國大學舉行畢業典禮時，按當時慣例天皇會到場頒贈銀錶給成績優秀的學生。
44 香水草（Heriotrope），用芬芳的香水草花朵製成的香水。
45 空華，佛教用語，指煩惱。
46 黑甜鄉裡，午睡的夢中。
47 四條派，日本畫派之一，以住在京都四條的松村吳春為始祖。
48 雲谷流，日本畫派之一，以安土桃山時代的畫家雲谷等顏為始祖。據說承襲了雪舟的畫風。

好如畫。詩人的理想就是成為這畫中人。

從前有個人叫做坦塔洛斯。據說因為做壞事遭到嚴厲懲罰。身體浸在及肩的水中。頭頂上方有看似可口的水果在枝頭累累結實。坦塔洛斯很渴。但當他想喝水時水位就會下降。坦塔洛斯很餓。但他當想吃水果時水果就會躲開。坦塔洛斯的嘴巴若移動一尺，對方也會移動一尺。若他前進二尺，對方也前進二尺。別說是三尺四尺，縱然走盡千里路，坦塔洛斯依舊只能繼續忍飢挨渴。恐怕迄今仍在拼命追逐清水和水果——每次管窺未來，小野就覺得自己很像坦塔洛斯的手下。不僅如此。有時藤尾會擺出不干己事的無辜姿態。有時她會皺起長眉狠狠瞪他。有時石榴石倏然燃燒，倩影就在熊熊火焰中冉冉消失。有時博士二字漸漸淡去剝落黯然失色。有時懷錶自遙遠的天邊如隕石墜落摔個粉碎。那一刻，會聽見啪擦一聲。小野是詩人，所以會描繪種種未來。

他坐在桌前托腮，照例在遮蔽彩色玻璃小花瓶的茶花深處窺看自己的未來。種種未來之中，今天看到的景象特別糟糕。

「女人說，『我想把這個懷錶送給你……』。小野伸出手說，『請給我吧』。女人狠狠拍開他那隻手說，『但是很抱歉，已經答應給別人了』。小野說，『那我不要懷錶，但妳……』女人說，『我？我當然會跟著懷錶嫁過去』，然後大步離去。」

小野想像未來到這裡，被那過度的殘酷嚇到，決定從頭來過，剛抬起有點隱隱作痛的下顎，這時紙門忽然被拉開，「有您的信」女傭說著放下了一封信。

看到信封上以子昂體[49]寫的「小野清三先生收」，小野的雙肘突然用力，本來倚靠桌子的身體猛然向後一彈。窺看未來的茶花管也跟著搖晃，一片深紅色花瓣無聲飄落在羅賽蒂[50]詩集上。完美的未來，此刻已瀕臨瓦解。

小野的左手還擱在桌上，他側著臉，遠眺手上的這個信封，卻始終不敢翻到背面看寄信人是誰。不看也大致猜得出來。正因為猜到了才不敢翻面。翻面之後如果證明自己猜對了，那才真的是無可挽回。以前聽過烏龜的故事。烏龜只要伸出脖子就會挨打。烏龜心想既然會挨打，那就盡量躲在龜殼中。即便挨打的命運已在眼前，也想縮起脖子能躲一刻是一刻。如此想來小野大概就是盡量拖延事實判決的學士龜吧。烏龜早晚得伸出頭。小野肯定也得把信封翻到背面。

打量許久後，手掌開始發癢。貪圖片刻安寧後，為了更安寧，他想翻面認清事實。小野鼓起勇氣把信封在桌上翻面。背後明明白白寫著井上孤堂四個字。白色信封上墨色淋漓的粗體草書，在小野看來彷彿一排針尖離開紙面朝他撲來。

49 子昂體，模仿中國元代書法家趙子昂的字體。

50 羅賽蒂（Rossetti, Christina Georgina, 1830-1894），英國女詩人。作品洋溢對大自然的愛。明治時代的浪漫青年常看她的詩集。

小野敬而遠之地將雙手離開桌子。只有臉孔對著桌上的信。但桌子與膝蓋隔著一尺鴻溝。從桌上縮回的手鬆軟無力，好像要從肩頭脫落。

到底該不該拆信？如果有人來叫他拆信，那他就可以解釋不拆信的理由，順便讓自己安心。可是若無法令他人屈服，終究也不可能令自己屈服。半吊子的柔道家，若不當街把人摔出去就無法證明自己是柔道家。軟弱的論調如同軟弱的柔道技術。小野心想，若是京都的老友上門來玩兩天就好了。

二樓的學生開始拉小提琴。小野也正打算近日之內開始學小提琴。但他今天完全沒心情。真羨慕學生有那個閒情雅興。——茶花又掉了一片花瓣。

他拿著小花瓶拉開紙門去簷廊。把花扔在院子。水也順便倒掉。手拿著花瓶。其實他很想順便也扔掉花瓶。他拿著花瓶就站在簷廊上。有檜樹。有圍牆。對面有二樓。快要曬乾的院子晾著雨傘。雨傘的黑邊黏著兩片落花。還有其他種種。悉數毫無意義。一切都很機械性。

小野拖著沉重的步伐又回到屋內。他站在桌前沒坐下。過去的洞孔倏然打開，可以看見昔日的歷史悠長遙遠。晦暗。晦暗。晦暗中有一點星火猛然燃燒。開始移動。小野突然彎腰伸出手不顧一切地拆開信。

「你好，正值柳暗花明好時節，想必你一切平安。我依舊頑強活著，小夜也無恙，請放心。去年臘月曾寫信告知我們將遷居東京，之後因種種瑣事纏身始終無法啟程，最近終於一切就緒，預定近日之內出發，特此通知。自從二十年前離開東京，除了我兩次去東京逗留五、六天之外，就再無故鄉消息，如今人地生疏，抵達之後恐怕還得麻煩你。

至於多年居住的舊宅，鄰家蔦屋想買下，雖也有別家求購，但我已決定賣給鄰家。行李及大件家具會在此地賣掉，盡量輕裝簡行上路。唯有小夜的古箏，基於她本人的希望將會運至東京。還請你體諒女人離鄉背井的心情。

如你之知，小夜五年前來京都之前一直在東京念書，因此她亟盼盡快搬家。有關她的將來安排，她已大致同意，在此不多贅述。等我們到東京之後再當面商議。

東京要舉辦博覽會[51]想必非常擁擠。出發時雖打算盡量選擇急行夜車，但急行通常是有急事的旅客搭乘，我卻想趁旅途中索性住個一兩晚再慢慢去東京。詳細行程待確定後再做通知。暫時先這樣，草草擱筆。」

小野看完後依然站在桌前。還沒折起的信紙從右手無力垂下，寫著「清三先生……孤堂」這些字的信尾，在藍色喀什米爾桌布上起伏堆疊成兩三層。小野從自己的手沿著信紙依序向下看到桌布的白點。下移的視線停駐時，不由得轉而望向羅賽蒂詩集。也望向詩集封面散落的兩片紅色花瓣。紅色吸引他繼續望向本該放在右角的彩色玻璃小花瓶。然而小花瓶已不知

51 博覽會，明治四十年（1907）於上野公園舉辦的東京勸業博覽會。

去向。前天插的山茶花無影無蹤。窺看美麗未來的管道消失了。

小野坐在桌前。無力收拾的恩人來信散發異樣氣息。冒出一種陳舊的霉味。那是屬於過去的氣息。是他想忘又猶豫不決，以岌岌可危的紅線連接今與昔，在眼前結合產生的氣息。如果追溯長達半世紀的歷史直至長穗的最核心，越回溯只會越黯淡。如今樹幹既已發出新芽，再對脈絡不通的枯枝末端插下尖錐，毋寧比宣稱貫徹記憶的生命無用更殘酷。神話中的傑納斯有兩張臉孔，可以同時看見前面和後面。幸好小野只有一張臉。既然已背對過去，眼前所見自然只有璀璨前程。如果向後看，會吹起蕭瑟北風。如今好不容易和那寒冷之地斬斷關係，寒冷的記憶偏又從寒冷之地追來。過去他只需忘記即可。讓自己投入未來發展的溫暖光鮮中，盡可能遠離過去就好。活著的過去人物，也被靜靜鑲嵌在死掉的過去中，雖然擔心是否還會死灰復燃，卻總以為應該沒問題，只要自己一天一天遠離，那就只是一幅綿延的回憶全景圖，便可撫胸慶幸過去完全靜止不動。沒想到，就在他掉以輕心以為往事已成雲煙，再次窺看過去之管時——過去竟然蠢蠢欲動。自己明明已拋棄過去，過去卻想糾纏自己。過去正在逼近。超越安靜的前後及枯竭的左右，猶如照亮暗夜的燈籠火光，搖搖晃晃地移動而來。小野開始在房間苦惱地團團轉。

自然不會用盡自然。在將要到達極限前便會發生某事。一成不變是自然的敵人。小野繞著室內團團轉還不到一半，女傭忽然從房門外探進腦袋。

「有客人來了。」女傭笑著說。小野不懂女傭為何要笑。對他說早安時笑，迎接他回來時也笑，叫他吃飯時也笑。見人就無故陪笑者必然對人有所求。這個女傭的確向小野尋求某種報酬。

小野只是漠不關心地看著女傭。女傭很失望。

「要請客人進來嗎？」

小野只是含含糊糊地沉吟。女傭再次失望。女傭一直笑是因為小野向來態度親切。不親切的房客在女傭看來沒有任何價值。小野深諳這種心理。過去之所以深得女傭好感，也是完全基於他這種自覺。小野是個就連女傭的好感都不願隨便失去的人物。

從前有個哲學家曾說一個空間不可能同時被兩者佔有。親切與不安同時藏在小野腦中的現象，顯然違反這個哲學家的理論。親切退開，不安進駐。女傭來得不巧。親切退開，不安進駐。認為親切是表面功夫而不安才是本質的是偽哲學家。說穿了只不過是為了屋主的進駐，經過仲裁和解後，親切把租的屋子讓給不安罷了。不過話說回來，小野還真是不巧讓女傭看到這種窘態。

「要讓客人進來嗎？」

「嗯，這個嘛……」

「還是告訴他您不在？」

「是誰來了？」

「是淺井先生。」

「淺井啊……」

「要說您不在嗎？」

「這個嘛……」

「那我去告訴他您不在？」

「該如何是好呢……」

「見不見都行。」

「那就見吧？」

「那我去請他進來。」

「喂，等一下。喂！」

「甚麼事？」

「嗯，算了，沒事沒事。」

有時想見朋友有時不想。如果能明確知道那是甚麼時候就不用煩惱了。不想見時只要假裝不在家即可。小野是個只要不傷害對方感情就有勇氣假裝不在家的人。唯一困擾的是有時既想見又不想見，反反覆覆猶豫不決甚至被女傭瞧不起。

有時在路上遇到人。雙方稍微擦身而過，隨即各走各的路，依舊是不相干的陌生人。但有時雙方同時都朝右邊或左邊閃躲。心想這樣不行還是閃到另一邊吧，結果剛縮回腳換方向，對方也覺得這樣不行閃到另一邊。於是雙方再次撞上，察覺不妙再次換方向，結果對方又在同一時間同樣換方向。兩個人都想換方向而慢下腳步，慢下腳步後又想換方向，就像鐘擺一樣忽左忽右一再遲疑。最後雙方都想罵對方是優柔寡斷的蠢貨。素來深得女傭好感的小野，此刻就差點被女傭識為優柔寡斷的蠢貨。

這時淺井進來了。淺井是以前在京都就認識的老友。有點變形的褐色帽子，被他緊握在右手中幾乎壓扁，他隨手將帽子拋到榻榻米上，立刻盤腿坐下說，

「天氣可真好。」

小野早已忘了天氣的事情。

「的確是好天氣。」

「你去過博覽會了嗎？」

「不，還沒有。」

「那你一定要去看看，很有趣。我昨天去的，還吃了冰淇淋。」

「冰淇淋？也對，昨天很熱。」

「我打算下次去吃俄國菜。要不要一起去？」

「不能去嗎？用功過度小心會生病喔。你打算趕快拿到博士學位迎娶美嬌娘嗎？真不夠意思。」

「我今天有點事……」

「嗯，今天去也行。」

「今天嗎？」

「沒那回事。最近完全無心念書，正傷腦筋呢。」

「是神經衰弱吧。你氣色很差喔。」

「會嗎？總覺得不太舒服。」

「我就說吧。這樣井上小姐會擔心，你還是趕緊吃頓俄國菜把身體養好。」

「此話怎講？」

「這還用問，井上小姐不是要來東京？」

「是嗎。」

「你還裝蒜，你當然也收到通知了吧？」

「你有收到通知？」

「嗯，收到了。你沒收到嗎？」

「不，收到是收到了……」

「甚麼時候收到的？」
「不久之前。」
「你們很快就會結婚吧？」
「怎麼可能！」
「不結婚嗎？為什麼？」
「不為什麼，其中有很多複雜的內情。」
「甚麼樣的內情？」
「總之，我找機會再慢慢告訴你。井上老師對我有大恩，只要能力所及，我也想盡量報答老師。但結婚這種事，不是想結就能立刻結的。」
「但你們已有婚約吧？」
「關於這個，我本來就一直想找機會告訴你——其實我很同情老師。」
「那想必是。」
「我打算等老師來了再慢慢說明。畢竟不能讓對方一個人片面決定。」
「老師怎麼一個人片面決定了？」
「看老師信上的說法，好像已經決定了。」
「老師從以前就很固執。」

「他一旦決定了就不會輕易改變。很頑固。」

「況且近來老師的經濟狀況也不大好吧。」

「誰知道。應該也不至於太窮。」

「對了，現在幾點？你幫我看一下錶。」

「二點十六分。」

「二點十六分？——這就是那個恩賜懷錶？」

「對。」

「幹得好。當初我也該領一個。有了這種東西，社會評價會大不相同。」

「也不至於吧。」

「不，就是這樣。畢竟是天皇陛下掛保證，不容置疑。」

「你待會要去哪裡嗎？」

「嗯，天氣好，所以出去玩玩。你要不要一起去？」

「我還有點事——不過我可以跟你一起出門。」

在門口分開後，小野前往甲野家。

五

走進山門一步，古老世界的綠意便突然從左右襲向肩頭。形狀各異的自然石整齊排列在六尺寬的路面，平鋪的小徑上響起的，只有甲野與宗近錯落的腳步聲。

一條小徑筆直通到底，從這頭望向石徑遙遠彼方的盡頭，仰望就是伽藍[52]。屋頂層層堆疊的厚木板從左右向內盤旋，巨大的兩翼匯集在一條陡峭的屋脊，上方還有另一個小屋頂伸出迷你雙翼。可能是用來通風或採光。甲野與宗近同時從最有趣的側面角度仰望這座精舍。

「格局明朗。」甲野拄杖駐足。

「那座正殿雖是木造的，看起來倒是挺堅固。」

「換言之是外型本來就巧妙設計成這樣吧。也許很符合亞里斯多德所謂的理型。」

「聽起來很深奧——亞里斯多德怎麼說不重要，奇特的是這一帶的寺院都給人一種奇妙的感覺。」

52 伽藍，寺院建築。

「和船板牆風格及神燈風格[53]不同吧。因為這是夢窗國師[54]建造的。」
「仰望那座正殿，感覺之所以有點怪，就是因為自己好像變成夢窗國師吧。哈哈哈。說到夢窗國師倒是可以聊兩句。」
「就是因為可以變成夢窗國師或大燈國師[55]，在這種地方逍遙漫步才有價值。否則只是走馬看花又有何用。」
「夢窗國師若是也像屋頂一直活到明治時代就好了。起碼比做成廉價的銅像好太多。」
「是啊，一目了然。」
「你是指甚麼？」
「這還用說，當然是這境內的景色。毫不拐彎。一切都明明白白。」
「就像我一樣。所以我走進這寺院才會感覺特別舒服吧。」
「哈哈哈，或許吧。」
「如此看來是夢窗國師跟我很像，不是我像夢窗國師。」
「誰像誰都無所謂——稍微休息一下吧。」甲野說著在跨越蓮池的石橋欄杆坐下。欄杆腰部有巨大的三階松圖案透過三寸厚度臨水而立。石上苔痕斑斑泛出淡青，深深蝕進紫中帶灰的石質，下方有水蓮枯黃的莖幹穿破去年的冰霜挺立在這三月天。
宗近取出火柴，又掏出香菸，點燃後咻地將沒燒完的火柴扔進水中。

「夢窗國師可不會做那種惡作劇。」甲野說著，雙手握著杖頭抵住下巴。
「這也證明他比我略遜一籌。不如來效法我宗近大國師。」
「比起國師你恐怕更適合當馬賊。」
「外交官當馬賊有點怪，總之我會堂堂正正派駐北京。」
「做個專門和亞洲打交道的外交官？」
「是參與亞洲經綸。哈哈哈。像我這種人終究不適合歐美。不過等我修煉一番後，不知能不能成為像你父親那樣？」
「像我父親那樣死在外國就麻煩了。」
「不怕，反正後事有你張羅。」
「你真會給我找麻煩。」
「我可不是白死，是為天下國家而死，所以你替我處理一下後事也是應該的吧。」
「我都已自身難保了。」

53 船板牆風格與神燈風格，指東京人喜好用船板做圍牆。常見於東京老街。藝人和藝妓屋則喜歡在門口掛燈籠祈求好運。
54 夢窗國師，臨濟宗僧侶疎石（1275-1351），受到足利尊的信任創建天龍寺，也擅長造園藝術，著有《夢中問答》、《夢窗國師語錄》等書。
55 大燈國師，臨濟宗僧侶妙超（1282-1337），創建大德寺。

「歸根究柢是你太任性。在你腦中可有想過日本這個國家？」

之前他一直用玩笑的雲層掩蓋嚴肅的本性。但玩笑的雲層這時散開，嚴肅的本性終於浮現。

「那你想過日本的命運嗎？」甲野握杖頭的手用力，身體微微向後挺起。

「命運是神要思考的東西。凡人只要像個人好好工作就夠了。不信你看日俄戰爭。」

「只不過是湊巧感冒好了就自以為長命百歲。」

「你是說日本會短命嗎？」宗近逼問。

「這不是日本與俄國之戰。是人種與人種之爭。」

「那當然。」

「你看美國，再看看印度，看看非洲。」

「照你這個邏輯，等於是說伯父死在外國所以我也會死在外國。」

「事實勝於雄辯，無論誰都一樣會死。」

「會死和被殺死是一回事嗎？」

「通常人都在不知不覺中被殺死。」

否定一切的甲野拿杖頭敲了石橋一下，戰慄地縮起肩膀。宗近倏然起立。

「你看那邊。看那座正殿。據說峨山和尚[56]當初只靠一碗托缽就重建了那座正殿。而且死的時候頂多才五十歲。如果沒有幹勁，就算是躺著的筷子也豎不起來。」

「比起正殿，倒不如看那個。」甲野依舊坐在欄杆上，朝反方向指去。

彷彿區隔世界一隅的山門此刻朝左右颯然敞開，只見紅紅綠綠魚貫經過山門。有女人。有小孩。為了一覽嵯峨春色，京都人繽紛絡繹前往嵐山。

「就是那個。」甲野說。兩人又走進色相世界。

在天龍寺門前左轉就是釋迦堂[57]，右轉是渡月橋[58]。京都連地名都特別美。兩人看著道路兩旁標榜著某某名產的成排商店，旅行七天多的雙腳繼續帶著旅意走向車站。路上遇到的皆為京都人。從二條車站半隔一小時就出發一班的賞花列車，將剛抵達的好男好女悉數吐出車廂送往嵐山的櫻花。

「真美。」宗近已忘記天下大事。京都是最適合女人盛裝打扮的地方。天下大事也比不上京都女人的姿色。

「京都人早晚都在跳舞。真是愜意。」

「所以才說像小野。」

56 峨山（1853-1900），臨濟宗僧侶，重建天龍寺。
57 釋迦堂，嵯峨清涼寺，安置了釋迦如來佛像。
58 渡月橋，架設在流經嵐山山麓的大堰川上的長橋。

「不過京都舞挺好的。」
「的確不錯。感覺怪熱鬧的。」
「不。看著那種舞蹈幾乎感覺不到性感。女人裝飾到那種地步後，過度人工化反而少了人性的成分。」
「是啊，那種理想做到極致就是京人偶。人偶純屬器械，不會令人反感。」
「化著淡妝四處鑽營活動的傢伙似乎人性的成分最高最危險。」
「哈哈哈，就算貴為哲學家也會感到危險吧。不過說到京都舞，就連對外交官都沒危險。我深有同感。彼此能到安全的地方來玩真是太好了。」
「人性的成分也是，若放在第一義[59]活動還好，但通常總是胡亂放在第十義左右所以令人厭惡。」
「我們彼此大概在第幾義呢？」
「說到彼此，別看我們這樣，人格可是很高尚的，所以絕對不在第二義、第三義以下。」
「就憑我這德性？」
「即使言不及義，箇中自有趣味。」
「真是感激不盡。說到第一義，不知是怎樣的活動？」
「第一義嗎？第一義不見血就出不來。」

「那才危險吧。」

「用鮮血洗滌荒唐念頭時，第一義便會躍然出現。人就是這麼輕薄。」

「是自己的血還是別人的血？」

甲野沒回答，逕自開始瀏覽店頭陳列的抹茶茶碗。大概是手工捏製的，擺滿三層架的茶碗看起來都有點傻頭傻腦。

「那種裝傻的傢伙，就算用血清洗還是沒用吧。」宗近還抓著那個話題不放。

「這個嘛……」甲野拿起一個茶碗打量時，宗近忽然不聲不響就用力扯他袖子。茶碗頓時在地上摔得粉碎。

「你看你。」甲野望著地上的碎片。

「喂，摔碎了嗎？碎了也沒關係，別管它了。你快過來看。快點。」

甲野跨過商店門檻。「怎麼了？」他朝天龍寺的方向轉頭，只見京人偶的背影絡繹遠去。

「怎麼了？」甲野又問一次。

「已經走掉了。可惜。」

「甚麼東西走掉了？」

59 第一義，最根本的意義、價值。

「那個女人。」

「哪個女人？」

「就是隔壁那個。」

「隔壁？」

「彈琴的人。你一直想一窺廬山真面目的女人。枉費我好心想指給你看，你卻只顧著計較破茶碗。」

「那的確很可惜。是哪個？」

「還哪個咧，人早就不見了。」

「沒看到那女人固然可惜，但這個茶碗也很可惜。都是你的錯。」

「錯就錯。這種茶碗還要洗的話簡直沒完沒了。所謂不破不立，麻煩得很。茶人的用具最讓人看不順眼。全都很矯情。我恨不得把天下的茶具集中起來全部敲破。不如順便再多砸一兩個茶碗吧？」

「嗯——一個多少錢？」

兩人付了茶碗的錢，來到火車站。

運送熱鬧遊人來賞花的京都火車自嵯峨返回二條車站。沒有折返的列車則貫穿山脈去丹波。兩人買了去丹波的車票，在龜岡下車。保津川[60]的急流泛舟素來以這個車站為起點。看著即將下行的河水還在眼前緩緩流過頗有春水碧如油的韻味。兩岸開闊，岸邊也有村里孩童愛摘的筆頭菜。船夫將船停在岸邊候客。

「好奇特的船。」宗近說。船底是一整塊平坦的木板做的，船舷離水不足一尺。紅毯上面放著菸草盆，兩人隔著適當的距離坐在位子上。

「可以再靠左一點，沒事，水不會濺上來。」船夫說。船夫有四位。領頭的拿著十二尺長的竹竿，接著有兩位在右側持槳，一位站在左側同樣操竿。

船槳吱呀響。粗略削平的樫木前端纏繞粗大藤蔓，剩餘一尺的圓桿，是為了讓雙手便於握住。握緊時手上的骨節黝黑隆起，浮現松枝似的青筋，一用力便可看出明顯的脈動。被藤蔓綁住前端的船槳，每次划動時堅持不肯彎曲，倔強地保持筆直，與藤蔓及船舷摩擦。因此每次划槳便會吱呀響。

河岸拍浪兩三次，流水無聲亦無暇停駐，不斷向前推送。一波疊一波化為漣漪湯湯流逝，頭上聳立著環繞山城的春日青山。被壓擠的河水只好進入兩山之間。才剛覺帽子上的陽光消失，輕舟已駛入山峽。保津瀨就由此開始。

「終於來了。」宗近隔著船夫的身子眺望五十米外岩石之間的夾縫。水聲轟隆。

60 保津川，大堰川上游。從龜岡至嵐山山麓多急流，風景優美，觀光船都從龜岡為起點行駛這一段。

「原來如此。」甲野從船舷探出頭時，船已滑入急流中。右側的二名船夫放慢划槳的動作。船槳順著水流緊貼船舷。站在船頭的人横竿而立。船迅如箭矢向下衝，坐在船底的屁股咄咄響起急促水聲。當兩人警覺船可能會散掉時，船早已衝出急流。

「你看那個。」朝宗近指的後方看去，只見白色泡沫拖曳百米長，不斷翻滾糾結，爭先恐後將落入溪谷的些微日光化為萬顆明珠。

「真壯觀。」宗近非常滿足。

「和夢窗國師比起來哪個好？」

「這好像比夢窗國師更厲害。」

船夫的態度異常淡定。對於環抱松樹的岩石欲落不落的模樣毫不在意，靈活地操槳掌舵。船一一繞過各種急流。每次轉彎，迎面就會躍出新的山脈。激流穿過行船客來不及細數的石山、松山、雜樹山，驅船再次奔入急流。

前方出現圓形巨岩。岩石不讓層層青苔纏身，兀自裸露紫色身軀，腰部以下任由料峭春寒的水花拍擊，在綠色碎浪中等待船隻的來臨。船迫不及待筆直衝向這塊大岩石。毫不顧慮是否會被水捲去撞上岩石粉身碎骨。無法想像陡峭的岩壁和河底究竟有多深，波浪的去向比乘客的未來更不可思議。不知是會撞上岩石砸得粉碎，還是被捲入漩渦落入看不見的彼方——船只是筆直前進。

「要撞上了！」宗近嚇得準備起身時，紫色巨岩已經壓在船夫的腦袋上方。船夫哼了一聲使勁掌舵。船挾著不惜粉身碎骨的氣勢鑽向吞沒波浪的岩石腹部。橫握的竹竿打直，隨著雙手高舉過肩，船猛然一個迴轉。竹竿推開野獸般的巨岩，船貼著岩石下方斜斜滑過，落到岩石另一頭。

「怎麼看都比夢窗國師更厲害。」宗近坐下說。

穿過急流後，對面有空船逆流而上。既沒用竹竿更別說船槳。船夫收起了拼命抵住岩角的拳頭，藍色棉布粗服的肩頭斜揹著細麻繩，沿著谷間一路拉船上來。在除了涉水難以找到方寸餘地落腳的岸邊，不時躍石攀岩，彎腰用力向前幾乎將草鞋扯斷。垂落的雙手指尖一直浸泡在被岩石阻擋形成的水渦中。隨著世世代代用力踩踏，岩石自然磨損，也形成可以讓船夫拖船上行時安然落腳的石階。到處都有長竹竿插在岩石上，據說就是為了讓船夫牽繩不受阻礙，船可以迅速滑行。

「水流變得比較平穩了呢。」甲野放眼眺望左右兩岸。嶙峋聳立無處落腳的山脈遙遠上方，鏗鏗傳來伐木聲。黑影在高空晃動。

「簡直像猴子。」宗近伸長脖子仰望山峰。

「只要習慣了甚麼都能做。」對方也舉起手遮在眉上仰望。

「那樣工作一天不知能賺多少。」

「應該能賺到一些吧。」

「要從山下問問嗎？」

「水流太湍急了。完全來不及問。船一直向前駛。除非有水流較緩慢的場所否則根本辦不到。」

「我還想坐更久的船。剛才抵著岩腹轉彎時太好玩了。真想借來船夫的槳自己划。」

「如果讓你掌舵划船，這時候我們彼此恐怕都已去投胎了。」

「哪會，很好玩耶。比觀賞京人偶還好玩。」

「那是因為大自然皆秉持第一義活動。」

「如此說來大自然是人類的範本。」

「哪裡，人類才是大自然的範本。」

「那你果然是京人偶派。」

「京人偶很好啊。近似大自然。就某種角度而言是第一義。傷腦筋的是……」

「是甚麼？」

「大抵上的事很都傷腦筋吧。」甲野避而不談。

「碰上這種傷腦筋的日子就沒轍了。等於失去範本。」

「覺得順流而下很好玩就是因為有範本。」

「你是說我？」

「沒錯。」

「那我是第一義的人物囉。」

「順流而下之際，是第一義沒錯。」

「下完了就是凡人嗎？哎呀呀。」

「在大自然翻譯人類之前，人類先翻譯大自然，所以範本還是在人。順流而下之所以痛快，是因為你內心的痛快放在第一義，轉移至大自然。那就是第一義的翻譯，第一義的解釋。」

「所謂肝膽相照就是因為彼此都把對方放在第一義吧。」

「基本上是那樣沒錯。」

「你有肝膽相照的時候嗎？」

甲野默然盯著船底。古有老子曾言，言者不知[61]。

「哈哈哈，那我與保津川肝膽相照嗎？有意思。」宗近一再拍手叫好。河流縈繞亂石突起的巨岩左右，若即若離，透明中半帶碧色的光琳式水波[62]，畫出宛如嫩蕨的曲線緩緩越過

---

61 言者不知，出自《老子》五十六章，「知者不言，言者不知。」

62 光琳式水波，元祿時代的畫家尾形光琳獨創的裝飾性水波畫法。

岩角。河流已逐漸接近京都。

「彎過那個鼻頭就是嵐山。」船夫將長竹竿插進船舷說。被吱呀作響的船槳推送，滑行般穿過深水潭後，左右岩石主動退開，船已抵達大悲閣[63]下方。

兩人爬上松樹櫻花與成群京都人偶中。撥開成片相連如帷幕的大袖下，越過松林來到渡月橋時，宗近忽然又用力拽住甲野的袖子。

以足可二人合抱的赤松為盾，大堰為波，誇耀明媚花影的橋頭草簾茶屋內，梳著高島田髮髻的女人正在休息。現在難得一見的老式髮型下是張瓜子臉，彷彿臨花不堪風，垂眼避人問，一逕望著茶屋的招牌糯米糰子。她裹著單薄的染色綾羅披風，規矩地併攏膝蓋，看不見底下的衣服是甚麼顏色。唯有領口明顯露出綴著花紋的假領，立刻映入甲野的眼簾。

「就是她。」

「誰？」

「她就是彈琴的女人。那個穿黑外套的肯定是她爹。」

「這樣啊。」

「她不是京人偶。是東京人。」

「你怎麼知道？」

「旅館的女服務生說的。」

三五成群的醉漢高聲大笑，揮舞手臂從後方推擠過來。甲野與宗近側著身子讓路給這些囂張的人。色相世界如今正熱鬧。

六

一張圓臉少有憂愁，領子內隱約可見淺黃色蘭花對肌膚吐出幽香，灑落在穿衣人的胸前。糸子就是這樣的女子。

向人指示目標時會用手指。四隻手指折向手心，只有食指伸直指著目標時，那隻手的方向明確毫無疑問。如果五根手指悉數伸直指著目標，即便能指出東西方向，好像也不覺得指的方向是正確的。糸子就是那種彷彿五指併攏伸出的女人[64]。不能說如此的印象是錯誤的。但就是有點怪。所謂美中不足是指向目標的手指太短。過了頭大概是伸出的手指超過正常長度時。糸子就是個彷彿五指同時併攏伸出的女人。談不上滿足。也不會被批評太過頭。

63 大悲閣，位於京都嵐山山腹的千光寺稱號。
64 相較於宛如女王的「紫色女人」藤尾，沒有明顯特色卻個性篤直的糸子由此登場。之後文中也提到糸子雖無學問和才氣，卻是很真誠的可敬女子。

指向別人的手指如果指尖細瘦，感覺會集中在指尖形成焦點。藤尾的手指彷彿從指尖的紅色延伸，終結於縫衣針的尖端。刺痛觀者之眼。不得要領者無法過橋。過於機靈者直接走欄杆過橋。走欄杆過橋者有落水之虞。

藤尾與糸子正在六帖房間進行五指與針尖之戰。一切對話都是戰爭。女人的對話尤其是戰爭。

「好一陣子沒看到妳了。歡迎妳來。」藤尾以主人的身分說。

「因為我父親一個人忙不過來，所以無暇拜訪……」

「沒去看博覽會嗎？」

「還沒有。」

「向島[65]呢？」

「哪都沒空去。」

藤尾暗想，整天悶在家中，虧她還能這麼心滿意足——糸子每次回答時，眼尾就會出現笑影。

「有那麼忙嗎？」

「也不是甚麼大事啦……」

糸子通常回答到一半就打住。

「不出來走走對身體不好喔。畢竟春天一年只有一次。」

「是啊。我也是這麼想……」

「雖然一年一次，但如果死了不就只限於今年了嗎？」

「呵呵呵，死了就沒意思了。」

兩個人的對話始終以死這個字貫穿，向左右閃開。上野是通往淺草必經之路。同時也是通往日本橋之路。藤尾想帶對方到墳墓的另一邊。而對方甚至不知墳墓還有另一邊。

「等我哥娶了太太，我就可以經常出來逛逛了。」糸子說。賢妻良母型的女人會做出賢妻良母型的答覆。自認生來就是為了伺候男人的女人是最可悲的生物。藤尾在內心冷哼。這雙眼睛，這對衣袖，這些詩詞歌賦，都不屬於柴米油鹽鍋碗瓢盆。這是在美麗世界活躍的美麗影子。被冠上實用二字時，女人——美麗的女人——就會失去本來面目，受到無上侮辱。

「一先生打算甚麼時候結婚呢？」只有對話空泛地在表面繼續。糸子回答前先抬頭看藤尾。戰爭漸漸開始了。

「幾時都行，只要有人肯嫁，我想他就會娶。」

這次輪到藤尾在回答前睨視糸子。尖針留著以備不時之需，暫時還不需要出現在眸中。

65 向島，位於東京都墨田區，是觀賞櫻花的景點。

「呵呵呵，不管他想要甚麼樣的理想對象，肯定都能立刻找到。」

「但願真是如此就好囉。」糸子半帶刺探地糾纏不放。藤尾有必要閃躲一下。

「妳不知道他想娶甚麼樣的對象嗎？如果他決定結婚，我會認真幫他找。」

雖不知黏竿[66]夠不夠長，但鳥似乎的確逃走了。不過還有必要進一步觀察。

「好，請妳幫忙找，就當是我姊姊。」

糸子有點深入危險地帶。二十世紀的對話是一種巧妙的藝術。不深入則不得要領。過於深入會遭到攻擊。

「妳才是姊姊。」藤尾一刀斬斷對方刺探的繩索，把繩索丟回去。糸子尚未領悟。

「為什麼？」糸子納悶不解。

射箭不中是自己本領不足，射中了卻無法震懾對方是因為容貌不足。女人比起本領不足更恨容貌不足。藤尾咬了一下下唇。從沒輸過的藤尾，不可能在進行到這地步時打住。

「妳不想當我的姊姊[67]嗎？」藤尾裝傻說。

「哎呀！」糸子的臉頰羞紅。敵人在心中暗罵活該，冷笑收兵。

甲野與宗近談論後的結論是——不將對方放在第一義不可能肝膽相照。此刻兩個人的妹妹正在肝膽的外圍開戰。不知這是被引入肝膽中的戰爭，還是趕出肝膽外的戰爭。哲學家將二十世紀的對話稱為肝膽相蔽的戰爭。

這時小野來了。小野被過去追逐，急得在寄宿的陋室團團轉。轉了半天還是無望逃脫時，他見到過去的朋友，試圖調停過去與現在之間的矛盾。調停似乎成功又似乎不成，自己依然處於不安的狀態。他當然沒那個勇氣豁出去壓制追來的過去。迫不得已，只好指望著未來跑來求救。有句諺語說藏身袞龍袖[68]。小野則是想藏身未來袖尋求庇護。

小野踉蹌而來。只可惜難以說明他腳步踉蹌的意味。

「你怎麼了？」藤尾問。小野還來不及在遮蔽憂心的外衣上繡上從容的徽紋。之前那位哲學家曾說過，二十世紀的人都該準備兩三件這樣的徽紋外衣。

「你的臉色很難看呢。」糸子說。小野仰賴的未來竟然倒戈相向，試圖挖出過去，真是情何以堪。

「我已經兩三天沒睡了。」

「噢。」藤尾說。

「這是怎麼了？」糸子問。

「因為他最近忙著寫論文。——對嗎？」藤尾的說法兼具答辯與質疑。

66 黏竿，竹竿頂端有黏著劑，用來捕鳥。
67 日文的「姊姊」和「嫂嫂」都是同樣的說法，此處其實是暗喻「嫂嫂」之意。實際上糸子比藤尾小兩歲。
68 袞龍袖，袞龍是天子穿的禮服。隱喻躲在天子背後謀取私利。

「對。」小野順水推舟地回答。不管是甚麼船，只要有人叫他上船，小野不可能不上。通常謊言是碼頭的船。有了就上。

「喔。」糸子隨口接腔。無論他要寫甚麼論文，都和賢妻良母型的女子無關。這種女子只關心他的臉色不好看。

「小野先生就算畢業了還是很忙吧。」

「他畢業時得到銀錶，所以今後還要靠論文拿金錶。」

「那很好啊。」

「是這樣吧。對吧？小野先生。」

小野報以微笑。

「那就難怪你沒跟我哥和欽吾先生一起去京都玩了。——我哥整天逍遙得很呢。真希望他偶爾也忙得睡不了覺。」

「呵呵呵，但至少總比家兄好吧？」

「欽吾先生不知比我哥好上幾百倍。」糸子半是無意識地駁斥，隨即察覺失言，將絲絹手帕在膝上揉成一團。

「呵呵呵！」

藤尾的嘴唇掀動時，門牙邊上鑲的金絲倏然閃現。敵人順利落入了陷阱。藤尾高奏第二凱歌。

「他們去京都還沒消息嗎？」這次是小野發問。

「沒有。」

「至少該寄張明信片回來吧。」

「不是說他們像砲彈似的一去不回嗎。」

「誰說的？」

「就是上次，我媽不是這麼說過。說他們都像砲彈——糸子小姐，尤其是宗近，還說他是大顆砲彈喔。」

「誰說的？伯母嗎？我受夠砲彈了。所以我真擔心他如果不趕快結婚成家，還不知會飛去哪裡呢。」

「那就讓他趕快結婚嘛。對吧，小野先生。我們一起幫他找個好對象吧？」

藤尾意味深長地看著小野。小野的目光和藤尾的目光撞上後，不禁瑟瑟顫抖。

「是啊，替他找個好對象吧。」小野說著取出手帕，稍微擦了一下小鬍子。幽香倏然飄來。據說香味太強烈會流於低俗。

「你在京都有很多熟人吧？那你介紹一個京都小姐給一先生。不是說京都多美女嗎？」

小野的手帕有點亂了陣腳。

「哪有，實際上一點也不美。──等甲野君回來妳問他就知道了。」

「我哥才不會提那種事。」

「那就問宗近君。」

「哥哥說美女超多喔。」

「宗近君以前也去過京都？」

「沒有，這是第一次，但他有寄信回來。」

「噢？那他也不算是砲彈嘛。原來他有寫信啊。」

「只是明信片啦。他寄了一張京都舞的明信片，邊上寫著京都女人都很美。」

「是嗎。真有那麼美嗎？」

「好像都是雪白的臉孔，我完全看不出美不美。不過要是能實際看到或許不錯。」

「實際看到了也是一群雪白的臉孔。漂亮是漂亮，可是面無表情，沒甚麼意思。」

「他還提到別的呢。」

「看不出他這種懶人寫信倒是勤快。他怎麼說？」

「他說鄰家的女人彈琴比我好聽。」

「呵呵呵，一先生恐怕聽不出琴技好壞吧。」

「他八成是故意嘲笑我。因為我琴藝很爛。」

「哈哈哈，宗近君也太壞了。」

「而且他還寫說人家比我漂亮。氣死人了。」

「一先生不管做甚麼都很露骨。我碰上他只能甘拜下風。」

「但他有誇獎妳喔。」

「噢？他怎麼說？」

「他說對方比我漂亮，可是不如藤尾小姐。」

「哎喲，真討厭。」

藤尾摻雜得意與輕蔑的眼睛發亮，倏然將脖子往後一仰。黑髮彷彿要掀起堪比鬢毛的波浪，唯有簪頭的彩貝紫羅蘭如星子般放出楚楚可憐的光芒。

小野與藤尾這時再次對視。糸子不解其意。

「小野先生，京都的三條有家旅館叫做蔦屋嗎？」

本已迷失在深不見底的黑眸中渾然忘我，任由未來全部被吸走的人，頓時因場景驟然變換而重重跌落到過去中。

為了逃避追來的過去，小野逃入袖中香爐紫雲冉冉的煙影中，還來不及看清縹緲的樂趣，更談不上飽啖，便已在四目相對的匆匆一瞬，從尚未成就好事的美夢醒來，反而被扔回過去。草中有蛇出沒，不可輕易踏青。

「蔦屋有甚麼問題嗎？」藤尾問糸子。

「不是啦，據說欽吾先生和我哥就住在那家蔦屋旅館。我很好奇那是甚麼樣的地方，所以才請教小野先生。」

「小野先生你知道嗎？」

「三條啊？三條的蔦屋……這個嘛，好像是有這麼一家旅館……」

「那麼，應該不是很有名的旅館囉？」糸子天真無邪地看著小野的臉。

「對。」小野苦澀地回答。這次輪到藤尾開口。

「就算不出名又有甚麼關係。至少旅館的內室可以聽見琴聲——不過我哥和一先生不行。如果是小野先生，肯定會喜歡。某個春雨綿綿的靜謐日子，輕鬆躺著聽旅館隔壁的美女彈琴，豈不是詩情畫意？」

小野異樣沉默。甚至不再望向藤尾，只是無意義地眺望壁龕的棣棠花。

「的確很好。」糸子代他回答。

不懂詩的人，無權插嘴風雅嗜好的問題。若是得到賢妻良母型女人的一句「很好」便可滿足，打從一開始就不會說甚麼春雨、內室和琴聲。藤尾忿忿不平。

「想像起來會是很有趣的畫面呢。該想像成甚麼樣的地方好呢？」

賢妻良母型女人為何會冒出這種問題，當下還真令人費解。除了當成廢話不予置評別無他法。但是小野不得不開口。

「藤尾小姐認為那應該是甚麼樣的地方呢？」

「我嗎？我啊——我想想喔——最好是內院二樓——環繞簷廊，可以略窺加茂川——從三條應該可以看見加茂川吧？」

「對，如果地點選對了的確看得見。」

「加茂川岸邊有柳樹嗎？」

「有。」

「那些柳樹，遠看如煙似霧。上方有東山——那座漂亮的渾圓山頭是東山吧——那座山像綠色供品般朦朧隆起。氤氳之中隱約可見五重塔[69]——那座塔叫做甚麼？」

「哪座塔？」

「還有哪座塔，就是東山右角的那座嘛。」

「我不大記得了。」小野歪頭納悶。

「有啦，一定有。」藤尾說。

「可是琴聲是從隔壁傳來的。」糸子插嘴說。

69 五重塔，此處是指東山的八坂塔。

女詩人的幻想被這句話戳破。賢妻良母型的女人生來就像是為了摧毀美麗的世界。藤尾略為皺眉。

「妳可真性急。」

「哪有，我聽得正有趣呢。然後那座五重塔怎樣了？」

五重塔當然不能怎樣。有人對桌上的生魚片只是看看就命人撤回廚房。想讓五重塔怎樣的人，是被教育成不把生魚片吃下肚就無法忍受的實用主義者。

「算了那就不說五重塔了。」

「聽起來很有趣啊。五重塔真的很有趣啦。對吧，小野先生？」

惹惱別人時，按照社會規矩必然得道歉。觸犯女王逆鱗時，無法用鍋子、爐灶、味噌篩子這類供品來彌補。無用的五重塔只能在曖昧氣氛中如同燙手山芋被小心翼翼安置。

「不說五重塔了。五重塔算甚麼東西。」

藤尾說著眉毛倏然一挑。糸子很想哭。

「妳生氣了嗎——都是我不好。五重塔真的很有趣。我是說真的。」

刺蝟越被撫摸越會豎起針刺。小野必須在爆炸前設法挽救。

如果再提起五重塔只會讓她更生氣。琴聲對自己是禁忌話題。小野思考該如何調停才好。話題若能離開京都當然對自己最有利，但如果轉移話題的方式太生硬，同樣會招來糸子的輕蔑。他必須繞著對方的話題轉，而且還得讓話題朝著對自己無害的方向發展。以他獲得銀錶的本領而言似乎難度太高。

「小野先生，你應該能理解吧？」藤尾主動開口。糸子被當成不解風情之人慘遭漠視。小野之所以出面調停，就是因為他不想眼看著兩個女人唇槍舌戰。如果身著彩衣皺起細眉火花四濺的戰局一方，鄙視地認定另一方不配當對手，那他就沒必要出手。只有遭到漠視者煩人地糾纏不休時，才有必要好心讓被漠視者加入。如果對方很安分，管她是被漠視還是被鄙視，暫時都與自己的利害無關。小野沒必要再把糸子放在眼裡。只要配合主動開口的藤尾就對了。

「我當然理解。——詩的生命比事實更明確。但世上有很多人都不懂這件事。」他說。小野並不想輕蔑糸子。只不過是更重視如何討好藤尾。而且那個答覆是真理。是欺凌弱小的真理。小野為了詩與愛不惜做出如此犧牲。道義不會在弱者的頭上閃耀，糸子孤立無援。藤尾終於一吐怨氣。

「那麼，我就繼續說給你聽吧？」

俗話說害人終害己。小野只能硬著頭皮說好。

「好。」

「二樓下方有三塊踏腳石交錯，前方有水井，挨著井邊的雪柳開花了，每當汲水的吊桶擦過，花瓣彷彿就會散落井中。……」

糸子默默傾聽。小野也默默傾聽。滿天花瓣逐漸被擦落，厚重的雲層疊合，陰沉壓住三月天。白晝漸漸昏暗。離遮雨窗五尺處，矮籬邊的星花木蘭綻放妖異的色彩。透過樹叢仔細一看，不時有兩三條雨絲斷續飄落。雨絲斜斜落下瞬間消失。不像從天而降，更不像落到地上。雨絲的生命僅有尺餘。

古人說居移氣[70]。藤尾的想像隨天空變得濃厚。

「你從二樓欄杆看過雪柳嗎？」她問。

「還沒有。」

「在下雨天——咦，好像有點下雨了。」她說著瞥向庭院。天空更暗了。

「然後——雪柳的後方是建仁寺[71]的竹籬笆，籬笆那頭傳來琴聲。」

琴聲終於出現了。糸子心想原來如此。小野暗叫不妙。

「從二樓的欄杆俯瞰，可以將鄰家的院子一覽無遺——順便也描述一下那個院子的格局吧？哈哈哈！」藤尾高聲大笑。冰冷的雨絲閃爍掠過星花木蘭。

「哈哈哈，不想聽嗎——好像越來越暗了。恐怕要變天了。」

逼近眼前的烏雲，緩緩化為雨絲。倏然橫掃過樹叢，緊接著又是一條雨絲追來。眼看著一條又一條經過同一處。雨越下越大了。

「哎呀，好像要下大雨了。」

「既然下雨，那我也該告辭了。抱歉打斷妳講話。妳的描述非常有趣。」

糸子說著站起來。對話伴隨春雨瓦解。

七

劃完火柴，火光轉瞬沒入黑暗。捲完幾段彩錦，便成素色之境。兩個青年已盡興春遊。穿著狐皮背心走天下的青年，和胸懷日記抱百年之憂的青年一同踏上歸程。

籠罩古寺、古社、神森、佛丘的京都暮色終於緩緩降臨。這是倦怠的黃昏。消逝的萬物之上，唯有星光殘留，就連那個也朦朧不清。星星甚至懶得眨眼，即將消融於空中。過去就從這沉睡的深處開始行動。

一人的一生有百種世界。有時進入土的世界，有時在風的世界飄移。也有時在血的世界

70 居移氣，出自《孟子．盡心上》，「居移氣，養移體。」意謂所處的環境可以改變人的氣度。

71 建仁寺，京都東山的臨濟宗大本山。京都五山之一。

沐浴腥風血雨。將一人世界統合於心頭方寸的彈丸，和與他人清濁混淆的彈丸層層相連，鮮活呈現千人的千個真實世界。每個世界將每個中心置於因果交叉點，向左右畫出相應的圓周。以憤怒為中心畫出的圓迅疾如飛，以愛情為中心畫出的圓在虛空燃燒火焰的痕跡。有人牽引道義之線而動，有人隱隱圍繞著詭譎之環打轉。四面八方、前後上下紛亂飛舞的世界與世界互相交錯時，秦越之客[72]便於此同舟。甲野與宗近盡興享受三春行樂後啟程東行。孤堂老師與小夜子則搖醒沉睡的過去前往東京。兩個不同的世界無端在晚間八點發車的夜行列車上交會。

我執世界與我執世界互相抵觸時有人會切腹。會自取滅亡。我執世界與他人世界碰撞時雙方都可能崩潰。會支離破碎。或者射出的箭矢拖曳熱氣在無極中各分東西。人生中一旦發生驚人的牴觸方式，不用自己站上舞台就會變成悲劇的主角。天生的性格在此刻首度放在第一義。在八點發車的夜行列車陰錯陽差交會的世界並不算猛烈。然而若只是萍水相逢的短暫緣分，在星光燦爛的春夜，連名稱都顯寂寥的七條車站，似也無太大的必要交會。小說會雕琢自然。自然本身無法成為小說。

兩個世界彷彿綿延不斷如夢似幻，在二百里長車中交錯。二百里長車無所謂是要載牛或載馬，更不在意要將何人的命運如何運往東方。無懼世間的鐵輪轉動。之後驀然衝向黑暗。有人歸心似箭，有人樂而忘返，有人慣於行旅不在意往來，此刻同樣被當成土偶對待一視同仁。雖然夜晚看不見，但火車依舊不斷噴出黑煙。

燈籠的火光中，所有人在沉睡的黑夜朝七條移動。人力車停下時，黑影驟然明亮，走進候車室。黑影從黑暗中絡繹出現。車站內擠滿活生生的黑影。獨留京都想必分外沉靜。

京都的活動集中在七條車站，為了把這一兩千個聚集活動的世界一股腦推向燈火輝煌直至天明的東京，火車頻頻噴出濃煙。黑影開始四散——整團黑塊四分五裂散落成黑點。黑點各自朝左右移動。過了一會，火車發出無敵巨響逐一關上車門。月台彷彿把人們盡數掃去，忽然變得空曠。只有大鐘透過車窗映入眼簾。這時遙遠的後方響起口哨。火車動了一下。不知彼此的世界將織成何種關係，在黑暗中靠著嗅覺摸索前進的甲野、宗近、孤堂老師、楚楚可憐的小夜子，同樣搭上了這班車。不知情的火車滾動車輪。不知情的四人，任由四個世界擦身而過進入黑夜中。

「車上很擠呢。」甲野環視車廂內說。

「嗯，京都人大概都搭乘這班火車去東京看博覽會吧。難怪這麼多人。」

「是啊，候車室簡直人山人海。」

「京都這時大概很冷清吧。」

72 秦越之客，秦、越皆為春秋時代的國家，分據西北與東南。形容相隔遙遠者齊聚一堂。

「哈哈哈，的確。京都真的很閑靜。」

「待在那種地方的人居然也會動，真不可思議。像他們那樣也有種種事情要辦嗎？」

「就算再怎麼閑靜，還是有出生的人和死去的人吧。」甲野將左膝交疊到右膝上。

「哈哈哈，出生與死亡就是要辦的大事嗎？住在蔦屋旅館隔壁的那對父女，就是那種人吧。他們過得相當安靜呢。一點動靜也沒有。像他們那樣居然也要去東京，真不可思議。」

「大概是去看博覽會吧。」

「不，他們好像是舉家搬遷。」

「噢？甚麼時候？」

「甚麼時候搬家我不知道。我沒向女服務生問那麼詳細。」

「那家的女兒遲早也要出嫁吧。」甲野喃喃自語。

「哈哈哈，應該會吧。」宗近把帆布袋放到上方的行李架，邊坐下邊笑。對方側著臉隔著玻璃窗向外望。窗外一片漆黑。火車毫不客氣地衝破黑暗向前奔馳。只聽見轟隆巨響。人類無能為力。

「跑得好快啊，不知火車時速有多少英里。」宗近盤腿坐在位子上說。

「外面黑漆漆的完全看不出火車有多快。」

「就算外面漆黑，也知道很快吧。」

「看不見能比較的東西，當然不知道。」
「就算看不見也很快。」
「你又知道了。」
「嗯，我當然知道。」宗近趾高氣昂地換個姿勢盤腿坐。話題暫時中斷。火車加速前進。不知是誰的紳士禮帽放在對面行李架上，歪斜的帽頂隨著火車行駛不停顫動。服務生不時穿過車廂。大部分旅客只是面對面坐著乾瞪眼。
「總之就是很快啦。喂！」宗近又發話了。甲野已經半閉上眼。
「啊？」
「總之就是——很快啦！」
「是嗎。」
「嗯。你看吧——很快吧。」
火車轟隆奔馳。甲野只是默默微笑。
「還是急行列車坐起來痛快。這樣才有坐火車的感覺。」
「該不會又比夢窗國師厲害？」
「哈哈哈，秉持第一義活動。」
「和京都的電車大不相同吧？」

「京都的電車？那玩意我投降。完全在第十義以下。那玩意居然還能行駛真不可思議。」

「因為有人坐呀。」

「因為有人坐？太扯了。聽說那是全世界最早鋪設的電車。」

「應該不是吧。若是全世界最早鋪設的未免太幼稚。」

「不過若真是全世界最早鋪設的，那它毫無進步的程度鐵定也是世界第一。」

「哈哈哈，和京都很相稱。」

「是啊。那是電車的名勝古蹟。是電車界的金閣寺。雖說『十年如一日』本來應該是讚美之詞。」

「不是也有句『千里江陵一日還』[73]嗎？」

「應該是『一百里程壘壁間』[74]。」

「那是西鄉隆盛。」

「是嗎，難怪我覺得怪怪的。」

甲野緘口不語。對話再次中斷。火車照樣轟隆奔馳。這兩人的世界暫且就這樣在黑暗中搖晃著消失。同時，另外兩人的世界，也在如絲照亮長夜的晃動電燈下顯現。

小夜因為生於皎潔的西斜月影下而取了這個名字。自從母親過世，父女倆在京都過著儉樸生活，至今已是第五年掛上盂蘭盆節燈籠了。今年秋天終於可以在久違的東京祭拜母親，小夜子從左右長袖伸出白皙的雙手，態度尋常地交疊。初戀的愁思盡在她嬌小肩頭。當頭罩下的憤怒，滑入絲綢柔順的多情衣擺。

紫色招驕傲，黃色追濃情。東西兩地的春天以一縷心願連接二百里鐵路，只求愛情是真誠的，掛在髮上的丈長髮飾顫動，穿梭長夜奔馳。過往五年是一場夢。以沾滿顏料的畫筆貫穿朦朧渲染的舊夢，穿透記憶的底層，甚至每次回顧當時都還能鮮明地渲染。小夜子的夢比生命更鮮明。小夜子在春寒料峭的懷中溫存這鮮明的舊夢，同時任由黑色列車載著向東奔馳。火車載著她的夢只是一逕向東奔馳。攬夢的人拼命抱緊一團火熱以免掉落。火車一心一意奔馳。在原野穿過綠地，在山間衝過雲層，在星夜衝過星光奔馳。懷抱美夢的人，擁抱著，奔跑著，將鮮明的夢逐漸與黑暗的遠方切割，逐漸拋到現實的面前。隨著火車的奔馳，夢與現實的距離逐漸拉近。小夜子的旅程唯有在鮮明的夢與現實碰撞難以區別彼此時才會終止。夜還很深。

坐在旁邊的孤堂老師並沒有甚麼珍貴的美夢。他每天握著顎下日漸發白的稀疏鬍鬚試圖追憶往昔。往事藏在二十年前並不容易出現。茫漠紅塵中有東西在動。甚至無法判別那是人

73 千里江陵一日還，出自李白的詩〈下江陵〉。
74 一百里程壘壁間，據說是西鄉隆盛在西南戰役即將結束時寫的詩句。通常寫作「一百里程絕壁間」。

是狗是木是草。唯有無法區別人狗草木時，人的過去才真的成為過去。越留戀無情拋棄我們的當時，人狗草木就會越發混淆不清。孤堂老師用力拽住花白的鬍鬚。

「妳是幾歲到京都的？」

「不上學之後就立刻去了，所以正好是十六歲的春天吧。」

「如此說來，今年是第幾年了……」

「第五年。」

「已經五年了啊。日子過得真快，好像才不久之前的事。」老師說著又拉扯鬍子。

「我剛來時您不是還帶我去嵐山？當時媽也去了。」

「對對對，那時還沒到花季。和當時相比，嵐山也變了很多呢。那時好像還沒有招牌糯米糰子。」

「不，已經有糰子了。我們不是在三軒茶屋旁吃過？」

「是這樣嗎？我不大記得了。」

「您忘啦，您不是還笑小野先生專吃綠色的糰子。」

「原來如此，當時小野也在啊。那時妳媽還在世。沒想到她會死得那麼早。人的命運是最難捉摸的。小野後來也變了很多吧。畢竟我們足足有五年沒見了……」

「但他身體健康真是太好了。」

「是啊。他來到京都之後變得健康多了。剛來時臉色很蒼白，而且好像老是畏畏縮縮的，不過習慣之後就慢慢變得坦然自若了……」

「他的個性溫和。」

「他是很溫和。太溫和了。──不過他畢業時憑著優秀成績得到銀錶真是太好了。──不枉我照顧他一場。即便是他那種好性格的人，如果放任不管，還不知會墮落到甚麼地步呢。」

「的確。」

鮮明的美夢開始在心頭盤旋。那不是死掉的夢。從五年時光的底層脫離浮雕的深刻記憶，躍上咫尺之間。女人只是凝眸看著逼近眼前的夢，從左右前後上下看著它鮮明的景象。沉溺夢境的人，忘了老父親的鬍鬚。小夜子陷入沉默。

「小野會到新橋車站來接我們吧？」

「當然會。」

夢境再次跳躍。雖然她壓抑夢境不讓它跳躍，但它還是在夜色搖曳中奔向暗處。老人放開鬍鬚。終於閉上眼。分不清是人是狗是草是木的古老世界，不知不覺落下黑幕。在嬌小的心頭躍動盤旋，雖被壓抑依然奔馳的世界，照亮黑暗洞明如火。小夜子擁抱這明亮的世界睡著了。

長長的列車破開籠罩大地的夜幕，勇敢逆風前近。用有力的車尾敲打追來的冥府之神，終於逃出冥府，全力奔向輕煙裊裊的破曉國度。茫茫原野無邊無際，不斷向上逼近青天，在訝異那無垠的同時，也排除了殘夢，當目光掃向空中時，一輪紅日已照亮人世。

神代金雞[75]對空鳴叫展開五百里長翼，在雲層瀰漫下界的大虛中央，明朗浮現的萬古積雪向下傾瀉，以鎮壓八州平野[76]之勢向左右鋪展，腰部以下皆淹埋於蒼茫中。白雪傲然貫穿天空。白色的盡頭，有或紫或藍的皺褶在斜坡堆疊，將雪白的坡面割裂無數不規則的線條。仰望的人沿著雲影，從暗藍色山腳一路向上，曲曲折折穿過藍與紫的裂縫，直至最頂端的純白山頭時，當下豁然清醒。白雪吸引了光明世界的所有旅客。

「喂，看到富士山了。」宗近滑下座位，用力打開車窗。晨風從遼闊的山腳原野倏然吹入。

「嗯。剛才就看到了。」甲野依然用駱駝毛毯蒙著頭，態度異樣冷淡。

「這樣啊，你沒睡嗎？」

「睡了一會。」

「你幹嘛用那玩意蒙住腦袋……」

「會冷。」甲野在毯子裡回答。

「我餓了。還不能吃飯嗎？」

「吃飯之前必須先洗臉……」

「有道理。你講的話句句有理。不過還是該看一下富士山。」
「比叡山好。」
「叡山？叡山算甚麼，那只不過是京都的一座山。」
「你很瞧不起人家喔。」
「哼哼——你看看富士山有多麼雄偉。人也得有那種氣魄才行。」
「你不可能那樣沉穩。」
「我頂多像保津川嗎？就算是保津川也比你好。你這種人頂多是京都的電車。」
「京都的電車起碼會動所以還好。」
「而你完全不動嗎？哈哈哈！快丟開駱駝動一動吧。」宗近從行李架取下帆布袋。車廂內開始嘈雜。奔向光明世界的火車在沼津休息。——宗近去洗臉了。
這時車窗半露出一張枯瘦的臉孔。稀疏的鬍子或黑或白絲絲縷縷被晨風吹動，「喂，拿兩盒便當。」孤堂老師說。右手握著幾枚硬幣遞出，左手接下便當。女兒在車廂內倒茶。

75 神代金雞，指神武天皇東征的故事。神武天皇陣前對敵時，忽有金鳶飛至其弓箭上放出金光，敵人遂落荒而逃。
76 八州平野，整個關東地區。

「看看這便當怎麼樣。」打開蓋子一看，白色飯粒黏在盒蓋上。飯盒內躺著淺褐色山藥，旁邊有一片黃色煎蛋幾乎被壓扁，勉強掙扎著在白飯邊上冒出頭。

「我還不想吃。」小夜子沒拿起筷子，和便當一起擱著。

「噢。」老師從女兒手上接過茶杯，望著插在膝上飯盒的筷子，一口灌下茶水。

「馬上就到了吧？」

「對，快了。」他說著夾起山藥往蓄鬍的嘴裡送。

「今天天氣很好。」

「嗯，這種天氣很幸運。可以清楚看見富士山。」山藥從嘴巴回到便當盒。

「小野先生會替我們先找好住處吧？」

「嗯。找——找是肯定找了。」老師的嘴巴邊吃飯還得忙著回話。他繼續埋頭吃飯。

「去餐車吧。」宗近在隔壁車廂合攏米澤飛白藍染和服的前襟。穿西裝的甲野修長的身子站起。跨過扔在走道上的手提包時，甲野轉身提醒：

「喂，小心別絆倒了。」

甲野推開玻璃門走進隔壁車廂，打算直接穿過。走到一半時，宗近突然從後方用力拽他的西裝下擺叫他看。

「飯有點冷了。」

「冷掉沒關係，但是太硬了。——到了我這個年紀，食物太硬就會卡在胸口很不舒服。」

「您喝點茶吧……我幫您倒。」

青年沉默地穿過車廂去餐車。

彷彿在日日夜夜混亂交錯的小世界那縱然行盡天涯也無盡期之中，並排放下四個不厭其煩吐絲裹成的蠶繭，四人的小宇宙，也在火車上夜半背向而坐卻毫不知情。白日升起，掃落星辰，徹底剝除天空的外皮，讓一切事物無從隱藏，只見車窗內四人的小宇宙成雙成對擦身而過。擦身經過父女身旁的兩個小宇宙此刻面對面坐在白色桌布前大啖火腿煎蛋。

「喂，她也在耶。」宗近說。

「嗯，她在。」甲野看著菜單回答。

「看來也是要去東京。昨晚在京都車站好像沒看到她。」

「對，我完全沒注意到。」

「我也不知道他們居然就在隔壁車廂。——好像經常巧遇他們呢。」

「巧遇得太頻繁了。——我這塊火腿全是肥肉。你的也是嗎？」

「差不多。這或許就是你我差異所在吧。」宗近把叉子倒過來，往嘴裡塞了一大塊火腿。

「彼此以豬自許嗎？」甲野有點窩囊地咀嚼白色肥肉。

「是豬也沒關係，但我總覺得不可思議。」

「據說猶太人不吃豬。」甲野突然說出很跳脫的感想。

「猶太人先不提，重點是那個女人。有點不可思議呢。」

「因為遇到太多次嗎？」

「嗯。——服務生，麻煩送紅茶來。」

「我要喝咖啡。這豬肉不行。」甲野又把女人撇開了。

「這已經是第幾次遇到了？一次，兩次，三次，已經遇到三次了呢。」

「如果是小說，接下來就要藉由這個契機發展事件了。但我們遇到這麼多次好像還安然無事……」甲野說到這裡，喝了一大口咖啡。

「遇到這麼多次竟還安然無事，所以彼此都是豬吧。哈哈哈。——不過這也很難說。你對那女人有興趣的話……」

「是啊。」甲野把對方沒說完的話打斷。

「就算沒那回事，都遇到這麼多次了，所以今後說不定還會發展出甚麼關係。」

「和你發生關係？」

「不是，不是那種關係，我是說別的關係。男女關係以外的關係。」

「噢。」甲野左手托腮，右手的咖啡杯停在鼻頭前，就這麼心不在焉看著對面。

「我想吃橘子。」宗近說。甲野沉默。之後看起來毫不擔心地說，

「那女人該不會是來東京出嫁吧。」
「哈哈哈！要去問問看嗎？」聽起來完全沒有要去問的意思。
「出嫁啊……女人那麼想出嫁嗎？」
「所以囉，這得問了才知道。」
「那你妹妹呢？她也一樣想出嫁嗎？」甲野認真地問起奇怪的問題。
「你說小糸？那丫頭還是小娃兒呢。不過她很愛哥哥。還替哥哥縫了狐皮背心。別看她那樣，其實很擅長針線活。要不我叫她也替你做個肘墊吧？」
「這個嘛……」
「你不要？」
「嗯，也不是不要……」
肘墊就這麼含糊帶過，兩人離開餐桌。經過孤堂老師的車廂時，老師正攤開朝日新聞在看報，小夜子在小口吃煎蛋。四個小世界各自活動，又一次在列車上擦身而過，彼此的命運如自家的未來岌岌可危，而且吉凶未卜，帶著難以預期的明日世界抵達新橋車站。
「剛才跑過去的那個人不是小野嗎？」走出車站時，宗近問。
「是嗎？我沒注意。」甲野回答。
四個小世界以火車站為終點，暫時各分東西。

八

一棵淺蔥櫻[77]將暮色籠罩庭院。緊閉的房門外，一塵不染的簷廊悄然無聲。室內的小型長火盆上，手提式鐵壺正在沸騰，前方鋪著絞染絲綢坐墊。甲野家的母親優雅端坐在坐墊上。凜然挑起的眼尾，似乎暗藏一條暴躁的青筋穿過額頭，卻被淺黑色紋理細緻的肌膚包覆，至少外表看起來四平八穩。——以海綿藏針，用力握緊後，再給柔嫩的手貼上膏藥爽快地安撫創傷吧。最好還要親吻出血的局部，以示自己毫無他意。——生於二十世紀的人起碼得懂得這點。甲野昔日在日記上寫過，露骨者必然滅亡。

安靜的簷廊響起腳步聲。細長的雙腳緊緊套著彷彿剛做好的白襪，輕踢色彩奇特的厚邊下擺在簷廊拖行，倏然拉開紙門。

端坐不動的母親，將濃眉半轉向門口說，

「咦，進來吧。」

藤尾默默反手關上門。隔著火盆在母親對面輕盈坐下時，鐵壺不停鳴響。

母親注視藤尾的臉。藤尾垂眼望著火盆旁對折的報紙。——沸騰的鐵壺依然在響。

口舌多時真實少。母女倆任由鐵壺鳴響，相對無言，簷廊寂靜無聲。淺蔥櫻吸引著暮色漸臨。春天正在消逝。

藤尾終於抬起頭。

「他回來了吧。」

母女倆倏然四目相接。真實藏在一瞥中。不堪熾熱時便會露相。

「嗯。」

長煙管咚地一聲敲出燃盡的菸草。

「不知他到底想怎樣。」

「誰知他想怎樣，他的心思連我也猜不透。」

雲井[78]的煙霧毫不客氣地從高挺的鼻孔噴出。

「就算他回來了也是老樣子吧。」

「沒錯。他一輩子都是那副德性。」

母親的暴躁終於從裡層浮上表面。

「他真的那麼不願意繼承家業嗎？」

77 淺蔥櫻，櫻花的園藝品種之一。開白花，但花萼為萌蔥（草綠色），因此看起來是淺綠色。

78 雲井，香菸成為政府專賣之前的民間高級菸絲。

「哪裡，他只是嘴上說說而已。所以才可惡。他是打算講那種話讓我們難堪……如果真的不稀罕財產，那他自己做點甚麼不就好了？一天到晚只會在那磨蹭，他畢業到今天都已經兩年了。就算是研究哲學，好歹也有能力養活自己一個人吧。偏他就是那麼優柔寡斷。每次看到他，我就一肚子氣……」

「看來用暗示的他完全聽不懂。」

「才怪，他就算聽懂了也拼命裝傻。」

「真煩人。」

「就是啊。他如果不採取行動，我就沒辦法安排妳的婚事……」

藤尾沒有回答。戀愛會孕育一切罪惡。在沉默中，已蘊藏犧牲一切的決心。母親繼續說：

「妳今年也二十四了吧。二十四還沒結婚的可不多喔。——我跟他商量妳的婚事，他叫我別把妳嫁出去，還說想讓妳留在家裡替我養老送終。既然如此那他至少該找份工作自立門戶吧，可他偏偏又每天關在房間裡睡懶覺。——而且還對外人說要把家產都給妳，他自己打算去流浪。好像是我嫌他礙眼非把他趕出家門似的，妳說這不是丟人嗎！」

「他去哪裡講那種話？」

「他去見宗近的父親時這麼說的。」

「他也太不像男人了。倒是該趕緊把糸子小姐娶進門才對。」

「我懷疑他是否真的想娶人家。」

「哥哥的想法誰也摸不透。不過糸子小姐很想嫁給哥哥喔。」

母親取下沸騰的鐵壺，拿起火鉗。密密麻麻布滿裂紋的薩摩燒茶壺上，勾勒兩三條藍色波紋，隨意點綴雪白的櫻花，茶壺中的細碎宇治茶葉，在白日悠長的茶湯中泡爛了，層層相疊早已冷卻。

「要不要重泡一壺茶？」

「不了。」藤尾在與茶壺同色的茶杯中倒入早已沒有香氣的剩餘茶水。黃色的茶水隨著注滿杯中逐漸色澤變深，深黃色水面的邊緣綴著泡沫久久不散。

母親熟練地掏炭灰，把佐倉炭的白色殘骸敲碎，再將尚有餘燼的炭夾到一旁。重新挑選形狀完好的黑炭，放入坍塌的溫暖洞穴中劈哩啪啦燃燒。——室內春光始終溫煦籠罩母女倆。

本書作者討厭無趣的對話。毒舌雖可替猜疑不和的陰暗世界增添一抹精彩，卻非詩人揮灑彩筆在紙上鋪陳美好春色的風雅作風。住在掌管閑花素琴之春者歌頌的天下，卻得臚列不帶半滴氣韻的粗野言詞時，就像筆端沾泥雙手運筆實在艱難。之所以描寫宇治茶、薩摩壺、佐倉炭，只不過是偷來片刻閒暇，給讀者彈指間擺脫煩憂的便宜之舉。然而地球自古以來不停迴轉。明暗不捨晝夜。以最簡短的方式敘述這對母女不討喜的一面，是本書作者的悲哀義務。品茶寫炭之筆不得不再次回到這兩人的對話。這次對話至少得比前一段更有意趣。

「說到宗近，他還真可笑。沒學問又一事無成還敢說大話——他自己還覺得很了不起呢。」曾有馬廄和雞舍比鄰。據說母雞對馬的評語是——不會雞鳴報曉也不會生雞蛋。言之有理。

「他沒考上外交官，倒是一點也不覺得丟人。換作一般人，應該會稍微奮發圖強才對。」

「他就是顆砲彈。」

意味不明。但是批評得斬釘截鐵。藤尾光滑的臉頰泛起漣漪，默默一笑。藤尾是個懂詩的女人。雜貨店賣的糖球砲彈是用黑砂糖揉成的。砲兵工廠做的砲彈是溶化鉛塊鑄造的。總之砲彈就是砲彈。但母親卻一本正經。母親不懂女兒在笑甚麼。

「妳覺得他怎麼樣？」

女兒的笑，無端勾起母親的懷疑。俗話說知子莫若母。這句話其實說錯了。如果彼此的世界格格不入，即便是母親，也無異於大唐與天竺的外國人。

「我覺得他怎樣？……我對他沒有任何感覺。」

母親從銳利的眉毛底下冷然審視女兒。藤尾明白母親的意思。了解對手便可不慌不亂。藤尾刻意從容不迫地等待母親切入正題。母女之間也照樣會耍心機。

「妳想嫁入他家嗎？」

「宗近家？」女兒反問。看來她是要拉滿弓才放箭所以故意反問。

「對。」母親隨口回答。
「我不要。」
「妳不願意？」
「這還用問……那種人毫無品味。」藤尾斷然否決。就像把竹筍橫著一刀切斷。緊繃的眉頭起風，緊閉不願多談的嘴巴暗藏某種東西一閃而逝。母親跟著附和：
「那麼沒前途的人，我也不喜歡。」
沒品味和沒前途是兩碼子事。鐵匠鏗鏘一聲敲下，徒弟叮噹補上一槌。但兩人打的是同一把劍。
「那我們乾脆現在就清楚回絕吧。」
「回絕？難道有過婚約？」
「婚約？沒有婚約。但妳爸爸曾說要把那個金錶給阿一。」
「那又怎樣？」
「因為妳以前把那金錶當玩具，老是玩那紅珠子……」
「所以呢？」
「所以妳爸曾半開玩笑地當著大家的面對阿一說，『這個懷錶雖與藤尾緣分不淺，但還是送給你吧。不過現在不能給你。等你畢業了再給你。不過藤尾或許會因為捨不得懷錶跟著去你家，這樣你願意嗎？』」

「到現在還把那個當成婚約嗎？」

「宗近父親的口氣好像是那個意思。」

「荒唐！」

藤尾朝長火盆的邊角擲去尖銳的回答。立刻產生反響。

「的確有點荒唐。」

「那個懷錶是我的。」

「現在還在妳房間嗎？」

「好端端地放在我的文具盒裡。」

「這樣啊。妳真的那麼想要？妳又不能掛。」

「總之給我就對了。」

鏈子前端火紅的石榴石，從放在高處的泥金蘆雁圖文具盒裡層放出妖異的光芒向藤尾招手。藤尾倏然起身。簷廊此刻暫時挽留了隨著日暮逐漸消逝的白晝，映出淺蔥櫻依然清晰的高大身影，她轉過身，將瘦削的側臉對著門內說：

「那個懷錶可以送給小野吧？」

紙門內沒有回應。——春天的暮色籠罩母女。

同一時間宗近家的客廳燈火通明。讓靜夜重返白晝的油燈燈罩，發出優雅的白光，表面敲出唐草花紋的白銅油壺亮麗誇耀不被夜色掩蓋的光輝。燈火照亮之處，每張臉孔都興高采烈。

「哈哈哈」的笑聲先響起。在這燈火周圍的所有談話，好像都是以哈哈哈開頭。

「那你們也沒看到相輪樘[79]吧。」有人大聲說。聲音的主人是老人。紅潤的雙頰垂落贅肉，壓出雙下巴。腦袋已近全禿。老人還不時撫摸禿頭。宗近的父親就是習慣摸頭才會禿。

「相輪樘是甚麼？」宗近在父親面前不守規矩地盤腿而坐。

「哈哈哈，那你們不是等於白爬叡山了嗎。」

「我們在路上沒看到那種東西吧？甲野兄。」

甲野面前放著茶杯，身穿前襟合攏的暗色細條紋和服，外罩黑色大掛，正襟危坐。甲野被問起時，糸子含笑的臉孔一動。

「好像沒有相輪樘。」甲野雙手依然放在膝上。

「路上沒看到？……我是不知道你們從哪上山的啦——從吉田嗎？」

79 相輪樘，「相輪」是佛塔頂端的裝飾部分。「樘」是柱子。亦即在柱子上設置相輪代替佛塔。比叡山的相輪樘在明治二十八年全部改鑄。

「甲野兄，我們上山的地方叫做甚麼來著？」

「我也不知道。」

「爸，我們還經過獨木橋喔。」

「獨木橋？」

「對——我們有經過獨木橋吧？甲野——如果再繼續走好像會走到若狹。」

「怎麼可能那麼快就走到若狹。」甲野當下推翻前言。

「可是你當時明明這麼說。」

「我那是開玩笑。」

「哈哈哈，走到若狹去就麻煩了。」老人似乎非常開心。糸子的圓臉也笑得瞇起雙眼皮。

「你只知埋頭拼命趕路跟信差一樣所以才看不到。——叡山有東塔、西塔、橫川，甚至有人每天往來這三處當作修行，可見地方有多麼遼闊。如果只知爬上爬下，那你去哪座山不都一樣。」

「我本來就只是當作普通的山在爬。」

「哈哈哈，那你等於是為了磨出腳底水泡才去登山嘛。」

「的確磨出了水泡。不過所有水泡都由他包辦。」宗近笑看甲野。哲學家也無法繼續板著臉了。燈火晃動得很明顯。糸子以袖掩口，等到憋不住的笑容終於平息才抬頭，同時悄悄凝眸望向水泡的主人。欲動眼者，先動表情。這是趁火打劫的作風。即便是賢妻良母型的女人好歹也會這種策略。佯裝不知的甲野立刻提出疑問。

「伯父，東塔和西塔的稱呼又是甚麼由來？」

「那都在延曆寺境內。遼闊的山中，寺院東一塊西一塊地聚集，所以分為三區，稱為東塔和西塔，這麼想就大致不會錯。」

「甲野，就像大學也有分法學院、醫學院、文學院啦。」宗近從旁一臉內行地插嘴。

「對，可以這麼說。」老人當下贊同。

「正如某首和歌吟詠的『東有修羅西近都，不如橫川深處住』，橫川最冷清，被視為最適合做學問之處。——從剛剛提到的相輪樘還得再往山裡走一里多。」

「難怪我們經過時都沒看到，對吧？」宗近又對甲野說。甲野沒吭聲，恭敬地聽老人說明。老人得意洋洋地開講。

「謠曲的《船弁慶》[80]不是也有提到嗎——這等人，乃住在西塔旁的武藏坊弁慶是也——弁慶以前住過西塔。」

---

80 船弁慶，描述鎌倉時代源義經被賴朝追趕，與小妾靜御前分開，自大物浦乘船出航，遇上平知盛的鬼魂，弁慶全力降伏對方的故事。

「原來弁慶是法學院的。那你就是橫川的文學院了。——爸，叡山的總長是誰？」

「甚麼總長？」

「就是叡山的——我是說創建叡山的人。」

「開山祖師嗎？開山祖師是傳教大師。」

「在那種地方創建寺院不是整人嗎，簡直不方便得要命。古時候的男人都很會突發奇想耶。對吧，甲野兄？」

甲野只是含糊應了一聲。

「我告訴你，傳教大師就是生於叡山山麓。」

「原來如此，這麼說我就懂了。甲野你也懂了吧？」

「懂甚麼？」

「坂本登山口豎著一根木樁，上面寫著傳教大師誕生地。」

「他就是在那裡出生的。」

「嗯，這樣啊，欽吾你當時也發現了吧。」

「我當時沒注意到。」

「因為他只注意腳上的水泡。」

「哈哈哈！」老人又笑了。

不觀者不見。古人強調思想方為無上。逝水不捨晝夜，徒然寫了一個又一個「真」字，卻不知流逝的水波已載著剛寫的「真」杳然遠去，此乃世間常情。無論是法華堂、佛足石、相輪橖、淨土院，只記載名稱、年月日與歷史就以為可以了事的想法，一如抱著屍骸過活的人。見者並非為其名。觀者並非為其見。太上離形而入普遍之念。——甲野雖登叡山卻不識叡山正是因為這個原因。

過去已死。若在敲響大法鼓，吹起大法螺，豎起大法幢[81]守護王城鬼門[82]的往昔也就算了，但事到如今若要從恆武天皇的時代挖出正殿供奉佛陀、天頂掛滿蜘蛛絲的古伽藍，以無用的議論洗刷千古汙泥，那是一天有四十八小時晝夜的閒人所為。現在正分秒必爭等待吾人。有為天下落眼前，雙腕截風鳴乾坤。——所以宗近雖然登上叡山卻一無所知。

唯獨老人一臉太平。他娓娓述說叡山的歷史，似乎認定天下興衰都會在叡山的剎那指揮下，日以繼夜面目一新。他這番說法是出自對青年的善意。青年卻有點受不了。

「不方便？人家是為了修行特地選擇那種山創建的。這年頭的大學就是地點太方便了，大家才會變得那麼奢侈。身為學生卻成天只知道吃甚麼西洋點心、喝威士忌……」

81 大法幢，佛堂裝飾的大旗。

82 王城鬼門，比叡山位於當時平安京的東北方，也就是諸事不吉的鬼門方位。

宗近臉色怪異地看著甲野。甲野卻意外地嚴肅。
「爸，聽說叡山的和尚晚上十一點還下山去坂本吃蕎麥麵喔。」
「哈哈哈，怎麼可能。」
「是真的啦。對吧？甲野兄。——就算再怎麼不方便，想吃的東西還是想吃。」
「那是好吃懶做的和尚吧。」
「如此說來我們是好吃懶做的學生嗎？」
「你們比好吃懶做更糟。」
「我們更糟無所謂——但是去坂本還要走二里山路呢。」
「差不多有那麼遠吧。」
「深夜十一點下山，吃完麵，又要走那麼遠的路上山啊。」
「你到底想說甚麼？」
「那可不是好吃懶做的人做得到的。」
「哈哈哈！」老人挺著大肚子笑了。宏亮的嗓門連油燈蓋都吃了一驚。
「別看現在這樣，以前應該也有正經的和尚吧？」這次是甲野突然想起來問。
「現在也有喔。雖然一如世上的正經人越來越少，老實的僧侶也不多了——不過現在也不是完全沒有。畢竟那是歷史悠久的寺院。起初叫做一乘止觀院，是過了很久之後才改名為延曆寺。據說打從那時就有奇妙的修行，必須在山裡整整閉關十二年呢。」

「那可沒空吃蕎麥麵了。」

「哪能啊——畢竟一次也沒下過山。」

「那樣在山中老去不知做何感想。」

宗近喃喃自語說。

「那就是修行嘛。你們也不要這麼好吃懶做，應該效法一下人家。」

「那可不行。」

「為什麼？」

「這還用問。我當然也不是做不到，但如果那樣做，等於違背了您的命令。」

「甚麼命令？」

「您不是每次一看到我就催我娶媳婦嗎？如果今後十二年都待在山裡，等我結婚時都已經變成糟老頭了。」

舉座大笑。老人稍微仰起頭由後向前撫摸禿頭。臉頰垂落的肥肉搖搖欲墜。糸子低頭憋笑，憋得雙眼皮都微微泛紅。甲野緊抿的嘴唇也鬆開了。

「不，修行歸修行，不娶媳婦可不行。一下子兩個人都該結婚了，真是麻煩。——欽吾也得娶媳婦了吧。」

「是，但我還不急……」

他的回答很敷衍。他心想，與其娶媳婦還不如在叡山待上十二年。將一切看在心裡的糸子對欽吾的心事瞭如指掌。嬌小的胸膛忽感沉重。

「可你母親應該很擔心吧？」

甲野沒回答。這個老人也把自家母親當成一般母親。這世上沒有任何人看穿自家母親的想法。如果看不透自家母親就不可能同情自己。甲野渺小地懸宕在天地間。彷彿世界末日只有自己一人倖存。

「你再這麼磨蹭下去，藤尾小姐也很為難吧。女人和男人不同，一旦錯過適婚期，要嫁人會很不容易。」

值得敬愛的宗近老人同樣站在母親與藤尾那一邊。甲野無言以對。

「阿一也得趕快結婚，否則我年紀也大了，還不知哪天會發生甚麼事呢。」

老人是根據自己的想法去推測甲野母親的想法。雖然同樣身為父母，但天下父母心不見得相同。然而甲野無法解釋。

「我沒考取外交官所以暫時還不可能結婚。」宗近從旁插嘴。

「你去年是落榜了。但今年的考試結果還不知道吧？」

「對，還不知道。不過，八成又會落榜。」

「為什麼？」

「大概還是因為我比好吃懶做更糟吧。」

「哈哈哈！」

今晚的對話以哈哈哈開始也以哈哈哈結束。

九

真葛原[83]開滿黃花龍芽草。輕盈鑽過芒草，挺著不甘的高個子，小心翼翼地優雅避開秋風，熬過秋雨邁入冬天。或褐或黑零星飄落冰霜，在無盡綿延的冬日中，勉強依賴朝夕維持脆弱的生命。冬天不厭其煩地持續了五年的漫長時光。寂寞的小花熬過寒夜。混入滿目紅花綠葉的春天。天地萬物凡春風所經之處皆燃燒成富貴顏色，細瘦的黃花龍芽草頂端也悄悄綻放嫩黃，在艱難人世拘謹地怯弱生存。

過去她抱著比珠玉更鮮亮的美夢。她的雙眼看著黑暗中的鑽石，付出己身，寄託芳心，

83 真葛原，現在是京都圓山公園的一部分。經常出現在漱石作品中。

無暇顧及其他左右。當她懷抱珠光穿過黑夜，歷經二百里迢遙長路終於從黑暗的袋子取出明珠時，明珠卻在現實的光明中喪失幾分往昔的光輝。

小夜子是過去的女人。小夜子懷抱的是過去的舊夢。被過去的女人懷抱的過往舊夢，與現實隔著雙重關卡無緣相逢。即便偶爾悄悄前來也會被狗吠。自己也懷疑這或許不是自己該來的地方。懷抱的夢想，似乎成了不該懷抱的罪惡，即便避人耳目藏在包袱內，在路上也會遭到懷疑。

自己該退回過去嗎？混入水中的一滴油無法輕易回到油瓶。不管願不願意都只能隨波漂流。該拋棄夢想嗎？若能拋棄，早在沒來到現實世界前就已拋棄了。即使拋棄了，夢想也會主動飛撲過來。

自己的世界一分為二，分裂的世界各行其是發生痛苦的矛盾。許多小說都擅長描寫這種矛盾。小夜子的世界在撞上新橋車站時，出現了裂痕。之後只能支離破碎。小說由此開始。再沒有比由此開始小說的人更可悲的生活。

對小野亦然。早已拋棄的過去竟然撥開舊夢前塵，從歷史的垃圾堆中冒出陳舊的腦袋。猶在驚訝之際，它已起身大步走來。只恨當初拋棄時沒有斬草除根，但它已自行起死回生所以莫可奈何。讓乾枯的秋草搞錯任性的季節，在溫暖的陽光熱氣中復甦著實窩囊。然而撲殺甦醒的生靈有違詩人的風雅。既已被追上就必須安撫對方。有生以來沒做過對不起他人的事。今後也不打算做。為了不做對不起他人的事，也為了對得起自己，小野躲在未來的袖子後。紫色的氣息強烈，他才剛放心地想著只要有這個就不怕過去的幽靈陰魂不散來糾纏，小夜子已抵達新橋車站。小野的世界也出現了裂痕。作者同情小夜子，也同樣同情小野。

「令尊呢？」小野問。

「他出去了。」小夜子有點害臊。昨晚剛搬新家，從此父女倆要開始新生活，在這忙碌的春天，甚至無暇梳理容易悶濕的頭髮。在詩人的眼中，就連鋪棉家居服都看似寒酸。對鏡凝妝，玻璃瓶裡薔薇香，輕浸雲鬢，琥珀梳解條條翠——小野立刻想起藤尾。他心中有個聲音說，正因如此一定要擺脫過去。

「你們一定很忙吧。」

「行李都還沒打開……」

「我本來打算來幫忙，可是昨天和前天都有聚會……」

每天受邀參加聚會是小野在某方面名聲鵲起的證據。但那到底是哪方面，小夜子無從想像。她想，總之一定是自己望塵莫及、高不可攀的某方面。她垂下頭，看著放在膝上的右手中指發亮的金戒指——和藤尾的戒指當然無法相提並論。

小野抬眼環視屋內。低矮天花板泛白的木板有兩處破洞清晰可見，還有下雨漏水的污漬，到處都垂掛著煤煙燻黑的蜘蛛網。左邊數來第四根木條中央橫貫一根杉木筷，較長的那端向下嚴重彎曲，大概是前任房客用來綁繩子垂掛冰袋冰敷胸部吧。和隔壁房間區隔的兩扇紙門上，張貼著金箔洋紙，上面規律排列數十個英國式錦葵幾何圖案。模仿豪宅的塗黑邊框更顯得鄙俗。沿著貫穿兩個房間的簷廊邊有個院子，歪七扭八的徒有其名，面積還不及一條褐色的博多腰帶大。不足一丈高的檜樹在春天無用地挺起去年的尖葉，乾瘦的樹幹後方，隔著及腰的圍牆可以清楚聽見鄰居的說話聲。

房子的確是小野為孤堂老師特地找的。但是看起來很卑賤。小野內心覺得這房子很討厭。如果一定要有房子，他想住在矮籬旁有辛夷花，一葉蘭影落松苔，嶄新的手巾在春風中搖曳的房子——據說藤尾將會繼承那棟房子。

「托你的福找到好房子……」從不知誇耀的小夜子說。如果她當真認為這是幢好房子那就太沒出息了。據說有個男人請某人吃奴鰻[84]，對方道謝說托他的福第一次吃到如此美味的鰻魚。請客的男人從此就很輕蔑此人。

憐愛與輕蔑在某些場合是同義詞。小野的確輕蔑認真道謝的小夜子。但他壓根沒發現她也有惹人憐愛之處。因為他中了紫色的邪。中邪後眼珠就會變成三角形[85]。

「我心想一定要找到更好的房子才能讓你們滿意，到處都找遍了，不巧一時之間找不到適合的……」

他說到一半，小夜子立刻打斷小野的話：

「不，這樣就很好了。家父也很高興。」小野覺得她講話很小家子氣。小夜子毫不知情。

小夜子的小臉稍微往內縮，抬眼窺看對方。小野和五年前大不同了——眼鏡換成金框。久留米飛白藍染和服變成西裝。五分頭變成油頭——小鬍子一躍登上紳士之域。小野不知幾時留起了鬍子。他不再是以前那個學生。領子是新的。身上的飾品就連別針都會隨著肩膀擺動而發光。灰色的高級西裝背心內袋——裝著恩賜懷錶。小夜子小小的胸懷做夢也想像不到銀錶之上還有金錶。小野變了。

五年來沒有一日一夜忘懷過，比她的生命更鮮明的夢中人小野，並非這樣的人。五年歲月已成往昔。長袂短袂各分東西後，暮雲鎖離愁，相思關塞隔，疏於見面的這些年，她壓根不認為對方會完全不變。風吹時她想著小野的變化，下雨時她想著小野的變化，看到花開月圓她也想著小野的變化。然而，她是抱著對方變化不大的祈求走下火車月台。

小野的變化不是那種順理成章地承襲過去，自強不息的吳下阿蒙式變化。他的變化方式是將褪色的過去封印，直到對方抵達新橋車站的前一晚，才匆忙打造出現在醒目的模樣。小夜子無法接近他。即便伸手也遙不可及。她只恨自己想變也變不了。小野等於是為了疏遠她

84 奴鰻，位於淺草北田原町附近的烤鰻魚餐館。

85 眼珠變成三角形，日文用「目を三角する」（眼睛變成三角形）形容橫眉豎眼地責難他人。

才改變。

小野特地到新橋車站迎接。雇車帶他們去旅館。不僅如此，還在百忙之中抽空，替父女倆租了蝸居。小野和以前一樣親切。父親也這麼說。自己也這麼想。然而她無法接近小野。

一下月台，小野就叫她把行李給他。雖然她只有一個小手提袋，根本用不著人幫忙，小野還是搶著接過，連同小毯子一起拎著走在前面。望著他快步前進的背影時——她暗吃一驚。小野之所以走在前面，不是為了替大老遠前來的兩個人帶路，好像是為了超越這對落伍的父女。符節是將信物分成兩半雙方各持一半以供比對的證據。自己一直小心守護那個夢，看得比天上的太陽還珍貴，現在從五年來緩緩滲出香氣的「時光」袋子取出，以為兩相比對應該不會錯，不料現在早已退居遠處。手裡的信物已經不管用。

起初她以為是因為剛從洞穴出來才會覺得炫目。她以為習慣之後就好，然而隨著日子過去，一次又一次見面，小野變得越來越客氣。隨著他的客氣，也越發難以親近。

小夜子縮起以柔和線條連接咽喉的長下巴，抬眼眺望小野的風姿。她看到和以前不同的眼鏡，和以前不同的鬍子，和以前不同的髮型與穿著。看到所有和以前不同的東西時，她在心底悄悄嘆息。唉——

「京都的櫻花怎麼樣？已經遲了吧？」

小野忽然將話題轉移到京都。人們為了慰問病人會聊起病情。主動提起厭惡的往昔，重拾原本總算快斷掉的回憶之線，是基於詩人的同情。小夜子感到與小野突然拉近了距離。

「應該遲了吧。我們出發前去過嵐山，當時正好開到八分。」

「應該差不多吧，嵐山的花本就開得早。那不錯啊，妳是跟誰去的？」

賞花人多如月夜繁星。但是能夠與自己同行的除了天地就只有父親。如果不是父親——剩下的話她即便在心中也沒說出名字。

「還是和令尊嗎？」

「對。」

「應該玩得很開心吧？」他沒甚麼誠意地說。小夜子不知怎地感到有點可悲。小野重拾話題。

「嵐山也和以前大不相同了吧？」

「是的。大悲閣溫泉還建造了氣派的旅館……」

「這樣啊。」

「那邊不是有小督局[86]之墓嗎？」

「對，我知道。」

86 小督局，高倉天皇寵愛的女官，得罪皇后之父平清盛後躲在嵯峨野，後來被源仲國迎回宮中。

「現在那裡到處都是茶館，變得很熱鬧。」
「一年比一年庸俗。還是以前比較好。」
她以為無法接近的小野先生，和夢中的小野先生合而為一。小夜子暗吃一驚。
「真的是以前……」說到一半，她故意看院子。院子空無一物。
「以前和你們一起去時，還沒有那麼擁擠。」
小野果然還是夢中的小野。她原本望向庭院的眼睛一轉，倏然直視對方。金邊眼鏡和稀疏的小鬍子立刻映入眼簾。對方依然不是過去的人。小夜子按捺住幾乎要脫口說出懷舊話題的衝動，默默抿住嘴。有時得意忘形想轉彎，就會狠狠撞牆。高尚紳士淑女的對話也始終在心中碰壁。又輪到小野開口。
「妳和當時一樣，一點也沒變。」
「真的嗎？」小夜子的回答像是同意對方，又像是懷疑自己，有點意興闌珊。如果自己改變了，就不用這麼擔心了。改變的只有年紀，她暗自埋怨徒然變大的條紋衣服和用舊的琴。琴罩著套子豎直倚靠壁龕。
「我變了很多吧？」
「氣派得和以前判若兩人。」
「哈哈哈，那真是不敢當。今後我打算繼續改變。就像嵐山……」

小夜子不知該如何回答。手放在膝上垂著頭。小耳朵乖巧地藏在髮鬢末端，臉頰與脖頸相連處，彷彿水墨暈染般在陰影中拖曳曲線而去。很美的畫面。可惜坐在對面的小野不懂得欣賞。詩人喜歡感性美。肉體這樣的隆起，這樣的凹陷，這樣的光線，這樣的著色實在難得一見。小野若能在這瞬間捕捉到這美妙的畫面，也許會用力將短靴的鞋跟狠狠在地面扭轉，逆溯五年的時光之流飛奔回過去。可惜小野只是端坐在對面。小野只覺得她是個乏味又欠缺詩意的庸俗女子。同時那曾在他鼻前甩袖飄過的香氣，倏然化為一抹深紫掠過眉心。小野突然迫切想離開了。

「我改天再來。」他合攏西裝的前襟。

「我爸應該馬上就回來了。」她小聲試圖挽留。

「我下次再來。老師如果回來了，請代我問好。」

「那個……」她欲言又止。

對方半抬起身子，迫不及待地等著聽下文。她感到被對方催促。難以接近的人離得更遠了。真丟臉。

「那個……我爸……」

小野莫名感到氣氛沉重。女人越發難以啟齒。

「我改天再來。」他斷然起身離去。連小夜子想說甚麼都不肯聽。離去的人無情遠離。

毫無留戀也沒道別地離去。從玄關回到房間的小夜子，惘然坐在簷廊邊。

要下雨卻沒下成的天空深處有幽微春光，雖被淡雲遮掩還是普照大地。悠長壓在頭上的晴空多少令人有點鬱悶。不知何處傳來琴聲。小夜子的琴連塵埃都沒抹去，依然罩著套子寂寞地夾在兩個花布小包袱之間靠牆豎立。還不知幾時才能拿下深黃色琴罩。彈琴人對那首曲子肯定很熟練。指甲或按或挑，悠然在琴柱之間來去穿梭，無端撩亂的春色緊湊又豐饒。聽著聽著，那場雨彷彿就在昨日。雨滴如白晝流螢滴落在竹籬的連翹花上，父親抱怨一早就不停下雨很無聊。緞面袖口貼著手腕滑溜溜的。她將穿著細長絲線的繡花針往紅色針包一插，猛然起身。彷彿要叫醒隆起的古桐修長琴身，將ㄟ字型的琴弦一再按下，一再挑起。記得當時彈的曲子是〈小督〉。當她瘋狂舞動的十指將憂鬱的午後胡亂搓揉為一體時，父親親手泡茶來慰勞她。京都是春色、雨聲、琴韻的京都。其中尤屬古琴與京都最相宜。愛琴的自己，果然還是該住在靜謐的京都。離開古老京都的自己，就像衝破黑暗的烏鴉，飛出來之後，才被那漆黑的夜幕嚇得想回去，然而天色已亮。早知如此應該學鋼琴不該學古琴。英語也是很久以前學的，如今早就忘光了。父親說女人沒必要學那種東西。小夜子聽從住在上一個世代的老人所言，以至於如今落伍得追不上小野。上一個世代的老人已來日無多。萬一舊時代的人先走了，又落後新時代的人，恐怕不久的將來，就會在這無常人世性命不保。……

格子門喀拉開啟。舊時代的人回來了。

「我回來了。外面灰塵好多。」
「今天沒起風怎會有灰塵？」
「雖然沒颳風，但地面太乾了——所以我才討厭東京這個地方。京都比這裡好多了。」
「不是您自己天天念著要趕快搬家來東京嗎？」
「說是這樣說，實際來了一看才發現不如我所想。」老人在簷廊拍打襪子的塵埃，回來坐好後問道，
「怎麼有茶杯，有客人來過？」
「對，是小野先生來了……」
「小野？那真是不巧……」老人說著，開始將拎回來的大包袱上綁著的十字細繩仔細解開。
「今天我想買坐墊，去搭了電車，結果忘記換車，很倒楣。」
「那真不幸。」女兒一臉同情地微笑，
「但您買到坐墊了嗎？」她問。
「對，好歹把坐墊買回來了，可是浪費了不少時間。」說著從包袱中取出仿八丈島絲綢的黃條紋坐墊。
「您買了幾個？」

「三個。有這三個應該暫時夠了吧。妳鋪開坐坐看。」老人說著拿起一個給小夜子。

「呵呵呵，還是您來吧。」

「我也用，妳也坐坐看。相當不錯吧？」

「棉花好像有點硬。」

「反正棉花是——沒辦法，一分錢一分貨。結果還為了買這個沒搭上電車……」

「您不是忘記換車嗎？」

「對，換車——我明明拜託過車掌。氣得我回程乾脆用走的。」

「那您一定累壞了吧？」

「沒事。別看我這樣，走路還健步如飛呢。——不過害得我鬍子沾滿灰塵。妳瞧。」老人說著將右手四指併攏當梳子梳理下巴的鬍子，果然有黑灰掉在大腿上。

「這是因為您沒洗澡啦。」

「哪裡，這是灰塵。」

「可是明明沒颳風。」

「沒有風卻滿天灰塵所以才奇怪呀。」

「可是——」

「沒啥好可是的。不信妳自己出去試試。只要是正常人都會被東京的灰塵嚇到。妳以前在東京時也是這樣嗎？」
「對，灰塵很大。」
「可能一年比一年嚴重吧。像今天明明就完全沒有風。」老人說著從屋簷下探頭向外看。天空略帶陰霾，春陽朦朧流淌。仍有琴聲悠揚。
「咦，有人在彈琴——彈得很不錯。那是甚麼曲子？」
「您猜猜。」
「那我猜猜看……哈哈哈，我猜不出來。聽到琴聲就想起京都。京都幽靜宜人。像我這種落伍的老傢伙不適合東京這樣變化劇烈的地方。東京屬於小野和妳這種年輕人。」
落伍的父親等於是為了撮合小野與自己，特地搬來灰塵滿天的東京。
「那我們回京都吧？」她徬徨的臉上浮現笑容。老人認為那是女兒哀憐自己與外界疏離的一片孝心。
「哈哈哈，真的要回去嗎？」
「真的回去也行啊。」
「為什麼？」
「不為什麼。」
「可我們不是才剛搬來。」

「剛搬來也沒關係。」
「沒關係？哈哈哈，開甚麼玩笑……」
女兒低下頭。
「妳剛才說小野來過。」
「是。」女兒還是低著頭。
「小野他——小野他那個——」
「啊？」她抬起頭。老人注視女兒的臉。
「小野他——來過是吧？」
「是，他來過。」
「那他怎麼說？呃，他甚麼都沒說嗎？」
「對，他沒說甚麼……」
「甚麼都沒說？——妳應該讓他等我回來的。」
「他說趕時間，改天再過來，就先走了。」
「這樣啊。那他並不是有事才來的囉。這樣啊……」
「爸。」
「甚麼？」

「小野先生變了呢。」

「變了？——對，他變得很體面。在新橋見面時我差點認不出來。不過這對彼此都是好事。」

女兒又低下頭。——單純的老父親似乎無法領會自己的意思。

「可我好像還是老樣子，一點都沒長進。……他說我都沒變……」

最後一句話如光腳踩著嗡嗡響的琴弦尾端，在孤堂老師的腦中迴響。

「他說妳沒變，然後呢？」老人催促下文。

「我也沒辦法。」她小聲說。老人歪頭不解。

「小野說了甚麼嗎？」

「沒有……」

他們又重複同樣的問題與回答。就像踩水車只會不停原地迴轉。縱然踩再久也踩不到終點。

「哈哈哈，不用在意這種小事。春天本就令人憂鬱。今天這種天氣連我都覺得不舒服。」令人憂鬱的是秋天。明知不是那回事，卻找藉口搪塞。被安慰的人，是被輕視的人。小夜子默然。

「妳去彈彈琴吧。可以排遣一下鬱悶。」

女兒悶悶不樂地歪頭看壁龕。沒有懸掛書畫，徒有整片黑牆的角落，豎立的黃色琴罩將春天展露無遺。

「還是算了吧。」

「算了？不彈就不彈。——呃，說到小野，他最近很忙碌。他說近日就要提交博士論文……」

小夜子連銀錶都不想要。縱有一百個博士也對現在的自己無益。

「所以他正忙著呢。一旦埋頭做學問，任誰都會那樣。用不著太擔心。就算他想多待一會也身不由己，所以沒法子。啊？妳說甚麼？」

「他那樣……」

「嗯。」

「那麼匆忙……」

「嗯。」

「急著趕回去……」

「急著——趕回去？妳是說他不用那麼急著走？叫他別急也沒用啊。因為他滿腦子都是做學問。——所以我才說讓他抽一天時間一起去博覽會。妳告訴他了嗎？」

「沒有。」

「妳沒說？妳該告訴他的。小野來的時候妳到底在幹嘛？就算是女人，好歹也得主動說幾句話。」

從小教育她沉默是金，現在又怪她為什麼不說話。小夜子必須扛起所有過失。她的眼中一熱。

「算了，爸爸自己寫信問他——這有甚麼好難過的。我又沒罵妳。——對了，有晚飯嗎？」

「只有白飯。」

「有白飯就夠了，不需任何配菜。——聽說托他找的幫傭婆子明天就會來。——等到稍微適應了，住東京或京都其實都一樣。」

小夜子去廚房。孤堂老師動手拆開放在壁龕的行李。

十

謎題女造訪宗近家。謎題女的住處浪高如山頭，煤炭似水晶。禪家所謂柳綠花紅[87]。或

87 柳綠花紅，比喻順應大自然的規律，於靜默中呈現本來面目。出自蘇東坡的名句「柳綠花紅真面目」。

說麻雀啾啾烏鴉嘎嘎。謎題女卻讓烏鴉啾啾叫，麻雀不得不嘎嘎啼。謎題女出生後，世界就突然變得一團混亂。謎題女把身邊人放入鍋中，用方寸杉木筷[88]翻來攪去。只有以芋頭[89]自居者，方可接近謎題女。謎題女就像鑽石。異樣發光。而且不知光芒來自何處。從右看只見左邊發光。從左看只見右邊發光。她從多方面反射各種光芒為之得意。神樂面具足足有二十種。發明神樂面具的就是謎題女——如今謎題女主動找上宗近家。

宗近家率真快活的大和尚做夢也沒想到天下竟有如此危險的女人搧風點火四處攪局。他坐在厚坐墊上，檀木桌上放著唐刻法帖，正用大肚子發聲吟唱謠曲《鉢木》開頭的歌詞「信濃冒出的煙啊煙」。而謎題女逐漸接近了。

莎翁悲劇《馬克白》裡的老巫婆把天下各種雜物都抓來扔進鍋中。躲在石頭縫偷偷噴出三十日劇毒的夜蛤蟆，黑色背脊下藏著火熱肚皮的蠑螈膽，蛇眼，蝙蝠爪——鍋子咕嘟咕嘟沸騰。老巫婆繞著鍋子團團轉。枯瘦尖銳的指甲，握著因代代詛咒而生鏽的鐵火筷。沸騰的鍋子裡，濃稠的波浪不停冒泡。——讀過的人都說很可怕。

但那是戲劇。謎題女不會做那麼詭異的事。她住在都市。況且如今是二十世紀。她是在大白天找上門來。鍋底湧現的是討好。蕩漾的是笑容。攪和的工具是親切之筷。鍋子本身也打造得很高尚。謎題女慢吞吞地攪和。連她的手勢都帶有能劇的架式。也難怪大和尚不害怕。

「哎呀，天氣暖和多了。請坐。」他朝坐墊伸出大掌。女人刻意坐在門口，態度尋常地行禮。

「一別至今……」

「請坐。」大手還是往前伸出。

「好久沒來問候，因為家中沒人，幾次想來拜訪，卻還是拖到現在……」她說到這裡稍微打住，因此大和尚準備接話，但謎題女立刻又繼續說：

「實在不好意思。」說著深深一鞠躬貼在榻榻米上。

光是回一句「哪裡，不敢當……」無法讓這種女人輕易抬頭。有人說，過於溫婉行禮的女人最可怕。也有人說，過於客氣行禮的女人最麻煩。還有第三人說，人的誠意和低頭行禮的時間成正比。說法形形色色。不過大和尚屬於麻煩派。

烏黑的腦袋抵著榻榻米，只有聲音從嘴巴冒出。

「欣悉府上各位安好如常……每次欽吾和藤尾都來府上打擾……日前又送了那麼貴重的東西，早就應該來道謝，不巧家中有事……」

她說到這裡終於抬頭。老頭子鬆了一口氣。

88 方寸杉木筷，「方寸」是指「心」。以杉木筷比喻心，形容擾亂人心製造問題。

89 芋頭，通常用來諷刺人土氣、粗俗、愚魯、毫無特色。

「哪裡，一點東西不成敬意……都是人家送的。哈哈哈，天氣終於暖和了。」他突然寒暄冷暖，望著庭院，

「府上的櫻花如何？現在應該正是盛開的時候吧？」最後他如此問道。

「今年或許是因為天氣暖，開得比往年早一點，四、五天前正好是賞花期，但前天一場大風吹落了不少，已經……」

「已經不行了嗎？那種櫻花很少見。叫甚麼來著的？啊？淺蔥櫻？對對對。那個顏色很少見。」

「帶點綠色，總覺得傍晚看起來格外驚心動魄。」

「這樣嗎，哈哈哈。荒川有所謂的緋櫻，但還是淺蔥櫻稀奇。」

「大家都這麼說。八重櫻很多，但綠色的難得一見……」

「的確少見。不過據愛好風雅者表示，櫻花好像有上百種……」

「噢？真的啊。」女人似乎很驚訝。

「哈哈哈，千萬不要小看櫻花喔。之前阿一從京都回來，說他去了嵐山賞花，我問他是甚麼樣的花，他只知道是單瓣的，甚麼都不懂。這年頭的人就是少根筋，哈哈哈。——要不要來一塊點心，雖然不是甚麼好東西。這是岐阜的柿子羊羹。」

「哪裡，您千萬別客氣……」

「不是太好吃，只是比較稀奇。」宗近老人舉筷從盤中拿了一片切開的羊羹，一個人大口咀嚼。

「說到嵐山——」甲野太太切入正題。

「之前欽吾承蒙諸多照顧，托各位的福得以四處參觀非常開心。那孩子實在很任性，所以想必給一少爺也添了不少麻煩吧。」

「哪裡，是阿一受他照顧……」

「不敢當，欽吾可不是能照顧別人的男人。他活到這麼大，能夠稱為朋友的一個也沒有……」

「專心做學問的人，自然無暇四處與人交際。哈哈哈。」

「我是婦道人家所以不懂，但他好像整天鬱鬱寡歡——如果不是府上的一少爺帶他出去，恐怕誰也不會理睬他……」

「哈哈哈哈，阿一正好相反。跟誰都能聊得來。甚至在家時也老是逗他妹妹——唉，那小子也很傷腦筋。」

「怎麼會。一少爺開朗又坦率，個性很好呢。我平時也常跟藤尾說，欽吾只要有一少爺的一半就好，真希望他能稍微活潑一點——這一切都是因為他的病，所以我也知道事到如今發牢騷也沒用，但正因為他不是我親生的，所以更擔心外界的眼光……」

「這話說得是。」老人一本正經回答，順便敲了一下撣菸灰的竹管，把銀製煙管放在榻榻米上。從煙管頭冒出剩餘的煙。

「怎麼樣，他從京都回來後有沒有好一點？」

「托您的福……」

「之前他來我家時，和大家聊天，我看他挺愉快的。」

「那真是辛苦了。」

「噢——」女人似乎相當感嘆。「真的讓人很頭痛。」她像是萬分頭痛般拖長了音調說。

「為了他的病，這些年我不知有多麼擔心。」

「乾脆讓他早點結婚，說不定換個心情會比較好。」

謎題女總是讓別人說出自己想說的話。如果自己下手會成了自己的過錯。所以她總是靜待對方自己滑倒摔跤。她只要神不知鬼不覺地準備好會讓人滑倒的泥漿就好。

「我一天到晚都在勸他結婚——可他就是不肯點頭答應。您也知道我都這把年紀了，況且外子又那樣突然在國外過世，我真的很擔心，所以只想盡快替他找個好對象成家……真的是，到現在為止我不知已提過多少次親事了。可是每次我剛開口就立刻被他拒絕……」

「其實上次見面時，我們也稍微聊到此事。我說他老是這麼倔強的話只會讓母親擔心，太對不起母親了，所以還是趁早成家定下來讓母親安心才好。」

「謝謝您這麼熱心幫忙。」

「哪裡，不只妳擔心，我家也有兩個孩子正愁該怎麼解決婚事，哈哈哈，所以都一樣。不管到幾歲都擔心不完呢。」

「您府上還好，可是我——他老是說自己有病不肯娶妻，萬一哪天出了甚麼事，我到地下都沒臉見外子。唉，真不懂他為什麼就是那麼不聽話。每次只要我一說甚麼，他就會說，『媽，我這種破敗身子，無法繼承家業，還是讓藤尾招贅，替媽媽養老吧，我一毛錢也不要』。我如果是他的親生母親，當然可以說隨便他，但您也知道我只是個繼母，如果真的做出那種不近人情的事，對外人也無法交代，所以我不知如何是好。」

謎題女凝視和尚。和尚挺著大肚子思考。咚的敲了一下撢菸灰的竹管。細心蓋上紫檀蓋子。煙管被放下。

「原來如此。」

和尚的聲音異樣低沉。

「雖然如此，但我這個繼母如果態度過於強硬，隨便插嘴干涉，我怕會發生不願外揚的家醜……」

「嗯，的確傷腦筋。」

和尚從手提式菸草盆的小抽屜取出黃色抹布，鄭重擦拭鯨鬚做成的握把。

「如果妳不方便開口的話，乾脆由我出面跟他說吧？」
「給您添了這麼多麻煩……」
「先這樣試試吧。」
「我真擔心不知會怎樣，他的神經已經不大正常了，如果再跟他說那種事……」
「放心，我心裡有數，我會小心說話避免刺激他。」
「可是，萬一他以為是我專程來拜託您去說服他，事後恐怕會鬧得很凶……」
「傷腦筋，他現在脾氣這麼壞啊。」
「簡直是豆腐掉進灰堆裡，吹不得打不得……」
「嗯——」和尚交抱雙臂。袖子短，因此不太規矩地露出胖手肘。
謎題女把人誘入迷宮，讓人覺得她言之有理。讓人沉吟不已。讓人敲菸草盆的竹管。最後還讓人抱著雙臂費思量。二十世紀的大忌就是疾言厲色。如果詢問紳士淑女，紳士淑女都會異口同聲回答——因為疾言厲色最容易觸犯法律。——謎題女的鄭重最不容易觸法。和尚交抱雙臂沉吟。
「如果他堅持要離家出走——我當然不能坐視不管——但如果他怎麼勸都勸不動……」
「招贅啊。如果招贅的話……」
「唉，如果弄到那個地步很麻煩——但是如果不先設想最壞的情況，真的到了緊要關頭會很傷腦筋。」

「那的確是。」

「顧慮到這點，在他的病情好轉，精神振作起來之前，我不可能把藤尾嫁出去。」

「這樣啊。」和尚歪起單純的腦袋，

「藤尾小姐幾歲了？」

「過完年就二十四了。」

「時間過得真快。妳說是吧？記得不久前她才這麼一點大。」他說著將大掌比在肩頭，從下方看著張開的手掌。

「哪裡，光長個子不長腦子，一點也不中用。」

「……算來真的是二十四呢。我家糸子都二十二了。」

如果放任不管，話題還不知會扯到多遠。謎題女必須把話題拉回來。

「您想必也正擔心糸子小姐和一少爺，我還來跟您說這些廢話，您肯定覺得我是個不知體諒別人又不懂事的女人……」

「不，千萬別這麼說，其實我也正想就此事和妳好好商量——我家阿一正忙著考外交官，所以當然不可能這兩天決定，但他遲早總得娶媳婦……」

「那是當然。」

「所以，我是想，關於藤尾小姐……」

「是。」

「若是藤尾小姐，不僅彼此了解，我也可以安心，阿一當然更是沒意見——所以我是覺得他倆很相配……」

「是。」

「妳覺得如何呢？」

「小女不成器，承蒙您這麼賞識，我當然是感激不盡……」

「那妳也同意囉？」

「若能如此，藤尾能夠得到幸福，我也可以安心……」

「如果不滿意當然沒啥好說，否則……」

「我怎麼會不滿意。我求之不得，這是天大的好事，只是欽吾讓人很頭痛。阿一是宗近家的寶貴繼承人。雖不知他中不中意我家藤尾，但假設他娶了藤尾，藤尾出嫁後，欽吾如果還是現在這樣，老實說我也很不安……」

「哈哈哈，妳這樣操心豈不是沒完沒了。只要藤尾小姐出嫁了，欽吾先生自然也得負起責任，到時他的想法一定會改變。妳就這麼辦吧。」

「會是這樣嗎？」

「況且如妳所知，藤尾的父親生前不是也提過？這樣死去的人想必也會很欣慰。」

「謝謝您這麼幫忙。要是外子還活著，我也不用一個人——這麼——這麼操心了。」

謎題女的話語漸漸帶著濕氣。疲於世事的筆討厭這種濕氣。勉強將謎題女的謎敘述至此，筆就宣稱不願再前進一步。創造出白天黑夜、大海陸地及一切的神，到了第七天宣布要休息。描寫謎題女的這枝筆，也得進入另一個有陽光的世界排除這種濕氣。

兄妹倆正在有陽光的另一個世界活動。六帖大的夾層房間坐北朝南已經夠亮了，還把紙門爽快地整個敞開，門外有信樂燒花盆種著二尺高的松樹，盤根隆起，在簷廊落下く字形影子。六尺寬的白紙門四處貼著秦漢時代的拓紋，門把上有波浪千鳥紋。相連的三尺壁龕沒有掛書畫，只在竹籠花器內隨意插了一枝花。

糸子在壁龕前做針線活，靠窗放置的針線盒有兩個抽屜都是拉開的，露出五顏六色幾乎滿出來的線頭。室內安靜得可以聽見縫線隨著每一針劃過春天的微響，卻被哥哥的大嗓門破壞了。

春日最宜趴臥，臥擁天下之春。他用長尺前端頻頻敲打門檻。

「小糸，還是妳的房間比較明亮更高級。」

「要跟你換嗎？」

「這個嘛……交換房間好像也沒有太大好處——不過這房間對妳來說太高級了。」

「就算太高級也沒人用，所以給我用又有甚麼關係。」

「當然沒關係。雖然沒關係，但還是有點太高級了。更何況這些裝飾品也是——好像有些不大適合妙齡女子？」

「哪裡不適合？」

「這還用問，當然是這顆松樹呀。我記得這是老爸在莒盛園[90]被迫用二十五圓買下的吧。」

「對。這盆栽很珍貴。萬一翻倒了可不得了。」

「哈哈哈，被人用二十五圓強迫推銷的老爸固然很扯，但把這盆栽辛辛苦苦搬上二樓的妳也好不到哪去。果然就算年紀差了一截，父女畢竟是父女。」

「呵呵呵，哥哥你還真笨。」

「說到笨，應該和妳半斤八兩吧。我們可是親兄妹。」

「討厭。我當然很笨。但我雖笨，哥哥也好不到哪去。」

「笨就笨吧。那我們彼此都笨總行了吧。」

「我可是有證據的。」

「我很笨的證據？」

「對。」

「那妳真是大發現耶。是甚麼樣的證據？」

「那個盆栽。」

「嗯，盆栽怎麼了？」

「就那個盆栽啊——你真的不知道嗎？」

「不知道甚麼？」

「我超級討厭它。」

「啊？這次倒成了我的大發現。哈哈哈！既然妳這麼不喜歡何必搬上來？想必很重吧。」

「是爸爸自己搬過來的。」

「妳說甚麼？」

「爸爸說二樓曬得到太陽對松樹比較好。」

「老爸還真是好心。原來如此，所以哥哥成了笨蛋啊。老子好心兒笨蛋嗎？」

「你在說甚麼？吟詩造發句[91]？」

「類似發句吧。」

「類似？不是真的發句嗎？」

90 苔盛園，位於東京芝公園附近的園藝店。主要販賣盆栽。

91 發句，和歌或漢詩的開頭第一句。

「妳還真是打破砂鍋問到底。不談那個，倒是妳今天縫的衣服很氣派。那是甚麼？」

「你說這個？這是伊勢崎[92]呀。」

「這料子好像特別鮮亮。是給我做的衣服嗎？」

「是爸爸的。」

「妳老是給爸爸做衣服，都沒替哥哥做一件。打從那件狐皮背心之後就對我不聞不問。」

「少來，你亂講。你現在穿的明明也是我做的。」

「這件嗎？這件已經不行了。妳自己看。」

「哎呀，領垢這麼髒，明明前幾天才剛穿——哥哥身上太多油了。」

「無論甚麼東西，太多都不行。」

「那等我這件縫好了，我立刻替你縫。」

「是新的吧？」

「是拆洗過的。」

「老爸的舊衣服？哈哈哈！有時候我覺得妳也很妙。」

「怎麼了？」

「老爸一大把年紀成天穿新衣服，而我年紀輕輕的妳卻只想讓我穿舊衣，這有點奇怪吧。照這樣下去，最後搞不好自己戴著時髦的巴拿馬草帽，卻叫我用倉庫堆放的斗笠。」

「呵呵呵！哥哥就是嘴皮子厲害。」
「厲害的只有嘴巴嗎？真可悲。」
「還有別的呢。」
宗近沒回答，從欄杆的縫隙托腮俯瞰院前的花草植物。
「還有呢。你聽見沒？」糸子盯著針，眨眼之間將線穿過左手捏住的縫口，雪白的指尖鬆開時，這才望向哥哥的臉。
「還有喔。哥哥。」
「是甚麼？光是嘴皮子就夠了。」
「可是真的還有嘛。」她把針孔對著紙門，瞇起可愛的雙眼皮。宗近依然悠閒地托腮眺望庭院。
「要我說說看嗎？」
「嗯？嗯。」
他正托著腮，下巴不能動。只能透過鼻子哼聲回應。
「腳。你懂了吧？」

92 伊勢崎，群馬縣伊勢崎地區生產的伊勢崎銘仙布料的簡稱。

「嗯。」

她抿唇弄濕深藍色縫線，用指尖捻細，這是無法順利穿過針孔的女人想出的對策。

「小糸，是不是有客人？」

「對，甲野伯母來了。」

「甲野伯母啊。那才是厲害人物呢，哥哥望塵莫及。」

「不過她很優雅喔。不像哥哥這樣講壞話。」

「妳這麼嫌棄哥哥，哥哥都白疼妳了。」

「你哪有疼愛我。」

「哈哈哈，其實為了感謝妳做的狐皮背心，我正打算改天帶妳去賞花呢。」

「櫻花不是已經謝了嗎？這時候還賞甚麼花。」

「哪有，上野和向島的花雖然謝了，但荒川現在正盛開呢。我們可以從荒川去萱野[93]摘了櫻草後繞道王子再搭火車回來。」

「甚麼時候去？」糸子停下縫衣服的手，把針別到頭髮上。

「要不然就去博覽會，到台灣館喝杯茶，看看燈光秀，再搭電車回來。——妳喜歡哪個行程？」

「我想看博覽會。等我縫好這個就去。好不好？」

「嗯。所以妳得好好尊敬哥哥。這麼好心的哥哥放眼全國都沒幾個喔。」

「呵呵呵，好，我一定會尊敬哥哥。——那把尺借我一下。」

「妳好好學裁縫，等妳將來出嫁了，我買鑽戒送給妳。」

「哥哥就只有嘴上說得好聽。你有那麼多錢嗎？」

「錢啊——現在沒有。」

「哥哥到底為什麼會落榜？」

「因為我太厲害了。」

「少來——幫我找找看剪刀在哪裡。」

「就在那個坐墊旁邊。不對，再左邊一點。——剪刀上為什麼會掛著猴子？這是搞笑嗎？」

「這個？很漂亮吧？是縐綢做成的小猴子。」

「妳自己做的嗎？手藝真好。妳這丫頭雖然甚麼都不會，做起這種東西倒是手很巧。」

「反正我就是比不上藤尾小姐。——哎喲，不要把菸灰隨手撢到簷廊上啦，這個借你用。」

「這是甚麼？啊？在硬紙板上黏貼碎花色紙做成小盒子。這也是妳自己做的？妳可真閒。

---

93 萱野，東京府南足立郡江北村大字鹿濱字萱野耕地，現在的足立區新田二丁目。

這到底是用來幹嘛的——裝線？扔線頭嗎？原來如此。」

「哥哥喜歡藤尾小姐那種人吧？」

「我也喜歡妳這樣的喔。」

「我另當別論——欸，被我說對了吧？」

「我是不討厭她啦。」

「哎喲，你還想隱瞞。真可笑。」

「可笑？可笑也沒關係。——甲野伯母好像和爸爸談得正起勁呢。」

「說不定是在談藤尾小姐的事喔。」

「這樣啊，那我去聽聽吧。」

「哎呀，你別去——我本來要燙衣服，就是因為不好意思打擾所以都不敢下樓拿熨斗。」

「在自己家還客氣甚麼。要哥哥去幫妳拿嗎？」

「不用了，你別去。現在如果下樓，會打斷人家說話。」

「聽起來好像很危險。那就在這裡屏住呼吸躺著嗎？」

「用不著停止呼吸啦。」

「那就喘著大氣躺著嗎？」

「不要再躺著了。哥哥就是這麼懶散沒規矩才會考不上外交官。」

「是啊，那位主考官說不定也和妳有相同的見解。傷腦筋。」

「你還傷腦筋咧，藤尾小姐肯定也是這麼想。」

糸子停下針線活，猶豫著該不該去拿熨斗。脫下雕刻菱形花紋的頂針，把淺紅色繡銀絲的針插放進針線盒，蓋上魚鱗木紋的美麗盒蓋。之後手掌托著被窗口日光曬紅的耳朵，右肘靠在針線盒上，本來被攤開的布料蓋住的膝蓋換個姿勢斜倚。綴有深色花紋的裡衣袖子從柔嫩的手臂無聲滑落，比一般人更白皙的肉胳膊，在頭上歪斜的蝴蝶結襯托下格外鮮明。

「哥哥。」

「甚麼事——妳不做針線活了？看起來心不在焉的。」

「藤尾小姐不行喔。」

「不行？妳指的不行是？」

「她根本不想嫁過來。」

「妳去問過她了？」

「那種事我怎麼好意思問。」

「不用問也知道嗎？那妳簡直是巫女。——妳這樣托腮倚靠針線盒的模樣真是天下絕景。雖然是我妹妹，我還是得說這姿勢太正了，哈哈哈。」

「你就儘管調侃我吧。枉費人家好心提醒你。」

糸子說著將托腮的雪白手臂倏然放下。併攏的手指像要按住針線盒角般向前垂落。靠紙門這側的臉頰，帶著手掌壓過的痕跡和耳朵一起染紅。漂亮的雙眼皮微微垂落，好似要將冷靜的雙眸藏在長睫毛下。宗近被妹妹從長睫毛下仔細打量。——宗近方正的肩膀隆起肌肉，用手肘撐著身子坐起來。

「小糸，伯父曾經說要把他的金錶給我。」

「伯父的錶？」她隨口反問，突然壓低嗓門，「可是……」話才說出口，黑眸便藏在長睫毛下。顏色鮮艷的蝴蝶結倏然向前。

「沒問題。我在京都也和甲野說過了。」

「是嗎。」她半抬起眼簾低垂的臉。同時浮現似擔憂似安慰的笑容。

「等哥哥出國了，就買東西寄給妳。」

「這次考試的結果還沒公布嗎？」

「應該快了吧。」

「這次你一定要考取喔。」

「嗯。哈哈哈。無所謂啦。」

「誰說無所謂。——藤尾小姐她啊，喜歡有學問又有信用的人。」

「哥哥沒學問又沒信用嗎？」

「我不是這個意思啦。話當然不是這麼說——但是比方說，不是有位小野先生嗎？」
「嗯。」
「聽說他成績優異領到銀錶。還聽說他正在寫博士論文呢。——藤尾小姐喜歡那種人啦。」
「這樣啊。嘖嘖嘖。」
「你嘖甚麼嘖啊。那很光榮耶。」
「哥哥拿不到銀錶，也寫不出博士論文。考試還落榜。簡直太不光榮了。」
「哎喲，又沒人說你不光榮。但你也太悠哉了。」
「是太悠哉了。」
「呵呵呵，真好笑。你好像一點也不難過。」
「小糸，哥哥沒學問也考不上外交官——算了，那不重要。總之妳不覺得哥哥是個好哥哥嗎？」
「我當然覺得你很好。」
「我和小野誰比較好？」
「當然是哥哥。」
「那我和甲野兄比呢？」
「不知道啦。」

燦爛的日光透過紙門溫暖照在糸子的臉頰上。唯有低垂的額頭顯得特別白皙。

「喂，妳的針還別在頭上。忘了會很危險喔。」

「哎呀。」她抬手露出裡衣的袖子，用兩根手指按住針輕輕抽出。

「哈哈哈，即便看不見，手也摸得很準。如果妳失明了肯定會是直覺靈敏的按摩師。」

「因為我習慣了嘛。」

「真了不起。對了，我講個趣事給妳聽吧？」

「甚麼趣事？」

「我在京都住旅館時，隔壁住的是一個彈琴的美女。」

「你不是在明信片上寫過了。」

「對。」

「那我早就知道了。」

「我告訴妳，這世上還真有不可思議的事呢。哥哥和甲野去嵐山賞花，結果遇到那女的了。如果只是遇到也就算了，甲野盯著那女的看傻眼，把茶杯都摔破了。」

「真的？天啊！」

「很驚訝吧？後來我們搭急行夜車回來時，又和那女的搭到同一班車。」

「不會吧！」

「哈哈哈，我們是一起回到東京的。」
「可是京都人應該不會隨便來東京吧？」
「所以說那是某種緣分啊。」
「又來了……」
「妳先聽我說嘛。甲野在火車上還頻頻擔心那個女的，說她會不會是要嫁到東京甚麼的……」
「夠了。」
「既然聽夠了，那我就不說了。」
「那個女的叫甚麼名字？」
「名字嗎——可妳不是說已經夠了嗎？」
「告訴我又有甚麼關係。」
「哈哈哈，妳用不著這麼認真。其實是假的啦。全都是我瞎掰的。」
「討厭！」
糸子開心地笑了。

十一

螞蟻聚集覓甜食，人們聚集貪新鮮。文明人[94]在劇烈的生存中抱怨無聊。忍受一日三餐匆匆果腹的忙碌，在路上憂懼昏睡病。將生命寄託於縱情，於縱情中貪求死亡，這就是文明人。再沒有比文明人更愛誇耀自己的活動，也無人比文明人更苦於自己的沉滯。文明折磨人的神經，用木杵磨鈍人的精神。對刺激已麻木，卻又渴求刺激的人，悉數湧來參觀嶄新的博覽會。

狗貪香，人逐色。狗與人在這點是最敏銳的動物。所以有紫衣、黃袍、青衿[95]這些名詞。那只不過是吸引眾人的工具。奔走河堤的看熱鬧人群必然扛著各色旗幟。在旁人叫囂下拼命划槳的人是被顏色刺激。放眼天下，沒有比天狗的鼻子更顯眼的東西。天狗的鼻子自古以來就是紅色的。有色之處不遠千里。所有的人齊聚五光十色的博覽會。

飛蛾因燈火聚集，人們因電光聚集。閃亮的東西牽引天下。舉凡金銀、硨磲[96]、瑪瑙、琉璃、閻浮檀金[97]之屬，都是為了讓無聊的雙眸瞪大，疲憊的頭腦驚起而發光。文明人縮短白晝的夜宴上，只有鑲嵌在裸露肌膚上的寶石最亮眼。鑽石能奪人心，因此比人心更昂貴。落入爛泥的星影，雖是影子卻比瓦片更鮮明，閃爍在觀者心頭。為閃爍光影心動的善男善女舉家出動來觀賞燈光秀。

將文明在刺激的袋底篩過後便得到博覽會。將博覽會在暗夜的沙中篩過便得到燦爛的燈光秀。只要活在世上，為了尋求活著的證據去看燈光秀，必然會大吃一驚。被文明麻痺的文明人大吃一驚時，這才發現自己活著。

裝飾華麗的電車破風而來。在山下雁鍋[98]附近卸貨，叫人來看生存的證據。雁鍋早已消失。被卸下的貨物，為了恢復自己即將消失的名譽，絡繹走向森林。

山崗掠過夜幕自本鄉拔地而起。朦朧浮現的高地朝東綿延千米的坡道口，在根津、彌生穿山開路，將一批又一批尋求驚奇的人們送往下谷。雜沓的黑影最後悉數聚集在池端[99]——文明人最喜歡找刺激。

松樹雖高不掩櫻花，在枝椏之間照亮夜色，任由風吹雨淋。起初落下一瓣，接著又掉落兩瓣。繼之有無數花瓣紛紛飄落。轉眼之間萬紅吹向大地，被吹落的花瓣尚未沾地，樹梢的

94 文明人，生活在刺激與忙碌交錯的明治四十年代現代社會的人們。和孤堂老師與小夜子這種活在「過去」的人做對比。
95 紫衣是僧侶之衣，黃袍是天子之衣，青衿是學生之衣。
96 硨磲，海洋中最大的貝類，潔白如玉，是佛經所說的佛教七寶之一。
97 閻浮檀金，流經印度閻浮樹的河流採到的美麗沙金。其色赤黃，帶紫燄氣。
98 山下雁鍋，位於上野公園東南口山下的雞肉料理店。
99 池端，上野不忍池附近的地名。

花瓣已緊跟著飄落。忙碌的花雨不知不覺落盡，如今枝頭的花風花雨總算平息。別說是星光，連守護春夜的花影也看不到。璀璨燈飾卻在同時亮起。

「哎呀！」糸子驚嘆。

「夜晚的世界比白天的世界更美。」藤尾說。

將芒草穗折成弧形，從左右重疊的金光中織出無數半月。宗近與甲野站的位置距離繫著寬腰帶的藤尾約有一尺。

「這可是奇觀。乍看像是龍宮。」宗近說。

「糸子小姐，妳好像很驚訝。」甲野把帽子壓得很低蓋住眉睫。

糸子回頭。夜晚的笑容就等於在水中吟詩。或許無法如自己所願傳達給對方。回眸一笑的女孩衣服近似黃色，上面有很多深色直條紋如黑夜。

「很驚訝嗎？」女孩的哥哥也問。

「你們呢？」藤尾撇開糸子轉身問。黑髮底下颯然映出雪白的臉孔。臉頰邊緣被遠處的燈光照得微紅。

「我這是看第三遍了所以不驚訝。」宗近把臉轉向光源處說。

「有驚才有喜。女人的樂趣多真幸福。」甲野修長的身子挺立不動，俯視藤尾。黑眸流轉射向黑夜。

「那是台灣館嗎？」糸子伸出手指橫越水面隨口問道。

「右邊最前面的那棟好像就是。那棟建造得最漂亮。對吧，甲野兄？」

「晚上看的話。」甲野立刻補上但書。

「欸，小糸，簡直像龍宮對吧？」

「的確像龍宮。」

「藤尾小姐，妳覺得呢？」宗近對龍宮這個比喻非常得意。

「太俗氣了吧。」

「甚麼？妳是說那棟建築嗎？」

「我是說你用的形容詞。」

「哈哈哈，甲野兄，人家說龍宮這個形容太俗氣。就算俗氣不也是龍宮嗎？」

「通常如果形容得很貼切就會變得俗氣。」

「如果貼切就會變得俗氣，那麼不貼切的形容呢？」

「會成詩吧。」藤尾從旁搶著回答。

「所以，詩往往偏離事實。」甲野說。

「因為意境高於現實。」藤尾註解。

「如此說來，貼切的形容是俗氣，不貼切的形容是詩啊。藤尾小姐不如說一句乏味又不貼切的形容來聽聽。」

「真要我說嗎——我哥應該知道吧。你可以問問他。」藤尾尖銳的眼角看著欽吾。眼角在說——乏味又不貼切的形容是哲學。

「那旁邊是甚麼？」糸子天真無邪問。

讓火線越過黑暗橫切過天空的是屋頂。直切的是柱子。斜切的是瓦片。將星子埋在朦朧的深處，將無垠的夜幕弄得昏暗平坦，而且拖著一條閃電的尾巴劃過虛空。第二道閃電自上方落下。畫出卍字型如煙火般旋轉著接近地面。最後尾尖倒轉過來向上拋彷彿要貫穿王座中央。就這樣塔融入棟，棟連著地，從不忍池的這頭放眼望過去，只見從右至左密密麻麻形成大片火焰圖。

墨藍為底的泥金彩繪，毫不吝惜地用絢爛金粉描繪出無數廳堂、樓閣、迴廊、曲欄、圓塔方柱猶不罷休，彷彿非要把金粉用盡，又在描繪好的景物上來來回回。縱橫天際的火線一點一劃皆井然有序，在那每一點每一劃中有了生命。靈動遊走。而且動得很明顯，只要一直動就看不出變形消散的跡象。

「旁邊那個是甚麼？」糸子問。

「那是外國館。剛好就在正對面。從這裡看過去最漂亮。左邊那個高聳的圓型屋頂是三菱館——它的外型很棒。該怎麼形容呢？」宗近有點躊躇。

「只有正中央是紅色的呢。」妹妹說。

「就像皇冠上鑲嵌紅寶石。」藤尾說。

「原來如此，很像天賞堂[100]的廣告呢。」宗近裝傻，故意講得很庸俗。甲野輕笑一聲仰起頭。

天空低垂。黑夜的薄紗逼向大地的途中，垂掛著明滅不定的迷途星光。萬點火焰連成柱堆成瓦，反過來浸潤天空，射向星星的惺忪睡眼。星星的眼睛熾熱。

「天空好像燒焦了。——也許是羅馬法王的王冠。」甲野的視線從谷中朝上野的森林畫出一個大圓。

「羅馬法王的王冠嗎？藤尾小姐，『羅馬法王的王冠』這個形容如何？好像還是天賞堂的廣告比較好吧。」

「不分高下……」藤尾一本正經。

「兩個都差不多嗎？總之不是女王的王冠。對吧，甲野兄？」

「不好說。克麗奧佩托拉就是戴著那種王冠。」

「你怎麼知道？」藤尾尖銳地問。

「妳那本書上不是有圖片？」

100 天賞堂，銀座尾張町的珠寶店。

「水面比天空更漂亮耶。」糸子突然提醒。對話主題頓時離開了克麗奧佩托拉。

白天也死氣沉沉的池水，被無風的暗夜黑影壓制，放眼望去平坦如鏡。水面是從何時凝定不動的呢？沉靜的池水不知。只能說池塘若是百年前挖掘的，那就是百年來都沒動過，若是五十年前挖的，那就是五十年來都沒動過，只見水底有腐爛的蓮藕開始冒出嫩芽。生於汙泥的鯉魚和鯽魚，在黑暗中緩緩鼓動魚鰓。璀璨燈飾倒映幢幢巨影在這沉靜的水面上，分毫不剩地將二百米有餘的岸邊染得一片通紅。黑水瀕臨死亡仍倏然煥發色彩。潛在泥中的魚鰭好似也在燃燒。

水中的火焰有一抹伸向岸邊，明晃晃蔓延到對面。彷彿不染遍前方橫亙的一切事物不罷休，卻被由西向東跨越的長橋截斷。跨越墨黑水面的白石拱橋有二十個橋洞，橋上欄杆頂端的每顆圓球都是照亮黑夜發出白光的明珠。

「水面比天空更漂亮耶。」隨著糸子這聲提醒，另外三人也將目光聚集在水面與橋上。燈光照亮每隔六尺高起的石欄杆，從遙遠的這頭望去，整齊排成一列掛在空中。下方行人絡繹經過。

「那座橋上擠滿了人。」宗近大聲說。

小野帶著孤堂老師與小夜子，此刻正經過這座橋。急著要大開眼界的群眾爭相穿過弁天堂湧來。對面也有人走下高地湧來。東西南北的人們拋下遼闊的森林與大池塘周圍，悉數集合到這長橋上。橋上水洩不通。巡警在橋中央高舉燈籠，指揮來往行人向左向右。來往行人也挨挨擠擠經過。雙腳甚至無暇落地。好不容易在方寸之間發現可以落腳的餘地，以為總算可以安心踩在地面，下一秒已被後方的人向前推。簡直不像在走路。當然也不能說完全無法走路。小夜子像做夢一樣徬徨無助。孤堂老師則害怕大家是否為了壓垮過去的人而推擠。只有小野算是比較得意。站在眾人之間，自覺遠比多數人優越的人，就連動彈不得時都很得意。博覽會是當世的盛會。燈光秀更是當世產物。為了大開眼界蜂擁而來的人都是當世男女。只為了大吃一驚，加強生存在當世的自覺。彼此看著對方的臉，達成彼此都活在當世的默契，認識到自己屬於多數派勢力，之後便可回家安眠。小野在這當世的多數派中，尤其是當世人物。也難怪他會得意。

得意的小野同時也很失意。如果只有自己一個人，無論在誰看來都是當代時尚人士。應該無可挑剔。然而自己還背負兩個落伍的包袱，被世人視為與吃不開的過去混為一體，不只是形象不好，甚至等於被責難。就連去看戲時，他都只顧著在意自己身上的大褂徽紋大小是符合潮流還是落伍了，完全沒有心思好好看戲。小野感到無顏面對世人。他在人潮中盡可能快步前進。

「爸爸，您還好嗎？」後方傳來呼喚。

「嗯，我沒事。」老師夾在陌生人之間隔著六尺距離回答。

「好像有點危險……」

「放心，只要推著人潮向前走就沒問題。」老師讓挨挨擠擠的人潮先走，自己總算辛苦地與女兒會合。

「一直被推，根本沒辦法向前推。」女兒很不自在，單薄的一邊臉頰擠出笑容。

「不推也沒關係，就讓別人推著走好了。」兩人說著向前。巡警的燈籠掠過孤堂老師的黑帽子。

「小野不知怎樣了。」

「他在那邊。」她以眼神示意。如果伸手會被別人的肩膀擋住。

「在哪裡？」孤堂老師無暇站穩腳步，只能直接踮起木屐伸長脖子。老師差點重心不穩之際，後方又有急躁的文明人推來。老師向前撲。差點跌倒時，幸虧被站在前面的文明人的背脊擋住。文明人死命想往前擠，相對的也不拒絕用背部助人，倒也算是親切。

文明的波浪自動將無助的父女倆推到弁天堂附近。走完長橋，過橋者的腳一踩到土地，人潮就急忙向左右散開，烏黑的腦袋朝四面八方奔去。父女倆總算可以喘口氣。

透過墨藍色的消逝春夜，可以看到櫻花。人間燈火從下方煌煌照亮尚未被風雨吹落的八重櫻遲開的香氣，也照亮櫻花向黑夜祈求的心願。在朦朧中鐫刻淺紅的螺鈿。說是鐫刻未免太生硬。說是漂浮又離了天空。小野一邊思忖該如何形容這春夜與櫻花，一邊等待兩人來會合。

「人潮真可怕。」孤堂老師追上他後說。所謂可怕，是真的害怕也是指一般所謂的可怕。

「人的確很多。」

「好想趕快回家。人潮太可怕了。也不知這麼多人都是從哪冒出來的。」

小野默默笑著。像小蜘蛛一樣遍布黑暗森林的文明人全都是自己的同類。

「不愧是東京。我沒料到會到這種地步。東京真可怕。」

人多勢眾。氣勢產生就會很可怕。即便是不到一坪的死水，如果擠滿密密麻麻的蝌蚪也會很可怕。更何況輕易便能迸出高等文明蝌蚪的東京，當然更可怕。小野又默默笑了。

「小夜啊，怎麼樣？剛才好危險，差一點失散了。京都就不會發生這種事。」

「剛才過橋時……我真不知該如何是好。真的好可怕……」

「已經沒事了。妳的臉色好像很糟。是累了嗎？」

「感覺是有點……」

「不舒服？那是因為妳走不動還勉強走。況且人這麼擁擠。先找個地方休息一下吧。——小野，應該有地方可以休息吧？小夜好像有點不舒服。」

「這樣子嗎，如果去那邊，有很多茶館。」小野再次率先邁步。

命運形成圓池。繞著池塘走的人必然會在某處相遇。相遇卻能佯裝不知地走開是幸福的。曾有人寫道，在人潮洶湧的陰暗倫敦，即使早晚來來回回也遇不上要找的那個人，而自己瞪大雙眼、走得腿痠、四處尋覓的那個人，正在隔著一道牆的鄰家眺望煤煙燻黑的天空。即使如此還是無法相遇，終生無法相遇，即使化為白骨，墓前雜草蔓生，說不定還是緣慳一面。命運用一道牆讓相思的人終生不相見，圓池讓意想不到的人驚愕相逢。奇遇繞著池子周圍逐漸接近。不可思議的命運之線甚至穿梭在這暗夜。

「怎麼樣，女士們累壞了吧。不如在這邊喝杯茶？」宗近說。

「女士們如何先不說，我倒是累了。」

「小糸的體力都比你好。小糸妳呢？還走得動嗎？」

「我還走得動。」

「還走得動？那可真了不起。那就不用喝茶囉？」

「可是欽吾先生不是想休息嗎？」

「哈哈哈，這話說得好。甲野兄，小糸可是為了你才休息喔。」

「謝謝。」甲野淺笑，

「藤尾也要休息吧？」他用同樣的語調補充。

「如果你求我的話。」她的回答簡潔明瞭。

「真搞不過女人。」甲野做出結論。

走進臨時建在水池邊的西式茶館，寬敞的大廳內到處放著小桌子和椅子，三、四人一桌各自在聊天。宗近一直在容納四、五十人的室內到處張望找位子，忽然用力拉扯並肩站在右邊的甲野袖子。後面的藤尾立刻察覺不對。但是如果大張旗鼓質問究竟未免貽笑大方。甲野似乎也沒理會，

「那邊有空桌。」他說著大步朝裡面走。藤尾跟在後面一邊鉅細靡遺地掃視大廳記在心裡。糸子只是低頭看著地上走路。

「喂，你發現了嗎？」宗近說著率先坐下。

「嗯。」甲野的回答很簡潔。

「藤尾小姐，小野也來了耶。妳看後面。」宗近又說。

「我知道。」她回答，脖子文風不動。黑眸帶著詭異的光芒，臉頰在燈光下似乎有點發紅。

「在哪裡？」糸子漫不經心將單薄的肩膀斜扭過去。

入口左邊走到底，第二排桌子靠牆就是小野那群人。三人坐在盡頭的右側，靠窗圍成一圈。扭肩回頭的糸子，視線貫穿散布在寬敞室內各處的群眾，最後落在相隔遙遠的小野側臉上。——小夜子就在正對面。至於孤堂老師，只能看到他和服背上的徽紋。老師顎下懶得拔的鬍子，隨著人世浮沉與年紀增長早已染上白絲，在春夜中寂寥地隨風吹動，此刻正對著小夜子的方向。

「哎呀，他有同伴呢。」糸子把頭扭回來。扭回來時與坐在對面的甲野四目相接。甲野不發一語。咻地劃過豎在菸灰缸上的火柴盒側邊點燃。藤尾也緊抿著嘴。或許打算就這樣與小野背對背不打照面。

「怎麼樣，是美女吧？」宗近逗糸子。

藤尾正垂著眼皮注視桌布，所以看不見她的眼睛，只有濃眉微微一動。糸子沒發現，宗近則是不在乎，而甲野態度超然。

「的確很美。」糸子看著藤尾說。藤尾沒有抬眼。

「是。」她冷淡地撂話。聲音極低。被問到不值得回答的問題時——也就是不屑附和對方時——女人便會用這招。女人擁有以肯定之詞暗示否定之意的高明本事。

「甲野兄你看到沒？真沒想到呢。」

「嗯，是有點古怪。」甲野說著將菸灰撣落菸灰缸。

「所以我不是早就說了。」

「你說過甚麼？」

「這還用問，你忘了嗎？」宗近也低頭點燃火柴。藤尾的雙眸在剎那之間射向宗近的額頭。但宗近毫不知情。等他用火柴點燃嘴上的香菸抬起頭時，藤尾射來的雷霆閃電早已消失。

「哎喲，真奇怪，瞧你倆交頭接耳的……到底在說甚麼？」糸子問。

「哈哈哈哈，有件事情很有趣喔，小糸……」宗近說到一半時，紅茶與西洋點心送來了。

「啊，亡國的點心來了。」

「亡國的點心是甚麼意思？」甲野把茶杯拖過來。

「亡國的點心啊，哈哈哈！小糸應該知道亡國點心的典故吧？」宗近說著把方糖扔進茶杯中。蟹眼般的泡泡發出幽微的聲音浮現。

「那種事我哪知道啊。」糸子拿湯匙不停攪拌紅茶。

「老爸不是說過嗎？學生吃西洋點心的話，日本就完蛋了。」

「呵呵呵，爸爸怎麼可能講那種話。」

「沒講過嗎？妳這傢伙記性可真差。上次和甲野兄一起吃晚餐時，他不是明明這麼說過。」

「才不是呢。爸爸應該是說身為學生居然貪吃西洋點心太好吃懶做吧。」

「噢，這樣啊。不是亡國的點心啊。總之老爸就是討厭西洋點心。他只會把柿子羊羹或味噌松風[101]那些怪玩意當成美食。如果拿去藤尾小姐這種時髦人物身旁，肯定會立刻被看不起。」

「犯不著講爸爸的壞話吧。哥哥自己已經不是學生了，就算吃西洋點心也沒關係喔。」

101 味噌松風，京都的代表性點心之一。在雞蛋糕的甜味中融合味噌的鹹味。

「已經不用擔心會挨罵了嗎？那我就來一塊吧。小糸妳也吃一塊。藤尾小姐也嘗一點吧。——不過話說回來，老爸這種人今後在日本會越來越少。真可惜。」他說著將塗了巧克力的蛋糕塞滿嘴巴。

「呵呵呵，就你一個人最饒舌……」糸子說著望向藤尾。但藤尾不理會。

「藤尾甚麼都不吃嗎？」甲野一邊拿起茶杯就口一邊問道。

「夠了。」藤尾只簡短說。

甲野靜靜放下茶杯，腦袋微微轉向藤尾。藤尾心想「哥哥要出招了」，目不轉睛地專心看著玻璃窗外的燈光秀一角。哥哥的腦袋最後又轉回原位去了。

四人離去時，藤尾目不斜視，只看著正前方，就像女王人偶走路似的昂然走到門口。

「小野已經走囉，藤尾小姐。」宗近瀟灑地拍拍她的肩膀。藤尾只覺得喝下的紅茶在心口燒灼。

「有驚才有喜。女人真幸福。」再次走向人潮時，甲野不知想到甚麼，又重複一次之前說過的話。

有驚才有喜！女人真幸福！直到回家鑽進被窩，這兩句話仍如嘲諷的鈴聲般在藤尾的耳中迴響。

十二

有人以十七字俳句標榜貧窮，得意洋洋地吟詠馬糞和馬尿[102]。芭蕉讓青蛙跳古池，蕪村扛傘賞紅葉。到了明治時代又有子規這個人苦於脊髓病，死前絕筆還在寫絲瓜水[103]。以貧窮為傲的風雅作風至今不絕。但小野鄙視這種風氣。

仙人餐流霞吸朝沆[104]。詩人的食物就是想像。有餘資方可沉溺美妙的想像。有財產才能實現美妙的想像。二十世紀的詩意與元祿時代的風雅是兩碼子事。

文明的詩詞出自鑽石。出自紫色。出自玫瑰芬芳，葡萄美酒，以及琥珀酒杯。冬天的詩詞出自用斑紋大理石壁爐內的漆黑煤炭溫暖絲絹襪底。夏日的詩詞出自冰晶玉盤盛草莓，甘美的鮮紅汁液融入奶油潔白中。有時詩詞出自炫耀熱帶奇蘭的馥郁溫室。有時出自毫不吝惜地織入野徑映長空、明月照花海的昂貴織錦腰帶。有時在進口錦緞製成的窄袖與寬袖和服交

102 馬糞和馬尿，蕪村寫過「紅梅落花燃，細看是馬糞」；芭蕉寫過「跳蚤蝨子跳，枕畔有馬尿」。

103 絲瓜水，正岡子規於明治三十五年九月十八日寫下「前日絲瓜水，亦嘆未採集」（意思是十五的月夜本應取絲瓜水當藥也未能做到）等三首詠絲瓜的辭世之句，隨即陷入昏迷，翌日去世。

104 餐流霞吸朝沆，流霞是仙人喝的美酒，朝沆是晨露。

錯之處。——文明的詩詞靠金錢堆砌。小野為了盡到詩人的本分必須有錢。

有人說寫詩不如種田。放眼古今沒有幾人能靠寫詩致富。尤其是文明人，喜愛詩人的行為勝於詩人的作品。他們日日夜夜實現文明之詩，在風花雪月中將富貴的真實生活逐漸詩化。而小野的詩一文不值。

沒有比詩人更賠錢的買賣。同時也沒有比詩人更賺錢的買賣。文明的詩人必然得用他人的錢寫詩，用他人的錢過著美的生活[105]。小野之所以起意依賴理解自己本領的藤尾也是理所當然。聽說藤尾家裡小有資產。她母親不可能讓欽吾送個衣櫃和櫃子就把同父異母的妹妹嫁出去。尤其欽吾體弱多病。說不定母親打算讓親生女兒招贅。有時去街頭煞有介事的算命攤問卦，抽籤一看總是大吉。心急吃不了熱豆腐。小野安分等待事態在應會自動綻放的優曇華[106]未來自行發展。小野是個不會主動出擊，也做不出主動出擊的男人。

天地對這前途有望的青年而言格外悠久。春天彷彿將九十天的春風無限吹向得意的額頭。小野是個性情溫和、順其自然、有耐心的男人——可如今過去找上門來了。照理說自己已背對二十七年長夢任其流向西方，如今卻有晦暗如一滴墨汁的汙點，大老遠找上這光明的大都市。被推的人就算不想上前也會向前撲。本來打算耐心靜待時機的詩人也不得不加快未來的腳步。黑點停留在頭上。仰頭一看，黑點似乎在不停旋轉。倏然散落後或將化為一場驟雨。小野很想縮起脖子狂奔。

這四、五天他為了打理孤堂老師的事無暇去甲野家。昨晚他勉強抽出時間，為了報答昔日恩師，帶老師與小夜子去逛博覽會。恩情不管是以前受的還是現在受的都是恩情。他不是那種忘恩負義的詩人。孤堂老師甚至曾經教過他漂母一飯之恩[107]的故事。今後他打算盡全力幫忙老師。救人於危難之中是詩人美好的義務。盡到這項義務，便可在春風得意的現在，將這段濃厚人情當成自己歷史的一部分，留下回憶的材料寫詩，這種善良的行為最適合個性溫厚的小野。但萬事都得靠錢。不和藤尾結婚就弄不到錢。越早結婚，越能夠盡快報答孤堂老師——小野在桌前發明了這套論調。

他並不是要拋棄小夜子，是為了照顧孤堂老師，不得不盡快與藤尾結婚——小野認為自己的想法沒有錯。如果別人問起，他也能理直氣壯地這樣辯解。小野是個頭腦聰明的男人。

想到這裡，小野翻開放在桌上的褐色封面燙金字體的厚重書籍。書中夾著青柳染紅瓦的新藝術風格[108]書籤。小野左手移開書籤，帶著金邊眼鏡的雙眼開始閱讀印刷的小字。看個五分鐘還沒事，但過了一會，不知不覺目光已從書頁移開，凝視日影伸長的紙門框。——四、

105 美的生活，高山樗牛受到尼采的影響，於《太陽》（明治三十八年八月號）寫出我執昂揚的〈論美的生活〉，將美視為人生最高理想。「美的生活」這個名詞因此流行。
106 優曇華，印度的幻想植物。三千年開一次花，因此隱喻極為稀少的事物。
107 漂母一飯之恩，出自《史記》。韓信乞食於漂母（洗衣女），承諾將來必以千金報答的故事。
108 新藝術風格（art nouveau），十九世紀末至二十世紀初以西歐為中心發展的藝術風潮。

五天沒去見藤尾，她肯定心裡有想法。換作平時別說是四、五天了，就是十天沒見面也不用擔心。可是如今自己被過去的人情債糾纏，梳頭的片刻也值千金。每多見一面，就可更接近心願一步。如果不見面，兩人之間本已牽起的紅線也無法縮短距離。不僅如此，魔鬼還會趁虛而入。說不定在沒見面的半天之內太陽就墜落，在閉門不出的一夜之間月亮已西斜。他無法預測在這等閒四、五天內，藤尾憤怒的眉睫之間如何射出雷霆閃電。為了寫論文閉門苦讀固然重要，但藤尾比論文更重要。小野重重闔起書本。

他拉開壁櫥的芭蕉布拉門，上層放寢具，下層是藤編行李箱。小野迅速取出疊在行李上方的西裝換上。帽子掛在牆上等待主人。他拉開紙門，正要將穿著喀什米爾毛襪的腳塞進紅色鞋帶的室內草履時，女傭來了。

「您要出門啊，請等一下。」

「甚麼事？」他的視線從草履上抬起。女傭笑了。

「有事嗎？」

「對。」女傭還在笑。

「到底甚麼事？開玩笑嗎？」他想走，但新買的拖鞋有一隻掉了，沿著擦得光滑的走廊滑向油燈房[109]。

「呵呵呵，您也太慌張了。有客人來了。」

「是誰？」

「哎喲，您明明在等人家還裝傻……」

「等人家？等誰？」

「呵呵呵，瞧您還一本正經呢。」女傭笑著，也不等他回話就轉身回門口。小野忐忑不安地把草履併攏放好，站在門旁眺望走廊轉角處。他很好奇會是誰出現。他一挺直修長的身子，焦茶色紳士帽便高過門楣，在這昏暗的走廊盡頭，正因為他身上筆挺西裝的顏色暗沉，從背心露出的白襯衫與白領子顯得格外高雅。小野穿著體面的衣裳，暗懷焦躁地平靜站在走廊角落，透過發光的眼鏡斜覷走廊轉角處。邊看邊猜想會是誰出現。雙手插在西裝褲口袋是他不安時強作鎮定的姿態。

「從前面轉彎後直走。」女傭的聲音傳來，小夜子的身影隨即已自走廊那頭出現。紫紅色緞面的一側綴有龍紋處異樣反光。她穿著普通的銘仙夾衣，下擺短得遮不住穿白襪的腳背，凜然彎過轉角時，隱約露出一角看似長襯裙的顏色。兩人的視線在毫無遮擋的走廊上，隔著七步距離同時落在彼此臉上。

男人暗自稱奇。唯有姿勢不變。女人吃了一驚，當下有點躊躇。最後她臉上的紅霞消失，

109 油燈房，白天用來存放油燈的房間。

慌亂的笑容也隨著垮下的肩膀消失。沒抹油的黑髮上，綴著琥珀珠的純白扁簪在一側鬢角張開鮮豔的翅膀。

「請。」小野招呼裹足不前的人走近。

「你要出門嗎……」女人站著將雙手在身前交疊，垂落的肩膀略為抬起，楚楚可憐地不動。

「沒事……請進。請。」他說著一腳退回房間內。

「打擾了。」女人說著，依舊交疊雙手，小碎步滑過走廊而來。

男人已完全退回房間內。女人也跟著進去。光線明亮的窗子催促兩個青澀的男女進行青澀的對話。

「昨晚謝謝你在百忙中抽空……」女人在門口附近伏身行禮。

「哪裡，妳一定累了吧。身體還好嗎？已經完全無恙了嗎？」

「是，托你的福。」女人嘴上雖這麼說，小臉似乎有點憔悴。男人臉色微沉。女人立刻辯解：

「因為我很少去那麼多人的場合。」

文明人為追求驚喜而舉辦博覽會。舊時代的人為自找驚嚇而觀賞燈光秀。

「老師怎麼樣？」

小夜子沒回答，只是落寞地笑了。

「老師也討厭人多的地方吧。」

「他畢竟年紀大了。」她愧疚地將視線從對方身上移開，望著榻榻米上的沼木茶托。打從剛才就將京燒[110]青花茶碗放在膝頭。

「給你們添麻煩了吧。」小野從西裝口袋取出菸盒。菸盒上精細雕刻月色下的富士山與三保松原[111]。松樹使用了綠色顏料，就詩人的用品而言有點俗氣。也許是喜歡華麗物品的藤尾送的。

「不，怎麼會。本來就是我們拜託你的。」小夜子矢口否定小野的話。男人打開菸盒。裡面是整片鍍金，華麗流淌在銀光閃爍的菸盒上。落寞的女人覺得它很漂亮。

「如果只有老師，或許昨晚我該帶他老人家去更清淨的地方才對。」

父親讓忙碌的小野勉強抽空，特地出門去不喜歡的擁擠場所，全都是因為疼愛自己這個女兒。偏偏自己也討厭擁擠人潮。枉費父親一番好意，刻意製造機會讓自己能在春夜與小野並肩漫步，可自己依然無法和小野拉近關係。小夜子猶豫著不知該如何回答。並非礙於情面顧忌對方的親切態度讓她害怕開口得罪對方。小夜子的猶豫，帶有更苦澀的意味。

110 京燒，粟田陶、清水陶等京都生產的陶器。

111 三保松原，靜岡縣清水市面對駿河灣的風景區。有仙女羽衣的故事流傳。

「老師或許還是比較喜歡京都吧？」小野對於女人的躊躇神色不知該作何解釋，再次問道。

「來東京之前，他老人家雖然頻頻表示想早點搬來，可是來了之後好像還是比較喜歡老家。」

「這樣啊。」小野溫順地接受，但心裡卻想既然那麼不合脾性幹嘛要來？想到自己的處境多少也覺得有點可笑。

「那妳呢？」

小夜子又詞窮了。東京是好是壞，全在眼前這個抽外國香菸的青年一念之間。船夫問客人喜不喜歡船時，有時客人只能回答，喜不喜歡全看你怎麼掌舵。一如船客最恨被掌舵的船夫問這種問題，被支配自己好惡的人裝傻地問喜不喜歡也同樣令人憤恨。小夜子再度詞窮。她心想小野怎麼這麼不乾脆。

小野從背心內袋取出懷錶看。

「你要出門是吧？」女人立刻醒悟。

「對，有點事。」小野順水推舟說。

女人再次吞吞吐吐。男人有點焦慮。藤尾想必正在等他。——兩人一陣沉默。

「其實是我父親他……」小夜子終於毅然開口。

「噢，有甚麼事嗎？」
「想買一些東西……」
「原來如此。」
「他說，如果小野先生有空，叫我跟你一起去勸工廠[112]買回來。」
「這樣子啊。那可真遺憾。不巧我現在必須趕著去某處——不如我看這樣吧。妳把要買的東西告訴我，我回來的時候順路買好，晚上再送過去。」
「那怎麼好意思……」
「沒關係。」
父親的好意再次化為泡影。小夜子悵然而返。小野戴上帽子迅速出門。——消逝的春天也同時轉換舞台場景。
簷廊前的紫色辛夷花經過連番雨淋，花朵逐漸凋零成褐色，晾乾的頭髮看不見髮帶，只要一動，太陽就會曬到背上。黑髮對著外面，任由風吹日曬，剛才甚至還有黃蝶翩翩飛來停留。無動於衷的藤尾面朝屋內。線條清晰的緊致側臉，在背後照來的陽光中，被遮住耳朵落向肩膀的鬢影襯得溫婉朦朧。越過披散頭髮綴滿深色紫羅蘭花紋的肩膀朝那頭望去一探究竟

112 勸工廠，明治、大正時代，商店聯合在一棟建築內陳列各種商品販賣。在百貨公司興起後逐漸沒落。

時，美麗的雙眼寂靜無波。朦朧似夕暮水蓼花的那抹白皙，表明有人躲在這裡。髮上餘光灑落簷廊的陰影中，若隱若現的小臉上唯有濃眉的眉尾看得分明。眉下黝黑的丹鳳眼不知在訴說甚麼。藤尾支肘倚靠拼木小桌低著頭。

黃金之槌敲打心扉，青春之杯盛裝愛情熱血。一口也不喝的人必然是殘疾者。月斜思慕山，人老妄言道。青春的天空有星光點點，青春的大地有花瓣如雪，如今雙十年華，愛神正值盛年。濃密的黑髮婆娑起舞，以春風編織綾羅，掛在蜘蛛網及五彩簷下，等待男人主動上鉤。落網的男人在迷宮尋找夜明珠，將靈魂倒掛在閃耀紫色的交錯絲線，心亂直到後世。女人只是愉悅地旁觀。基督教牧師宣揚信者必得救贖。臨濟、黃檗等禪宗叫人開悟。而女人只是轉動黑眸令人意亂情迷。未迷亂者皆為女人之敵。當男人迷亂，痛苦，瘋狂，躍動時，女人這才稱心如意。她將纖纖素手伸出欄杆命令男人汪汪叫。男人汪了一聲後，她命令男人再叫。男人又像狗一樣汪了一聲。女人半頰含笑。狗汪汪叫著左右奔跑。女人沉默不語。狗夾著尾巴發狂。女人愈發得意。——這就是藤尾所理解的愛情。

石佛無愛，因為打從開始就覺悟自己無法著色。愛情是根基於自己有資格被愛的自信。然而有人自認有資格被愛，卻未發現自己沒資格去愛。這兩種資格多半成反比。恣意標榜有資格被愛的人，往往會逼迫對方做出任何犧牲。因為這種人沒資格去愛對方。靈魂沉迷在盼兮美目的人必然會被吃掉。小野的處境危險。把自己的性命寄託在倩兮巧笑的人必然會去殺人。藤尾就是丙午女[113]。藤尾只懂得自私利己的愛。壓根沒想過世上也有為人付出的愛。她有詩意。卻無道義。

愛的對象是玩具。神聖的玩具。普通玩具只能被玩弄。愛的玩具則以相互玩弄為原則。藤尾玩弄男人。但她絲毫不准男人玩弄她。藤尾是愛的女王。唯有違反原則的愛情才能成立。只想被愛的人，和只知愛人的人，因春風吹送，潮漲潮落，偶然在天地之前相逢時，便成就了這段違反原則的愛情。

以我執為中心談戀愛，就等於戴著防火頭巾喝甜酒釀。不對味。愛情會融化一切。有稜有角的彩繪風箏也是糖做的，因此必然會融化。但我執沉浸於愛潮時，即便浸泡三天三夜也不見泡軟的跡象。始終堅強挺立。秉持我執去談戀愛的人就像是冰糖。

莎士比亞曾說，弱者啊你的名字是女人。脆弱中堅持我執的激昂愛情，就像在剛煮好的柔軟米飯撒上沙子，令毫無防備的臼齒咬得喀嗤喀嗤發冷。想吃這碗飯的人必須有橡皮的彈力方可平安無事。我執強烈的藤尾為了談戀愛，選擇了沒有我執的小野。被蜘蛛網纏住的油蟬即便落網也會拼命掙扎。有時甚至掙破蜘蛛網逃走。要捕捉宗近很容易。但即便是藤尾也難以馴服宗近。我執強烈的女人喜歡那種只要她抬抬下巴就會立刻過來的男人。小野不僅會

113 丙午女，民間迷信生於丙午年的女人會殺夫。

立刻過來，來的時候必然懷抱詩歌之璧。他做夢也沒想過玩弄藤尾，只會獻上滿腔真誠，以自己成為玩具為榮。他壓根不懂向藤尾要求愛他的資格，只是認定藤尾的眉眼雙唇乃至才華都有被愛的資格因此一心仰慕。藤尾的愛情只有小野能夠配合。

本該唯唯諾諾來報到的小野居然四、五天都不見人影。藤尾每天畫上淡妝把自我的稜角藏在鏡子裡。沒想到會在他消失的第五天也就是昨晚撞見他！有驚才有喜！女人真幸福！嘲諷的鈴聲迄今仍在耳朵深處迴響。藤尾依然支肘倚靠小桌，任由陽光照耀黑髮文風不動。她始終背對簷廊，將臉孔藏在陰影中，是基於「不可在明處思考」這個自古以來的規矩。

不用繩索便自動束手就擒的俘虜，以被捕為榮，藤尾對他呼之即來，揮之即去恣意玩弄，本以為他別無二心，不料翻開漂亮的葉子背面竟躲著毛毛蟲。與意中人並肩照鏡子時，對天發誓鏡中只有彼此二人，沒想到仔細一看竟然錯了。男人依舊是那個男人，可是依偎在他身旁的卻是陌生女人。有驚才有喜！女人真幸福！

昨晚隔著三五張桌子在燈下打量那張憂鬱的蒼白臉孔時——若有自己在身邊，那個男人向來絕不會接近年輕貌美的女子，此刻卻一臉關懷，態度親密地與那個女人在桌前對坐——藤尾彷彿被鐘槌狠狠敲擊心臟。心口的血液霎時全部湧到臉上。那紅潮在說，趕快氣得跳起來算帳吧！

但我執猛然抬頭。我執在說，既然如此，絕對不能回頭，也不能去質疑，哪怕只是批評一個字都會貽笑大方。必須視若無睹，昂然將他們視同低於一般水準之人——男人發現自己的冷淡態度後肯定大失顏面。這就是自己對他的報復。

我執中心的女人即便在此緊要關頭也不能面露徬徨。只有自己信賴的人見異思遷時才會產生恨意。對侮辱最適當的字眼就是憤怒。那是摻雜憾恨與嫉妒的憤怒。文明的淑女把輕蔑他人視為第一義。被人輕蔑則是比死更丟臉。小野的確侮蔑了淑女。

愛情建立在信仰上。信仰不容許信徒心中有二神。男人一邊對自己膜拜皈依，乞求讓他有資格愛自己，同時卻將三心二意的背脊對著輕浮街頭，向別的神明祈禱。要祭拜牛頭馬面是別人的自由。但小野已向任性的女神擲出愛情的香火錢，就不能再找街頭算命師占卜吉凶。藤尾的黑眸早已放出無形光芒，在空中織成無紋之網，小野就是被這網子捕獲的獵物，不能再去別處。他一輩子都得扮演藤尾神聖的玩具。

神聖的意思就是玩具只屬於自己一人，別人連一根手指都別想碰。但小野打從昨晚就不再神聖了。不僅如此，他說不定還把藤尾當成玩具——支肘垂首的藤尾，眉毛倏然挑動。

既然被當成玩具就不能坐視不理。自尊心將愛情碎屍萬段。教訓小野的手段多得很。貧窮令愛情乾涸。富貴令愛情奢侈。功名犧牲愛情。自尊心會踐踏眷戀不捨的愛情。以尖錐刺股向人展示之舉是自尊心使然。拋棄自己認為最有價值的東西為之得意亦是自尊心作祟。只要能樹立自尊心，甚至不惜在虛榮市場屠殺自己的性命。撒旦離開天堂倒栽蔥落入地獄時，劃過耳邊的風吶喊著自尊！自尊！——藤尾垂著頭咬住下唇。

沒見面的這四、五天，藤尾本想寫信給小野。昨晚回家後她立刻動筆，但寫了五、六行之後就把信紙撕碎。絕對不能寫。她在等對方先低頭妥協。只要自己保持沉默，對方一定會主動上門。等他來了就叫他謝罪。萬一他不來？我執有點困擾。我執無法在伸手不可及之處成立。——沒事，他會來，他一定會來。藤尾在口中如此喃喃自語。不知情的小野已被藤尾的我執吸引。他正逐漸接近。

好，就算他來了，也不能追問昨晚的女人是誰。如果問了，就等於把那女人放在眼裡。昨晚哥哥與宗近在餐桌上用了奇妙的暗號交談。八成是故意炫耀那個女人與小野的關係，想讓自己焦急吧。如果自己放低姿態追問，自尊心就會受挫。如果哥哥他們想聯手耍我，那也沒關係。我要舉出反證駁倒他倆暗示的事實，給他們一記迎頭痛擊。

小野非得道歉不可。一定要好好教訓他再讓他道歉。同時也要讓哥哥與宗近道歉。小野明明就屬於自己所有，他們嘲笑的惡作劇毫無用處，自己會讓他們看見小野和自己親熱的樣子，讓他們大吃一驚乖乖道歉。——藤尾決定將矛盾的兩面用我執貫徹到底，臉孔埋在剛洗過的頭髮底下默默思考。

安靜的簷廊響起腳步聲。頎長的身影出現。只見飛白夾衣的前襟敞開，露出貼身的灰色毛織襯衫，呈倒三角襯托出胸部，上方是修長的脖子和長臉。臉色蒼白。頭髮捲曲，似乎有兩三個月沒修剪。甚至四、五天沒梳理。唯有濃眉與小鬍子是好看的。鬍子很黑，很細。沒修剪過的自然風貌多少可以看出此人的個性。腰上用破舊的白色皺綢纏了兩圈，過長的一端垂落，在右邊袖口下方綁成狗尾草[114]。衣襬本就沒合攏。就像是披掛著僧侶的法衣鬆垮垮的，底下露出黑襪。只有布襪是新的。彷彿可以聞到藍靛染料的氣味。舊頭配新腳的欽吾，離經叛道地走來，漫步來到簷廊。

擦得光亮的細紋木質地板，幾乎可倒映雲齋底[115]的影子，聽到輕微的腳步聲時，藤尾披在背上的黑髮倏然一動。頓時，落在簷廊上的藍染布襪映入她的眼簾。不用看也知道襪子的主人是誰。

藍染襪子靜靜走來。

「藤尾。」

聲音來自後方。欽吾似乎背靠區隔遮雨板的鐵杉木柱佇立。藤尾沉默。

「又在做夢嗎？」欽吾站定，俯視她剛洗過的直順長髮。

「甚麼事？」女人說著立刻把臉轉過來。就像虎斑游蛇昂首時的模樣。黑髮粉碎蒸騰的

114 狗尾草，男性和服腰帶的打結方式之一。

115 雲齋底，雲齋織據說是由備前人雲齋創始的棉織品，較厚的用來做布襪襪底就稱為雲齋底。

陽光。

男人連眼睛都沒動。一臉蒼白地俯視她。定定俯視女人轉過來的額頭。

女人回答之前先用力嚥下心口熾熱的塊壘。

「昨晚好玩嗎？」

「對。」她的態度非常冷淡。

「那就好。」欽吾平靜地說。

女人開始焦躁。好強的女人一旦發現自己落居守勢就會立刻焦躁。如果看到對方態度從容不迫，會更焦躁。對方若是揮汗出擊也就罷了，出擊的同時還能遊刃有餘地倚柱俯視對手，那就和邊喝酒邊盤腿坐著打劫來往路人一樣，未免如意算盤打得太美了。

「有驚才有喜，對吧。」

女人不甘示弱地反擊，男人不為所動，依然居高臨下俯視她。甚至看不出他是否聽懂話中之意。欽吾的日記上寫著——有人將十文錢解釋為一圓的十分之一，有人將十文錢解釋為一文錢的十倍。同一句話因人而異可高可低。全看使用那句話的人的見識。欽吾與藤尾之間就是有這麼大的差異。段數不同的人一旦爭吵就會出現奇妙的現象。

似乎連姿勢都懶得換的男人，只說了一句「是啊」。

「像哥哥這樣的學者，就算想驚訝也驚訝不起來，所以少了樂趣吧？」

「樂趣？」他問。藤尾覺得他這句話彷彿在譏諷她是否真的明白樂趣的意義。哥哥之後說：

「沒甚麼樂趣，相對的可以安心。」

「為什麼？」

「沒有樂趣的人不會想自殺。」

藤尾完全聽不懂哥哥的話。蒼白的臉孔依然俯視她。追問原由會顯得自己很沒見識，因此她緘默不語。

「像妳這樣樂趣太多的人很危險。」

藤尾不禁將黑髮一甩。她仰頭瞪眼，哥哥卻依然俯視她彷彿在問她是否明白了。她莫名想起書中那句「這就是埃及女王的結局，正是死得其所」。

「小野還是照常來報到嗎？」

藤尾的眼中好似鐵鎚尖端敲擊打火石般噴出火花。但哥哥不以為意，說：

「他沒來嗎？」

藤尾咬牙切齒。哥哥不再說話，但依然倚靠柱子。

「哥哥。」

「甚麼事？」他又俯視她。

「那個金錶，不能給你。」

「不給我要給誰？」

「暫時由我保管。」

「暫時由妳保管？那也好。不過那個已經說好了要給宗近……」

「要給宗近先生的時候由我自己給。」

「妳給？」哥哥略為低頭將雙眼湊近妹妹。

「由我——對，由我來——由我來交給某人。」她抬起倚靠拼木桌子的手肘，倏然起身。深藍與銘黃、墨綠、絳紫色條紋如棒子並排直立。唯有和服下擺是四色波紋起伏掩蓋白布襪扣。

「是嗎。」

哥哥轉身露出雲齋襪底的後跟離去。

甲野如幽靈出現又如幽靈消失之際，小野已來到附近。幾次降雨令籠罩泥土的青草味蒸騰，他就這樣踩著潮濕溫暖的大地逐漸走來。他穿著擦得一塵不染的山羊皮鞋，快步來到甲野家大門附近。

甲野一副厭世的邋遢打扮，隨便披著的外掛上繩帶只打了個圓結，拎著一根細手杖免得兩手空空無處安放，湊巧和走近的小野在圍牆邊遇個正著。老天爺喜歡對比。

「你要上哪去？」小野手扶著帽子，笑著走近。
「嗨。」甲野應了一聲。就此不再甩動手杖。手杖本來就只是拎著沒事幹。
「我正想去你家……」
「你去吧。藤尾在。」甲野率直地打算放對方進家門。小野卻有點躊躇。
「你要去哪裡？」他又問一次。小野不忍心表現出「我來找你妹妹，至於你要幹嘛都不重要」的態度。
「我嗎？我也不知道要去哪裡。就像我甩動這支手杖一樣，只不過是任由某種東西甩著我亂走。」
「哈哈哈，你講話真有哲理。——去散步？」他說著從下方湊近窺視。
「對，算是吧……天氣很好。」
「的確是好天氣——與其散步不如去博覽會吧？」
「博覽會嗎——博覽會啊——昨晚我去看了。」
「你昨晚去了？」小野頓時兩眼發直。
「對。」
小野以為「對」之後還有下文，於是等著。杜鵑似乎只叫了一聲就飛入雲端。
「你一個人去的嗎？」這次小野主動問道。

「不是，是人家邀我一起去的。」

甲野果然與人同行。這下子小野非得再進一步打聽不可了。

「這樣啊，博覽會很好看吧？」他決定先接話，一邊思考下一個問題。不料甲野只簡單回了一句「嗯」。小野還沒理妥思緒就得立刻說點甚麼。起先他想問「跟誰去？」但開口之前他又想，還是問「甚麼時候？」或許比較穩當。索性直接挑明「我也去了」比較好？那樣就可以根據對方的回答弄清楚一切。但那也沒必要了──小野在喉嚨深處默默自問自答了一會。期間甲野的細長手杖尖端移動了一尺。跟在手杖之後移動的是腳。瞄見這一幕時，小野暗叫不妙，只能把精心設計的計畫暗自藏回喉嚨深處。只不過是被對方稍微先發制人就完全放棄扳回一城的人，是無法靠教育力量改變的宿命論者。

「你去吧。」甲野又說。小野感到被催促。當他覺得命運似乎在指使他向左時，如果有人從後面推一把，他就會立刻上前。

「那我走了……」小野摘帽行禮。

「是嗎，那就失陪了。」細長的手杖從小野身旁退開二尺。小野朝大門走近一步的鞋子，霎時又被手杖帶回原位。命運將甲野的手杖和小野的腳放在無限的空間，爭奪一尺之隔。這支手杖與這雙鞋就等於人格。我們的靈魂有時藏在鞋跟，有時躲在手杖尖端。不懂得描寫靈魂的小說家只能描寫手杖與鞋子。

本已走出一步的鞋子，又把光亮的鞋頭轉回來，詢問將細長身軀全然托付大地的手杖：

「藤尾小姐昨晚也一起去了嗎？」

直立如棒的手杖回答：

「對，藤尾也去了——所以她今天說不定沒有預習功課。」

細長的手杖杵在地上若即若離，才剛豎立便倒下，倒下又豎立，斬斷無垠的空間離去了。光亮的鞋子則任由鞋頭不體面地沾染些許泥濘，略帶顧忌地踩著門內的碎石子走向玄關。

小野走向玄關的同時，藤尾正倚著柱子，將腳尖踩在遮雨板的溝槽上，眺望四面圍起的遼闊庭園。早在藤尾倚柱之前，謎題女就關在房間裡對著沸騰的鐵壺，在暮春中費盡思量。

欽吾不是親生子——謎題女的想法，全都出自這一句。將這一句衍伸開來就是謎題女的人生觀。將人生觀增補一番便可形成宇宙觀。謎題女每天聽著鐵壺的滾水聲，窩在六帖陋室建立人生觀和宇宙觀。只有閒人才會這樣建立人生觀和宇宙觀。謎題女就是這種安坐在絲綢坐墊上過日子的幸運兒。

坐姿能端正心志。端坐渴求愛情的雛人偶，即便被蟲蛀掉鼻子依然優雅。謎題女優雅端坐。六帖房間的人生觀也不得不優雅。

老年喪夫令人徬徨。沒有兒子可依靠更令人不安。唯一能依靠的孩子不是親生子，令人徬徨不安甚且憤恨。明明有親生孩子卻不得不依靠外人，這種規定不僅可恨更窩囊。謎題女深信自己是個窩囊又不幸的人。

就算是外人也不見得合不來。醬油和味醂自古以來常相伴。但菸酒一起來就會咳嗽。欽吾不是那種能夠配合父母的容器可方可圓柔順如水的人。日久天長自然形成隔閡。最近的心情就像在長崎遇到江戶的宿敵。學問本是立身揚名的工具。不是為了讓他學習如何忤逆父母脫離世間常軌。特地花錢去學校變成怪人，畢業後無法見容於社會未免太不名譽。講出去也不好聽。不適合當繼承人。她不願讓這種人替她養老送終，欽吾也不可能有那個本事替她送終。

幸好還有藤尾。就像不畏寒冬的川竹，有力量彈開夜晚隨風積壓的粉雪。她讓女兒穿上繡著蝴蝶花草的華麗春裝吸引街頭眾人目光。能夠讓親生女兒施展的世間遼闊。她可以光明正大、風風光光地昂首闊步，不受任何拘束。能夠迷倒號稱全國第一好女婿的人，令對方苦苦追求，才能讓養出這種女兒的母親有面子。與其依靠冷漠得彷彿冷凍海參的外人，還不如陪伴過著華麗生活受人稱羨的親生女到老才是正理。

芝蘭生幽谷，寶劍歸烈士。美麗的女兒自然該有個出名的女婿。雖然追求者眾多，但女兒和自己不中意的人全都不算數。就好比不合指頭粗細的戒指，即使收到了也只能扔棄。過大或過小都無法當女婿。因此直到今天還沒找到女婿。成群追求者之中最後只有小野留下。小野據說很有學問。聽說還拿到恩賜懷錶。據說很快就會拿到博士學位。不僅如此，小野為人親切討喜。氣質優雅又隨和。作為藤尾的丈夫絕對不會丟人現眼。就算讓他養活自己到老應該也會很愉快。

小野是個完美的女婿。唯一的缺點就是沒有財產。不過若要靠女婿的財產養活，就算是再怎麼中意女婿，也會在女婿面前吃不開。不如找個身無分文的男人入贅，讓他安分伺候丈母娘和老婆，這不僅對藤尾有利，也是為她自己著想。唯一困擾的就是財產。丈夫在外國過世四個月後的今天，家產當然盡歸欽吾所有。她的盤算也由此開始。

欽吾聲稱一毛錢財產也不要。還說要把房子也給藤尾。如果能夠脫下道義的外皮袒露功利本色，當然會想跳進從天而降的溫泉佔便宜。但為了體面穿上的衣裳不可能就這麼隨手剝掉。如果有人眼看快下雨就扔出一把傘給你時，對方若有兩把傘當然不用客氣，問題是眼看著送傘者淋成落湯雞，自己若還任性地伸手拿走傘，在外人面前總是不好看。於是出現謎題。欽吾要讓出家產只是花言巧語，她堅持不要家產也只是做給鄰居看的。身為文明人，為了顧及世人眼光必須裝作是欽吾非要把他的財產讓給藤尾，藤尾迫不得已只好勉強收下的樣子。於是謎題解開。把欽吾說的轉讓解釋為不想轉讓，明明打算接收財產卻堅稱不想要，這就是謎題女。此人的六帖房人生觀頗為複雜。

謎題女苦於不知如何解決問題，終於走出六帖房間。明明想要的東西卻得堅持並不想要，而且還必須是能盡快得到的方法，就算是用微積分也無法輕易發現對策。謎題女滿臉苦惱地走出房間，是因為心焦如焚已經在坐墊上坐不住了。出來一看，春日意外悠閒，泰然吹過鬢髮的暖風也在故意嘲弄人。謎題女的心情更糟糕了。

簷廊左轉走到底就是洋房，連接客廳的房間被欽吾當作書房。右邊彎成直角，直角末端向南伸出的六帖房間就是藤尾的房間。

她朝菱形正對面的方位看去，只見藤尾站在那裡。濡濕的濃密鬢髮貼在柱子上，斜倚的嫵媚身段中央，唯有深深插進腰帶的皓腕勝雪。異鄉遊子有時就會這樣眺望胡枝子伏臥、芒草隨風倒的景色思念故鄉。卻不知並未離鄉背井的藤尾在眺望甚麼。母親繞過簷廊走近。

「妳在想甚麼？」

「咦，是媽媽啊。」她歪斜的身體離開柱子。轉過頭的雙眼毫無憂愁的影子。我執女和謎題女面面相覷。她們是親生母女。

「有甚麼不對嗎？」謎題女問。

「怎麼說？」我執女反問。

「因為我看妳好像若有所思。」

「我甚麼也沒想。只是在看庭院風景。」

「是嗎。」謎題女露出意味深長的表情。

「池塘的紅鯉魚會跳出水面。」我執女堅持主張。的確，汙濁的池水中，潑辣響起水聲。

「哎呀——從媽媽的房間完全聽不見呢。」

不是聽不見。是因為她忙著謎題。

「噢。」這次是我執女露出意味深長的神色。世間形形色色。

「咦，已經有蓮葉了。」

「對。您都沒發現嗎？」

「沒有，現在才看到。」謎題女說。果然不該只顧著思考謎題。排除欽吾和藤尾的事情後，腦袋就一片空白。根本無暇顧及蓮葉。

蓮葉生後蓮花開。蓮花開盡就得收起蚊帳入倉庫。之後蟋蟀開始鳴叫。秋雨綿綿。冷風吹起……謎題女子忙著解決謎題之際世界已經變了。但謎題女還是打算坐在同一個地方解謎。謎題女認為自己是世間最聰明的人。她做夢也不相信自己會犯糊塗。

錦鯉潑辣一聲再次躍出水面。混濁的池水底下有汙泥沉澱，只有上層的水微暖，池底隱約有朱紅的影子攪動平靜的泥土浮上水面。紅影沒有驚動燦爛照射平滑水面的日光，才剛見它搖尾，隨即已狠狠拍打水面躍起。攪起整片淤泥中，幽微的朱紅影子又潛行而去。魚背劃開溫水，留下一道蜿蜒痕跡，讓去年的蘆葦無風自動。甲野的日記用楷書留下了「鳥入雲無跡，魚行水有紋」這樣一聯非律詩非絕句的句子。春光不蔽天地，任意取悅人心。然而謎題女並不幸福。

「為什麼魚會那樣一直躍出水面？」她問。或許就像迷題女思考謎題，錦鯉也拼命跳躍吧。若說瘋狂，雙方都很瘋狂。藤尾無言以對。

水面浮起的蓮葉被中國詩人形容為疊青錢[116]。但蓮葉當然沒有銅錢那種重量感。不過當它將短暫數日的嬌嫩生命託付水面，在婆娑風中暴露單薄的容顏時，確實細薄如錢。顏色也不全然是青色。比美濃紙還薄的葉片，嫌棄碧綠太沉重，於是在柔嫩的褐色中交雜每日冒出的銅綠，錦鯉躍起留下的春天餘韻，形成一吹就會飛走，放著不會破碎的露珠滾動。——沉默的藤尾只是望著眼前的景色。鯉魚再次躍起。

母親無意義地凝視池面，最後換個心情問：

「最近小野先生好像都沒來。是怎麼了？」

藤尾臉一沉，扭頭面對母親。

「有甚麼不對嗎？」她定睛看著母親，然後又若無其事瞥向庭院。母親暗自稱奇。剛才那條鯉魚游過淺紅色的浮葉下。葉片輕盈顫動。

「如果他不來，應該好歹會通知一聲吧。該不會是生病了？」

「生病？」藤尾的聲音尖銳得帶有火氣。

「不是啦，我是在問妳他『該不會是』生病了吧。」

「他怎麼可能生病！」

彷彿帶著破釜沉舟的凌厲語氣，在鼻頭化為冷哼。母親再次感到怪異。

「也不知他甚麼時候能拿到博士學位。」

「誰知道。」她說得事不關己。

「妳——是不是跟他吵架了？」

「小野先生敢跟我吵架嗎！」

「也對，又不是讓他免費當家教，我們也付了不少錢。」

謎題女無法做出更多解釋。藤尾刻意不答覆。

其實也可以把昨晚的事情一五一十和盤托出。母親聽了當然會氣得跳起來同情自己。但她雖然不覺得說出真相會尷尬，可是主動博取同情就和被飢餓逼得在陌生人門口乞討一兩文錢差不多。同情是自尊心的大敵。到昨天為止小野就像是舞台上的提線傀儡，藤尾連話都懶得跟他說，只要動動小指尖，就能隨心所欲擺布他或站或躺，或笑或焦慮或驚慌，母親也得意洋洋抽動虛榮的鼻頭，讚賞興高采烈自鳴得意的女兒——但那其實只是表象，如果看到昨晚的真相，恐怕迎風搖曳的芒草也會倒向彼方。如果抖出小野和陌生美女親熱喝茶的事實，自己會在母親面前大失顏面。自己的自尊心無法接受。放出去的獵鷹沒抓到獵物還可以豁達

116 疊青錢，中國將青銅錢幣稱為「青錢」，以其形狀和顏色來形容蓮葉。

地宣稱不要牠了。跟在獵物後面卻不吭一聲的狗，也可以當場趕走放話不要牠。但小野的不知分寸還沒有到那種地步。如果放著不管他或許會主動回來。不，肯定會回來——拿自己和小夜子比較後，自尊心可以如此證言。等他迷途知返時再好好教訓他。好好教訓他之後，就讓他或站或躺，或笑或焦躁或驚慌。然後，如果給母親看這有趣的調教成果，在母親面前就有面子了。如果給哥哥和阿一看，就可以報復那兩個傢伙。——在那之前絕不能說。藤尾刻意不回答。母親永遠錯失了發現自己誤解甚麼的機會。

「剛才欽吾是不是來過？」母親又問。鯉魚躍起，蓮花發芽，草坪逐漸染上綠意。辛夷花凋謝。謎題女對那種事毫不在意。她不分日夜被欽吾的幽靈折磨。如果他在書房，就會猜想他正在做甚麼，如果他在沉思，就懷疑他在盤算甚麼，如果他來藤尾這裡，就揣測他來找藤尾說些甚麼。欽吾不是親生子。對繼子不能掉以輕心。這是謎題女天生就懂的重大真理。發現這個真理的同時，謎題女也得了神經衰弱。神經衰弱是文明的流行病。如果濫用自己的神經衰弱，連自己的親生孩子都會變得神經衰弱。而她總是對人說欽吾的病讓人傷透腦筋。被感染的人才是真倒楣。不知到底誰該說傷腦筋。但謎題女這廂，純粹只覺得欽吾令她傷透腦筋。

「剛才欽吾沒來嗎？」她說。

「來了。」

「他看起來怎麼樣？」

「還是老樣子。」

「別看他那樣，其實……」她說著微微皺起八字眉，「讓人很傷腦筋。」說完時，八字皺紋轉眼變得更深。

「他老是含糊不清地嘲諷別人。」

「嘲諷倒還無所謂，問題是他經常講些莫名其妙的夢話才傷腦筋。尤其是最近，他好像有點不對勁。」

「那大概就是哲學吧。」

「甚麼哲學我是不懂啦。——他剛才來跟妳說了甚麼嗎？」

「對，他又提起懷錶……」

「叫妳還給他嗎？懷錶要不要給阿一關他甚麼事。」

「他剛剛出門了吧。」

「不知又上哪去了。」

「肯定又去宗近家了。」

對話進行到這裡時，女傭跪地稟報小野先生來訪。母親遂回自己房間去了。

當母親的身影拐過簷廊消失在紙門後面時，小野從內玄關經過起居室旁，沒有繞道走廊就直接穿過隔壁的六帖房間過來。

有和尚說，弟子擊磬入室相見時，只要聽腳步聲，就可輕易知道對方公案準備好了沒有。心虛時也會顯現在走路方式上。有句諺語說禽獸亦有屠所步[117]。這種現象不僅限於參禪的僧侶。也可應用在才子小野的身上。小野總是太在意世人眼光。今天更是變本加厲。流亡武士草木皆兵，小野小心翼翼踩著榻榻米，躡足踮起穿黑襪的腳尖走進來。

暗處不點一睛[118]，藤尾沒有抬眼。只瞄了一眼落在榻榻米上的黑襪腳尖便心裡有數。小野還沒坐下，已被對方看扁了。

「妳好……」他邊坐下邊朝藤尾笑。

「歡迎。」藤尾一本正經，這才正眼看對方。被盯著的小野目光游移。

「好久不見。」他立刻加上辯解。

「不會。」女人打斷他。但僅此而已。

男人感到出師不利，拼命思考該從哪捲土重來。室內照例安靜無聲。

「天氣暖和多了。」

「是。」

室內只響起這兩句話，之後安靜如故。這時錦鯉又潑辣一聲躍出水面。池塘在東邊，等於在小野的背後。小野稍微轉身想說「是鯉魚」，但朝女方一看，對方的目光卻盯著南邊的辛夷花。——修長如壺的花瓣，以濃豔的紫色追隨春天離去後，殘骸帶著發皺的褐色汙斑，有的甚至花瓣落盡只剩花萼。

小野本想說「是鯉魚」又作罷。女人的神色看起來比之前更難以親近。——好久不見的女人想讓男人說出為何好久不見的原因，只應了一聲「不會」。男人知道情況不妙，所以試著換話題說天氣變暖了，即便如此還是無效，因此才想把話題再換到鯉魚上。男人覺得好像連最後堅守之地都變得不安穩，已經滿心忐忑，女人卻依然故我穩坐如山。不知究竟的小野不得不拚命思索。

如果是因為自己四、五天沒來而生氣，那很好辦。如果是昨晚在博覽會被發現了，那就有點麻煩了。但即便如此還是有很多辯解之道。然而藤尾真的能在絡繹不絕的人潮黑影之中認出自己和小夜子嗎？如果真的被認出來也就算了。萬一並未被發現，自己卻傻呼呼地主動招認，那無異於脫光衣服把骯髒的膿包送到陌生人的鼻尖讓對方聞。

這年頭與年輕女人當街同行是理所當然。如果只是一起走路談不上光榮或有道德瑕疵。如果是受到慫恿臨時起意，只作一度春風，萍水相逢偶遇今宵，之後彼此便在茫茫人海各分

117 禽獸亦有屠所步，屠所是屠宰場。形容牛羊逐步接近死亡也會掙扎。
118 暗處不點一睛，對暗處、不明之處一眼也不看。

東西，從此老死不相往來。那樣倒是無所謂。主動說明也可以。遺憾的是，小夜子與自己，並非棋盤上湊巧被放在一起的兩顆棋子那麼簡單的關係。自己主動逃離的五年漫長歲月中，對方不離不棄，不分日夜，始終堅持紡出紅線維繫這段雖然脆弱卻也勉強撐到今天的關係。

若能撇清只是不相干的女人或許也就沒事了。問題是那樣會變成自欺欺人的謊言。謊言就像河豚湯。只要當場沒中毒，那就是世間最美味的東西。可是一旦中毒就得痛苦地吐血而死。而且謊言會牽扯出真實。明知保持沉默便不會被對方發現，可以用這招逃過危機，卻因為想隱瞞而捏造身分姓名，甚至家世背景，反而容易成為眾矢之的招來懷疑。謊言必然伴隨破綻。當破綻底下的醜陋真面目終於暴露時，終生都難以洗清身上的污點。——小野是個懂得以上這點基本常識，很清楚箇中利害關係的聰明人。他並不想把自己正被一條聯繫東西兩京長達五年的漫長情絲纏住的事實，告訴坐在眼前鬧彆扭的女人。至少在這條最近剛流入新血液的戀愛脈搏，可以順利地在兩人手腕溫暖地脈動，昭告天下彼此是夫妻之前，他並不想說。既然不能說出事實，他不想隨便撒謊搪塞說那只是不相干的女人。如果不說謊，關於小夜子的事他甚至連名字都不想說。——小野頻頻打量藤尾的臉色。

「昨晚的博覽會妳……」小野鼓起勇氣開口，卻不知該說「妳去了嗎」還是「聽說妳去了」，於是有點躊躇。

「對，我去了。」

黑影颯然掠過遲疑的男人鼻頭。男人眨眼之間就被對方搶先。無奈之下只好說，

「燈飾很漂亮吧。」身為詩人，這句「很漂亮吧」的感想實在太平凡。就連說話的本人，也自覺大失水準。

「很漂亮。」女人明確回答。之後又潑冷水般補了一句「人也很漂亮」。小野不禁望向藤尾的臉孔。有點摸不透對方的意思，於是說，

「是這樣嗎。」不痛不癢的回答通常都是愚蠢的回答。處於下風時，就算貴為詩人也不得不主動甘於愚蠢。

「漂亮的人也『看得很清楚喔』。」藤尾尖銳地再次強調。這句話聽來多少有點危險。恐怕無法順利敷衍過去。男人只好噤口不語。女人也按兵不動，用那種「你還不肯說實話嗎」的眼神看著小野。據說昔日宗盛[119]被人拿刀抵著都不肯切腹自殺。注重利害的文明人，不可能輕率招出對自己不利的話。小野有必要再觀察一下敵人的動靜。

「有誰陪妳一起去嗎？」他若無其事問。

這次輪到女人不回答。始終堅守關卡。

「剛才我在門口遇到甲野先生，甲野先生昨天好像也一起去了。」

119 宗盛（1147-1185），平清盛的次子。於壇之浦大戰戰敗。

「既然知道這麼多，何必還問我。」女人拗起性子。

「不是，我以為妳還有別的同伴。」小野巧妙地躲開攻擊。

「除了我哥之外嗎？」

「對。」

「那你直接問我哥不就行了。」

藤尾依然心情惡劣，但順利的話，小野應該勉強能夠從這漩渦中掙脫出來。有時只要順著對方的話，在你來我往中，不知不覺便可化險為夷。小野過去每次都是靠這招成功的。

「我本來想問甲野先生，但當時急著進門來不及問。」

「呵呵呵！」藤尾突然高聲大笑。男人愣住了，女人趁隙丟來問題：

「這麼急著進門的人，怎麼會連續四、五天都曠職？」

「不是，這四、五天是真的很忙，實在抽不出空。」

「連白天也是？」女人的肩膀向後縮。長髮彷彿絲絲縷縷都有生命般飄動。

「啊？」小野面露詫異。

「白天也那麼忙嗎？」

「白天……」

「呵呵呵，你還不懂嗎？」女人再次發出甚至響徹院子的大笑。女人可以自由自在想笑就笑。男人很茫然。

「小野先生，白天也有燈光秀嗎？」她說著，雙手安分地在膝上交疊。閃亮的鑽石冷光一閃，刺痛小野的眼睛。小野彷彿被竹片狠狠打臉。同時腦海深處響起一個聲音：「被看到了！」

「用功過度反而拿不到金錶喔。」女人一臉無辜地又補了一刀。男人的防守陣線全面瓦解。

「其實是我以前的老師在一周前從京都來到東京……」

「噢，這樣啊，我壓根不知道。那就難怪你這麼忙了。原來是這樣啊。我都不知道，真是不好意思。」女人做作地低頭賠禮。秀髮再次晃動。

「以前在京都時，老師很照顧我……」

「所以這不是很好嗎，你該好好多陪陪人家。——我啊，昨晚和我哥還有一先生、糸子小姐一起去看了燈光秀。」

「啊，這樣子嗎。」

「對，然後，那個池塘邊不是有個臨時開業的龜屋茶館嗎——欸，你應該知道吧，小野先生？」

「對——我——知道。」

「你知道——你知道吧。我們就在那裡一起喝茶。」

男人很想起身離席。女人刻意一派從容，表面上始終雲淡風輕。

「那家的茶非常好喝。你還沒去過嗎？」

小野沉默。

「如果還沒去過，改天一定要帶你那位京都的老師去。我也打算叫一先生再帶我去。」

藤尾說到「一先生」這個名字時，音調異常響亮。

春影西斜。長日再長亦非兩人專有。壁龕裝飾的義大利彩陶（Majolica）座鐘鏗然一響，打斷兩人綿延不絕的對話。三十分鐘後小野走出門外。當晚在夢中，藤尾不曾再聽到「有驚才有喜！女人真幸福！」這嘲諷的鈴聲。

十三

兩根粗大的角柱豎立為大門。有沒有門扉不得而知。但木板牆上開了個洞寫著「夜間郵箱」，可見晚上應該會鎖門。正面的草坪隆起土饅頭，種滿成排華蓋亭亭的松樹遮蔽市街。繞過松樹後，劃出弧線在頭上會合的玄關屋簷上，可以看見波紋浮雕。紙門敞著。悠閒的白紙門上，以大雅堂[120]風格的筆勢龍飛鳳舞寫著約有舞樂面具那麼大的草書字體，隔開了和室。

甲野緩緩拉開玄關右邊可以隱約看見鞋櫃的格子門。用細長的手杖尖端站在脫鞋口敲打地面。他沒有喊「有人在家嗎」。自然也無人會回應。屋內安靜得看不出有人居住。經過門前的車輛聽來反而更熱鬧。他拿手杖尖端繼續扣扣敲地。

終於在一片死寂中響起拉開紙門的聲音。有人在「阿清啊！阿清啊」喊女傭。女傭似乎不在。腳步聲逐漸接近廚房。手杖尖端叩叩響。腳步聲從廚房來到內玄關。紙門拉開。糸子與甲野相向而立。

家裡有女傭也有工讀生，即便糸子平易近人也很少親自出來應門。往往當她想出去迎客時，才剛起身又坐下，寧可再多縫一兩針。彷彿懷抱琵琶沉[121]的漫長白晝，即將承受不住這種漫長而崩潰時，嗡嗡蚊蠅聲令她沉醉夢鄉，她想喊阿清，可阿清好像去後面了。空曠的廚房唯有茶壺靜靜發光。工讀生黑田八成又在房間把光頭埋在雙臂間，趴在桌上安靜睡覺吧。彷彿人去樓空的屋內，玄關忽然響起叩叩聲響。她好奇地隨手拉開門一看——浩瀚世界僅有甲野一人獨立。從格子門照進的戶外陽光曬在他背上，頎長的昏暗身影站在脫鞋口中央動也不動，只是頻頻拿手杖敲響地面。

120 大雅堂，江戶中期的南畫家、書法家池大雅（1723-1776）。
121 懷抱琵琶沉，出自蕪村的俳句「不捨春漸逝，懷抱琵琶沉」。

「哎呀。」

手杖的聲音同時停止。甲野從帽簷下好像睽違已久似地看著女人。女人急忙別開眼，望著細長手杖的尖端。手杖尖端湧上熱意，燙紅了臉頰。糸子像要讓沒抹油自然蓬鬆的頭髮垂落般猛然一鞠躬。

「他在嗎？」甲野的語尾揚起，簡單詢問。

「現在不巧外出。」她只這麼回答，不知愁苦的雙眼皮泛起嬌憨。

「不在家啊——令尊呢？」

「一大早就去參加歌謠聚會了。」

「噢。」男人修長的身子半轉，側臉對著糸子。

「先請進吧——我哥應該馬上就回來了。」

「謝謝。」甲野對著牆壁說。

「請進。」她一腳退後提出邀請。身上穿的是粗條紋的家居和服。

「謝謝。」

「請。」

「他上哪去了？」甲野對著牆壁的臉稍微轉向女孩。不知是否心理作用，沐浴在從後方掠來的日光中，他蒼白的臉頰好像比昨日消瘦了幾分。

「大概是去散步吧。」女孩歪頭說。

「我也剛散步回來。走得很累……」

「那就進屋休息一下。他應該馬上就回來了。」

對話漸漸延長。對話延長是心情鬆弛的證明。甲野脫下粗紋木屐進了屋。橫樑之間鑲著用來隱藏釘帽的沉重裝飾，不動如山的春日壁龕，幽深地掛著常信[122]的雲龍圖。流淌著淺黑水墨的白絹，邊角裱著藍紋緞子，在這寂寥的時代，就連象牙卷軸都顯得靜定。一尺多的桌上，放著張著大嘴的青瓷獅子香爐，木頭紋理油光水亮，是點點灑落褐色、紫色漸至黑色紋理的紫檀木。

簷廊多遲日，對世間不勝寒意的人，合攏飛白布衣的前襟。女人豐滿的下顎壓住亂菊華麗妝點的領口，似乎嫌對面紙門的光線太刺眼，規矩跪坐在門口。八帖和室對於相隔遙遠的渺小兩個人而言太寬闊。距離足足有六尺。

黑田忽然現身。他穿的小倉[123]寬褲早已舊得摺痕都走樣了，褲腳下露出黝黑的雙腳，碎步端茶過來。也送來了菸草盆。還有點心盤。六尺的距離就被這些東西填滿，主客的位置勉

122 常信，狩野派畫家狩野常信（1636-1713）。

123 小倉，北九州小倉地區生產的布料。常用於寬褲或學生服。

強靠這些待客的東西維繫住。從午睡甜夢中被吵醒的黑田，機械性地將月老的紅線送到兩人之間，頂著毛扎扎的光頭仍舊意識朦朧，又再次回他自己房間去了。之後依然是空蕩蕩的房間。

「昨晚怎麼樣？累壞了吧？」

「不會。」

「不會嗎？那妳體力比我還好。」甲野朝她笑了一下。

「因為來回都是搭乘電車。」

「搭電車才更累。」

「為什麼？」

「因為那些人。看到那麼多人就累。妳不覺得嗎？」

糸子的圓臉只是露出一個小酒窩。沒有回答。

「好玩嗎？」甲野問。

「對。」

「有甚麼好玩的？燈光秀嗎？」

「對，燈光秀當然也很有意思……」

「除了燈光秀之外還有別的好玩？」

「對。」

「是甚麼？」

「不過說出來會很可笑。」她歪頭可愛地笑了。一頭霧水的甲野也莫名想笑。

「妳指的好玩到底是甚麼？」

「那我就說囉？」

「妳說說看。」

「那個，大家不是一起去喝茶嗎？」

「對，妳覺得喝茶有意思？」

「不是茶。不是茶本身……」

「噢。」

「當時小野先生不是也在嗎？」

「對，他在。」

「還帶著美女對吧？」

「美女？對，他好像是和女孩子一起。」

「那個小姐你認識吧？」

「不，我不認識。」

「咦？可是我哥是這麼說的。」

「他的意思應該是曾經見過吧。但我們從未講過一句話。」

「但你認識她吧？」

「哈哈哈！我非得認識不可嗎？其實我們見過好幾次。」

「看吧，我就這麼說嘛。」

「那又怎樣？」

「我覺得很有意思。」

「為什麼？」

「不為什麼。」

湧上雙眼皮的眼波，湧現又破碎，破碎又湧現，恣意玩弄黑眸。茂密嫩葉間灑落的日光錯落鋪滿大地，清風搖晃枝頭，青苔在陽光中若隱若現。甲野看著糸子的臉，未要求她進一步解釋。糸子也沒有主動說明原因。原因就此沉入她的可愛笑臉中，含糊不清地消失無蹤。

金魚優游在剛粉刷過的葫蘆型池塘，吃著炒過的蛋黃，朝夕快樂度過，即使搖尾潛入水藻，也不用擔憂被巨浪捲走。穿過鳴戶[124]的鯛魚，骨頭被浪潮打磨得一年比一年硬。洶湧浪濤之下就是地獄，無論往返都不能掉以輕心。然而遼闊大海的凶猛魚類如果和三尾丸子[125]一起放進水族館，便能成為比鄰的好友。雖然看不見隔閡，若想穿過透明的玻璃只會撞痛鼻頭。

沒見過大海的糸子，無法與她談論大海的話題。甲野只能配合她聊了一會葫蘆水池式的話題。

「那個女人真有那麼美嗎？」

「我認為很美。」

「不見得吧。」甲野看著簷廊。天然花崗岩沾滿未乾的露水，望去一直濕漉漉的，沿著二尺的簷廊邊，不知是鷺蘭還是紫羅蘭的小花，零星偷來將逝的春天，悄然綻放。

「有漂亮的花開呢。」

「在哪裡？」

從糸子的位置只能看見正面的赤松和樹根處的山白竹。

「在哪裡？」她伸長溫暖的下巴向對面眺望。

「那邊——從妳那個位置看不見。」

糸子稍微抬起腰。甩著長袖膝行兩三步靠近簷廊邊。兩人的距離逼近到鼻尖前時，這才看見小花。

「哎呀。」女人駐足。

124 鳴戶，潮水起落差距極大的鳴門海峽。

125 三尾丸子，一種金魚。尾巴分岔為三。

「很美吧？」

「對。」

「妳之前都沒發現？」

「完全沒有。」

「是因為花太小才沒留意到。不知幾時開幾時謝。」

「還是桃花和櫻花比較漂亮。」

甲野沒回答，只是在口中默念：

「可憐的小花。」

糸子沉默。

「這花就像昨晚的女人。」甲野又說。

「為什麼？」女人狐疑地問。男人抬起細長的眼睛定定看著女人的臉，最後才認真說，

「像妳這麼悠哉真好命。」

「是嗎。」女人認真回答。

這話不知是褒是貶。也不知到底悠哉不悠哉。難以確定悠哉是好是壞。但她相信甲野。信任的人既然認真這麼說，除了認真回答「是嗎」之外別無他法。

紋飾奪目。巧技掠目。良質明目。聽到那句「是嗎」時，甲野不禁有點感激。直面人的

真誠靈魂時，哲學家只會低下理解的頭顱，絲毫不覺憾恨。

「這是好事喔。妳這樣就好。就該這樣才對。永遠都得這樣才好。」

糸子露出美麗的貝齒。

「反正我就是這樣。不管過多久都是這樣。」

「那是不可能的。」

「可是這是天生的。不管過多久都無從改變。」

「會變的——等妳離開父親和哥哥身邊就會變。」

「為什麼？」

「離開家人，就會變得更機靈。」

「我正想變得更機靈呢。如果能變得機靈當然最好。我很想像藤尾小姐那樣，但你也知道我很笨……」

甲野一臉同情地望著糸子純真的小嘴。

「藤尾真有那麼值得羨慕嗎？」

「對，我真的很羨慕。」

「糸子小姐。」男人突然轉為溫柔的口吻。

「甚麼事？」糸子信賴地問。

「藤尾那樣的女人在當今社會已經太多了。妳如果不小心一點會很危險。」

女孩肉肉的雙眼皮大眼睛，依然只是露出可愛的姿態。完全看不出危懼的模樣。

「只要出現一個藤尾就能殺掉五個昨晚那樣的女人。」

靈動雙眸中的露珠倏然消散。她的表情頓時一變。「殺」這個字眼太可怕了——至於其他的意思當然無從得知。

「妳這樣就好。動了就會變。所以不能動。」

「動？」

「對，談戀愛就會變。」

女孩用力嚥下差點從喉頭迸出的話語。臉色通紅。

「出嫁就會變。」

女孩垂首。

「現在這樣就好。嫁人太可惜。」

可愛的雙眼皮連續眨了兩三下。雨龍的影子[126]徐徐掠過抿緊的嘴巴。不知是鷺蘭還是紫羅蘭的小花依然在春天零星綻放。

十四

電車卸下紅色牌子鳴笛駛來。緊接著從後方將城市的風在鐵軌上捲去。盲人摸準時機戰戰兢兢過馬路。茶館的小工笑著磨杵臼。在十字路口揮舞信號的工人穿的嗶嘰布制服的縫隙積滿塵埃已經泛黃。穿洋服的人走出舊書店。戴獵帽的人在說書場前駐足。黑板上寫了今晚要說的節目。天空滿是鐵絲。看不見一隻老鷹。天上越安靜，越顯得人間是異常蕪雜的世界。

「喂！」有人大聲從後面呼喚。

二十四、五歲的夫人轉頭看了一下又繼續走。

「喂！」

這次是穿著印有商店標誌外掛的人轉頭。

被呼喚的本人毫不知情，避開對面行人加快腳步。被一路穿梭競相奔來的兩輛人力車擋住，距離越發拉遠了。宗近只好挺起胸膛全力奔跑。寬鬆的夾衣和外掛，隨著每次抬腿落地跟著飛起。

126 雨龍的影子，雨龍是幻想中的動物，無角，形似蜥蜴。在此是指潸然落淚。

「喂！」宗近從後方伸手拍肩。搭住肩膀的同時，也看到小野細長的側臉。小野雙手都拎著東西。

「喂！」他搭著小野肩膀搖晃。小野被他晃得轉過身。

「我還以為是誰呢……抱歉。」

小野沒摘帽子，鄭重行禮。他的雙手拎著東西。

「你在想甚麼啊，我喊了你好幾聲你都沒聽見。」

「真的嗎？我完全沒注意到。」

「我看你好像在趕時間，而且走路腳不點地似的，看起來有點怪。」

「怎麼了？」

「我是說你的走路方式。」

「因為這是二十世紀嘛，哈哈哈哈。」

「那是新式的走路方式嗎？看起來一腳是新一腳是舊呢。」

「其實是因為拎著這種東西不好走……」

小野把雙手向前伸，彷彿想叫宗近自己看，自己盯著下方看，宗近也自然跟著將視線往下移。

「你拿的是甚麼？」

「這邊是垃圾桶，這邊是油燈台。」

「你打扮得這麼時髦，居然拎著大垃圾桶所以才奇怪。」

「奇怪也沒辦法，是別人托我買的。」

「受人之托弄得這副古怪模樣，真是佩服。沒想到你還有這種敢於拎著垃圾桶當街步行的俠義心腸。」

小野默默笑著鞠躬。

「對了，你要去哪裡？」

「我要拿這些……」

「你要拿回家？」

「不是。是別人托我買的所以要送過去。你呢？」

「我隨便走走。」

小野內心有點困擾。宗近剛才說他看起來趕時間，而且走路腳不點地輕飄飄的，的確是符合小野當下狀態的貼切形容。雖然腳下踩的大地寬闊堅硬，他卻毫無踩在地上的切實感。但他還是想趕快走。甚至和悠哉的宗近在路邊站著閒聊都覺得煎熬。如果對方提議一起走，他會更困擾。

平日遇到宗近本就會有點不安。在他對宗近與藤尾的關係一知半解之際，他已和藤尾建立了戀愛關係。雖然他自認並未公然橫刀奪愛搶別人的未婚妻，但宗近的心情可想而知。像宗近這樣心事都寫在臉上的人，從他的一舉一動便能推測他對藤尾有意思。如今小野雖不至於背地裡搞破壞，但事實上的確等於永久斷絕了宗近的希望。就人情道義而言有愧於宗近。

說到愧疚，光是這樣就已很愧疚了，再加上宗近態度大方，絲毫不反對自己與藤尾接近，這讓他更加愧疚。如果碰面了可以坦然對話，也會開開玩笑談笑風生，說說男人的本領，談論東洋的經綸大事。但他們很少提及愛情。或許不是很少提及而是無法提起。宗近恐怕根本不懂戀愛的真相吧。他不配當藤尾的丈夫。即便如此，愧疚依然是愧疚。

愧疚本是抹殺我執的字眼。因為是抹殺我執的字眼所以可貴。小野心裡覺得愧對宗近。不過這種愧疚之中包含了龐大的我執。不妨想想調皮搗蛋後面對父母時的心情就明白。比起愧對父母的後悔，大難臨頭的感覺毋寧更強烈。自己的惡作劇，落到與自己無關的旁人頭上會造成甚麼麻煩先撇開不說，那種麻煩反彈回來轟得自己腦袋嗡嗡響才可怕。那就像討厭打雷的人，來到暗藏雷電的烏雲前會有點逡巡一樣。和單純的愧疚大不相同。但小野把這種感覺稱為愧疚。或許是因為小野不想把自己的感覺解析為愧疚以下的情緒。

「你出來散步？」小野客氣地問。

「嗯。我剛在那個轉角下電車。所以要去哪都行。」

小野覺得這個回答有點不合邏輯。但邏輯怎樣都不重要。

「我有點趕時間……」

「我也可以走快一點。就朝你走的方向一起稍微趕路吧。——那個垃圾桶給我。我幫你拿。」

「不用了。這樣不好看。」

「沒事，給我吧。這玩意看起來大其實很輕呢。會覺得難看的只有你。」宗近搖晃著垃圾桶邁步走出。

「這樣拎著看起來很輕盈。」

「東西全看你怎麼拎。哈哈哈。這是在勸工場買的嗎？做工很精巧呢。用來裝垃圾太可惜了。」

「所以才敢拿著走在大馬路上。如果真的裝了垃圾……」

「誰說的，我照樣可以拿著走。電車擠滿了人渣垃圾還不是照樣大搖大擺穿梭街頭。」

「哈哈哈，如此說來你等於是垃圾桶司機。」

「那你是垃圾桶社長，托你買這個的人是大股東囉？那可不能隨便裝普通垃圾。」

「用來裝寫壞的詩詞或大量書籍之類的你看如何？」

「用不著那種東西。我只想裝一大堆人家不要的紙鈔。」

「那你還是裝普通垃圾，再請人催眠自己更快。」

「所以人得先變成垃圾是吧。這算是請自槐始[127]嗎？若是垃圾人渣，不用催眠都有一大堆。為何會想這樣請自槐始呢？」

「我才不想請自槐始呢。不過人渣如果肯自己跳進垃圾桶倒是可以省下不少事。」

「要是能發明自動垃圾桶就好了。那樣人渣就全都會自己跳進去吧。」

「要去申請專利嗎？」

「哈哈哈，好啊。你認識的人當中有人想讓他跳進去嗎？」

「或許有。」小野艱難地熬過這個危險問題。

「對了，你昨晚和很特別的人去看了燈光秀吧？」

去參觀博覽會的事已經曝光了。事到如今也沒必要再隱瞞。

「對，你們好像也去了吧。」小野若無其事回答。甲野發現了也佯裝不知。藤尾也裝傻，而且非要小野先招認。宗近則是當面直接詢問。小野一邊若無其事地回答，心裡卻想著原來如此。

「那是你的甚麼人？」

「這問題有點突兀喔。——是我以前的老師。」

「那個女的應該是你恩師的女兒囉？」

「對，沒錯。」

「看你們那樣一起喝茶，一點也不像是外人。」
「看起來像兄妹嗎？」
「像夫妻。恩愛夫妻。」
「那真是不敢當。」小野笑了一下，但立刻撇開眼。對面玻璃門內燙金字體的西洋書正在金光燦爛地催促詩人的注意。
「喂，那邊好像進了很多新書，要不要去看一下？」
「書啊？你要買甚麼書嗎？」
「如果有好看的，買下也可以。」
「買垃圾桶再買書，相當諷刺。」
「怎麼說？」
宗近沒回話，拎著垃圾桶穿過電車之間跑到馬路對面。小野也小跑步跟上。
「哇，陳列了不少漂亮的書。怎麼樣，有你想買的嗎？」
「我看看。」小野彎腰將金邊眼鏡貼在玻璃窗上仔細觀察。
有一本封面是柔軟的小羊皮，墨綠色中央用纖細的金線描繪睡蓮，花瓣盡頭的花萼伸出

127 請自槐始，出自《戰國策》的故事。燕昭王求賢才，郭槐自薦曰：「請自槐始。」因此用來比喻自願帶頭先做個榜樣。

一直線直到最底，再環繞封面四周一圈。也有書脊裁平，深紅底色爬滿金髮花紋的書。還有堅硬的黃銅版，鑲著沉重的盾型金箔重重壓在布面上。也有樸素的書背以暗綠色分為上下兩截，分別只鏤刻文字。也有在粗紙上優雅印著朱紅書名的封面。

「你好像每一本都想要。」宗近沒有看那些書，只盯著小野的眼鏡。

「看起來似乎全都是新式裝幀。」

「把封面弄得這麼漂亮，是打算替內容上個保險嗎？」

「因為這些都是和你所學不同的文學書。」

「文學書就得把外皮弄得這麼漂亮嗎？照你這麼說的話，文學家都得戴上金邊眼鏡了。」

「你講話也太辛辣了。不過就某種角度而言，文學家多少也有點像是美術品吧。」小野終於離開櫥窗。

「是美術品也行，但只靠金邊眼鏡當保險未免太沒出息。」

「你好像就是看眼鏡不順眼啊。——你沒有近視嗎？」

「我又不念書，想近視也近視不了。」

「也沒有遠視嗎？」

「別開玩笑了。——好了我們快走吧。」

兩人又並肩邁步。

「欸，你知道鸕鶿這種鳥吧？」宗近邊走邊說。

「知道。鸕鶿怎麼了？」

「那種鳥好不容易吃到魚又得吐出來。真沒意思。」

「沒意思？但魚都是進了漁夫的魚簍中，應該沒甚麼不好吧。」

「所以才覺得諷刺。好不容易看看書就立刻扔進垃圾桶。學者就是整天在吐書過日子。完全沒有化為自己的養分。得到好處的只有垃圾桶。」

「被你這麼一說學者也太可憐了。會搞不清到底該做甚麼才好。」

「要去行動。光看書甚麼也做不到，那和把盤子裡的紅豆麻糬當成畫中的紅豆麻糬默默欣賞是同樣的道理。尤其是文學家，光說漂亮話卻不幹漂亮事。怎麼樣，小野兄，西洋詩人不就經常那樣嗎？」

「是嗎……」小野頓了一下才回答，然後反問：

「比方說？」

「名字我已經忘了，不是有人欺騙女人感情還拋棄老婆嗎？」

「哪有那種人。」

「誰說的，明明就有。」

「是這樣嗎，我也不太記得了……」

「連你這個專家都不記得怎麼行。——對了，說到昨晚的女人。」

小野感到腋下都濕了。

「我知道她很多事喔。」

若是彈琴那件事，小野已經聽糸子說了。除此之外宗近應該甚麼都不知道。

「她住在蔦屋後面對吧？」小野搶先說出。

「她會彈琴。」

「彈得相當不錯吧？」小野沒有輕易認輸。和他遇到藤尾時的樣子有點不同。

「應該不錯吧，因為很有催眠的效果。」

「哈哈哈，那才真的是諷刺。」小野笑了。小野的笑聲在任何場合都離不了一個「靜」字。而且有色彩。

「這不是諷刺。我是說真的。她好歹是你恩師的愛女，怎麼能看不起她。」

「可是有催眠效果很傷腦筋。」

「就是可以催眠才好。人也是如此。能夠讓人想睡覺的人，一定有值得尊敬之處。」

「老古板得值得尊敬是吧？」

「像你這種新潮男，絕對不會讓人想睡覺。」

「所以也不值得尊敬。」

「不僅如此，有時這種人還會看不起尊敬的人，說他們太落伍。」

「今天我好像一直被攻擊。我們就在這分手吧。」小野刻意笑著駐足，掩飾些許苦澀。同時伸出右手。意思是要討回垃圾桶。

「不，再讓我拿一會。反正我閒著沒事幹。」

兩人又邁步走出。兩人同心一起邁步。但彼此都在輕蔑對方。

「你好像每天都很閒。」

「我嗎？我是很少看書。」

「別的方面也看不出你有甚麼事情要忙啊。」

「因為我不認為有必要那樣忙碌。」

「很好。」

「能夠閒著的時候就得閒著，否則真要忙起來就傷腦筋了。」

「為了臨時抱佛腳而先閒著？那就更好了，哈哈哈。」

「你還是要去甲野家嗎？」

「我剛去過。」

「一下子去甲野家，一下子又要帶恩師四處觀光，想必很忙吧？」

「甲野家那邊我這四、五天都沒去上課。」

「論文呢？」

「哈哈哈，也不知幾時能完成。」

「最好快點交。不知幾時才能完成的話，你這樣辛苦忙碌豈不是毫無意義。」

「到時再臨時抱佛腳吧。」

「對了，說到你那位恩師的女兒。」

「是。」

「關於那位小姐我倒是有個有趣的想法。」

小野突然愣住了。不知宗近要說甚麼。他從眼鏡框斜覷宗近，只見宗近依舊拎著垃圾桶搖晃，瀟灑地朝正前方走去。

「甚麼想法……」他反問的時候不自覺有點畏縮。

「還能是甚麼，當然是看來緣分匪淺。」

「誰？」

「我們和那位小姐呀。」

小野稍微安心了。但他還是有點耿耿於懷。不管宗近與孤堂老師的關係是深是淺，他都想一刀兩斷。然而天意安排的關聯，就算再怎麼有本事或天才也無能為力。京都的旅館明明有幾百家，宗近為何偏偏住到蔦屋。犯不著非得住那一家吧。特地坐人力車去三條，特地投宿蔦屋完全是多此一舉。這是突發奇想。是沒事找事的惡作劇。投宿蔦屋分明是損人不利己的行為。但是事到如今再怎麼想也於事無補。小野甚至沒力氣回答。

「說到那位小姐啊，小野兄。」

「是。」

「倒不是那個小姐她自己怎樣，是我看到那位小姐了。」

「從旅館二樓嗎？」

「從二樓也有看到。」

這個「也」字令小野有點介意。他們在春雨憑欄，伴著連翹花俯瞰老屋小院之事，他早就知道。事到如今再聽對方提起也不會驚訝。但若是從二樓「也」看到過就危險了。這表示宗近在別處也看過小夜子。換作平時他一定會主動追問，此刻卻覺得問了也只是勉強粉飾太平，於是就這樣錯過追問「在哪看到」的時機，默默走了兩三步。

「我們去嵐山時也看到她了。」

「只是看到嗎？」

「不認識的人當然不可能交談。只是看到。」

「其實你當時應該試著搭訕。」

小野突然開玩笑。氣氛頓時好轉。

「還看到她吃糯米團子。」
「在哪裡？」
「也是在嵐山。」
「就只有這樣？」
「還有。從京都來東京也是一路同行。」
「原來如此，如此說來你們搭的是同一班火車吧。」
「我還看到你去火車站接他們。」
「這樣啊。」小野苦笑。
「那個人好像是東京人。」
「是誰……」說到一半，小野從眼鏡後面的餘光怪異地窺視對方的側臉。
「誰？你指的是……」
「是誰告訴你的？」
小野的語氣意外鎮定。
「是旅館的女服務生說的。」
「旅館的女服務生？蔦屋的？」
小野像要確認，又像是想聽下文，又像是希望沒有下文。

「嗯。」宗近說。

「蔦屋的女服務生……」

「你要在那邊轉彎嗎？」

「再前面一點，你還要散步嗎？」

「我也該回頭了。拿去，你的寶貝垃圾桶。小心拿好別丟了。」

小野恭敬接下垃圾桶。宗近揚長而去。

剩下自己一人後，小野忽然想趕路。走快一點就會早點抵達孤堂老師家。抵達了也不高興。他並不是急著想去孤堂老師家。他只是有點想趕路。雙手都拎著東西。雙腳在動。恩賜懷錶在背心裡滴答響。路上車水馬龍——小野忘了一切，腦子只忙著趕路。不快點不行。但他不知該怎樣快點才好。除了將一晝夜縮成十二小時，讓命運的車輪朝自己理想的方向全速前進之外別無他法。他並不打算幹壞事主動破壞大自然的法則。但大自然理當稍微斟酌情況，替自己幫個小忙才對。如果能保證得到幫助，就算讓他在觀音菩薩面前參拜一百次也沒問題。讓他給不動明王獻上供品也行。讓他信仰基督教更沒問題。總之他邊走邊感到神明的必要。

宗近這個人既沒學問也不念書。完全不懂詩意。小野有時真懷疑他那副德性將來能有甚麼出息。也曾暗自輕蔑他肯定一事無成。甚至露骨地厭惡他。但如今再仔細想想，自己終究做不出宗近那種態度。做不出那種態度不代表自己就比他差。世上有太多事情自己做不到，也不想做。至少比起能夠用筷子頂著盤子旋轉的雜耍特技，他認為做不到更高雅。宗近的那種言行舉止自己當然做不出來。但過去他一直認為，做不到反而是一種榮譽。在那傢伙面前總會有種壓迫感。很不愉快。小野認為個人的義務首先就是要帶給對方愉快。宗近連社交的第一要義都不懂。那種人就算在一般社會都不可能成功。考不取外交官更是理所當然。

但在宗近面前感到的壓迫感很奇妙。到底是來自宗近大剌剌的態度，還是他的一成不變，或是來自所謂傳統作風的率直，迄今小野並未試圖分析過，但總之就是很奇妙。對方其實絲毫沒有要故意壓迫他的跡象，可小野就是莫名有此感覺。宗近只是毫無顧忌地隨心所欲行動，但自然而然就產生一種莫名的壓迫感。小野就是會不由自主有點心虛。他本來一直以為那只是因為自己對不起宗近，基於內心的道德感作祟，受到良心的譴責，但顯然絕非那麼簡單。就好比無懼天地的高山，蠻不在乎地傲然挺立，給他的感覺與其稱為無趣，毋寧是欠缺美感。花蕊承受星子墜落的露水，不時將楚楚可憐的花瓣隨風飄向小溪。小野覺得唯有這樣的景色才有趣味。簡而言之，宗近與自己的差異就像檜樹山與小花圃，是因為本來就性情不合所以才覺得怪異。

對於性情不合的人，過去他也曾淡然處之，不相往來也就是了。也曾同情對方。也曾輕蔑地覺得對方窩囊。但他從不曾像今天這麼羨慕。他做夢都沒想過，自己會因為對方那樣更高尚、優雅，更接近自己的理想形象而心生羨慕。只是和現在的痛苦相較，他忽然有點羨慕，要是自己也能有那種心態該多好。

他在藤尾面前堅決劃清了小夜子與自己的界線。他不可能承認有曖昧關係。他堅稱那只是昔日照顧自己的恩師身邊徬徨不安的小女兒，睽違五年再次相逢，只剩下淡漠的關係而已。他堅稱報答恩情是人之常情，照顧老師是學生的本分，除此之外就像鳥和魚一樣毫無瓜葛。他終於說出這種之前一直極力避免的謊言。自己咬牙說出的謊言，就算是假的也得硬著頭皮當成真的。縱使沒有故意騙人的企圖，既然說出來了就對謊話有義務，有責任。說穿了，這個謊話已經關係到他一生的利害得失。今後他不能再說謊。據說連神明都討厭雙重謊言。從今天起他一定要讓謊言成為事實。

那多少讓他感到痛苦。接下來去見老師，老師肯定又會提起逼得他不得不說出雙重謊言的話題。雖然他有很多方法脫身，但老師如果咄咄逼問，他實在沒勇氣當面拒絕。如果他的個性再冷酷一點，倒也簡單。他自認在法律上毫無瑕疵，所以只要斷然拒絕也就是了。問題是那樣對不起恩人。他必須趁著被恩人逼迫前，趁著自己的謊言沒露餡前，讓事情盡快自然發展，好讓自己得以順理成章堂堂正正與藤尾結婚。——之後？之後的事情之後再想。事實比甚麼都有效。只要造成結婚這個事實，一切都必須立足於這個新事實之上去重新審視。只要一般人認同這個新事實，之後就算做出再大的犧牲都行。再怎麼痛苦地重新思考皆可。

就在這千鈞一髮之際，他卻很煩悶。一籌莫展令他心急如焚。他害怕前進。也不願後退。他期盼事情盡快發展，同時卻又對發展感到不安。因此他羨慕樂天的宗近。事事都要百般斟酌考慮的人羨慕頭腦簡單一根筋的人。

春天漸去。漸去的春天已日暮。絲綢似的淺藍天幕輕飄飄地一片片脫離天空籠罩大地。街頭不見能吹去暮色的晚風，只是任由暮色靜靜蔓延，在蒼茫大地染上色彩。西邊盡頭徒然泛紅的雲彩逐漸轉為紫色。

蕎麥麵店招牌上的醜女面具在昏暗中鼓起臉頰，後方點亮燈火紅著臉頰正在等待小野的橫巷，是不足十二尺寬的小路。細長的暮色落在千家萬戶之間，穿過每扇未上鎖的門。室內想必更昏暗。

轉彎來到左邊第三家。沒有所謂像樣的大門。他緩緩拉開僅和巷道稍微區隔的玄關門，室內昏暗，似乎讓逐漸逼近的夜幕更加低垂。

「打擾了。」他說。

沉靜的聲音平穩，不至於打亂春天和煦的步調。他望著寬一尺的踏板下方，貫穿簷廊下方的菱形黑洞，一邊安分等待。終於有人回應。不知是在說「嗯」還是「噢」還是「來了」，總之聲音很含糊。小野繼續望著菱形黑洞等待。紙門那頭終於有某人猛然跳起。這房子似乎偷工減料，支撐地板的橫木吱呀響的聲音都聽得很清楚。那扇壁紙花紋的紙門開了。他還來不及思忖終於有人現身二帖大的玄關，昏暗的紙門映出黑影，枯瘦的孤堂老師已經一臉鬍子出現了。

老師平時看起來就身子不太好。骨架纖細，身子乾瘦，臉更是瘦小，而且隨著年事漸增飽受風吹雨打和辛苦的摧殘，連他那生在艱辛世間艱辛保留的心都變瘦了。今天臉色特別糟。甚至連他最得意的鬍子也不似平常。黑鬍子添了銀絲，風從銀絲之間吹過。

舊時代的人連顎下都欠缺存在感。如果一根一根仔細觀察，老師的鬍子每一根都很細瘦。小野鄭重脫帽，默默行禮。梳著新式英國髮型的頭顱，在渺然的「過去」面前垂落。

畫出直徑幾十尺的圓圈，在圓圈周圍掛上幾個鑲嵌鐵欄杆的箱子。被命運玩弄的人爭先恐後鑽進箱子。圓圈開始旋轉。當箱子裡的人上升到接近天空時，箱中人開始緩緩落向吸盡一切的大地。發明摩天輪的人肯定是諷刺的哲學家。

梳著英式髮型的人坐在這箱中即將升上雲端。為了紀念寂寥的舊時代，慎重在稀疏鬍鬚撒上花白芝麻鹽的老師，卻在那箱中正要落向黑暗之處。一方上升一尺，另一方就會下降一尺的命運已然注定。

上升者抱著正在上升的自覺，面對日暮西山的人毫不吝惜恭敬低頭。這是神的諷刺。

「啊，你來了。」老師心情極佳。在命運的摩天輪下降的人，遇到上升的人，自然會心情大好。

「快進來。」老師立刻轉身回房間。小野解開鞋帶。還沒解完老師又出來了。

「快進來。」

老師把白天也鋪在房間中央的被褥推到牆邊後，放上新買的坐墊。

「您怎麼了？」

「好像從今天一早就不太舒服。但早上還是勉強忍耐，到了中午終於躺下了。我剛剛正好在打盹你就來了，讓你等了一會真不好意思。」

「哪裡，我也是剛進門。」

「是嗎。我聽到好像有人來了所以才驚訝地出去看。」

「這樣子啊，那是我打擾您休息了。其實您可以繼續躺著。」

「也不是甚麼大毛病——況且小夜和阿婆都不在。」

「她們去哪了？」

「去澡堂。順便買東西。」

被子高高鼓起，還保持老師爬出來後的形狀對著紙門。陰影處隱約可見昏暗的被子花色，隨手拋在被子上的外套內裡，閃閃發亮聚集了幽微的光線。內裡是灰色的甲斐絲綢[128]。

「好像有點冷。我去穿外套。」老師說著站起來。

「您還是躺著比較好吧。」

「不，我想起來坐一會試試。」
「是甚麼毛病呢？」
「好像也不是感冒——總之不是甚麼大病。」
「是不是昨晚不該出門？」
「不，沒事——倒是昨晚麻煩你了。」
「哪裡。」
「小夜也很高興。托你的福讓我們開了眼界。」
「如果比較有空，還可以陪老師四處走走……」
「你大概很忙吧。哎，忙碌是好事。」
「可我總覺得很抱歉……」
「不，你完全不用擔心那個。你的忙碌也就是我們的幸福。」
小野沉默不語。室內漸漸昏暗。
「對了，你吃過飯了嗎？」老師問。
「吃過了。」

128 甲斐絲，山梨縣（甲斐）的郡內地區生產的絲織品。

「吃過了？如果還沒吃就一起吃。家裡沒甚麼好招待的，但茶泡飯應該有。」老師搖搖晃晃站起來。緊閉的紙門映出拉長的黑影。

「老師，真的不用了。我吃過飯才來的。」

「真的嗎？你可別跟我客氣。」

「我真的沒客氣。」

黑影屈身像原先一樣坐下。嗆到似地咳了兩三聲。

「會咳嗽嗎？」

「只是乾──只是乾咳……」說到一半又咳了兩三下。小野訝異地等待老人咳完。

「還是躺下蓋被子比較好吧。受涼對身體不好。」

「不，已經沒事了。一咳起來就止不住。年紀大了變得不中用──任何事都得趁年輕去做。」

「趁年輕」這句話過去每每聽說。但從孤堂老師嘴裡說出還是頭一次。至少是他頭一次從彷彿只剩一把老骨頭遺留世間，將稀疏的鬍子寄託風塵，苟延殘喘地呼吸著十幾二十年前舊空氣的人嘴裡聽到這種話。子時鐘聲在陰暗中鏗然響起。小野坐在昏暗的室內，聽昏暗的人說出這句話，深深感到果然得把握青春時光。青春一去不復返。如果不趁著年輕時好好幹，將是一輩子的損失。

如果蹉跎一生到了像這位老師一樣老朽時，心情必然很落寞吧。想必很無趣吧。然而對恩人忘恩負義至死都會良心不安睡不著，或許會比想起昔日蹉跎青春更鬱悶。總之不管怎樣，青春一去不復返。在僅此一次的年輕時光做的決定，也就等於決定了一生。如今自己必須替人生做出抉擇。今天見藤尾之前如果先來看老師，或許會暫時保留那個謊言不說出來。然而如今已經說謊，後悔也來不及了。將來的命運堪稱已交給藤尾。——小野在心中如此辯解。

「東京都變了。」老師說。

「東京步調快，每天都在變。」

「快得可怕。昨晚我也大吃一驚。」

「因為很多人出來。」

「是啊。這麼多人可是好像很少遇上熟人。」

「對啊。」他含糊接腔。

「會遇到嗎？」

小野應了一聲想敷衍帶過，但最後還是豁出去說「好像不會遇到」。

「不會遇到？的確，東京實在太大了。」老師非常感嘆。看起來有點像鄉巴佬。小野從老師黯淡蒼老的臉孔轉開眼，望著自己的膝頭。袖口雪白。景泰藍袖扣在綠底浮現光滑的淺紅色，被精緻的金邊溫暖地包覆。西裝布料是高級的英國布料。觀察自己的隨身用品時，小野猝然自覺自己應該住在甚麼世界。就在差點被老師影響的危急關頭，彷彿突然想起自己忘了甚麼東西似地回過神。老師當然不知道他的心思。

「我們也很久沒有一起逛街了。今年正好是第五年吧。」老師懷念地主動說。

「對，是第五年。」

「無論是第五年或者第十年，只要能這樣住在一起就好。——小夜也很高興。」老師急忙又補上這句。小野忘了立刻回答，在昏暗的室內悚然一驚。

「小姐之前來找過我。」小野無奈之下只好主動說。

「對——其實也沒甚麼急事，如果你有空的話想請你帶她一起去買東西。」

「不巧我當時正要出門。」

「我聽說了。打擾到你了吧？你有急事要辦嗎？」

「不——不是甚麼急事。」他有點吞吞吐吐。老師並未追問。

「噢，這樣啊。那就好。」老師茫然地接腔。隨著他茫然的說詞，室內也逐漸一片朦朧。

今晚是月夜。雖會有月亮不過現在時間還早。但太陽已經下山了。壁龕有六尺寬，馬虎粉刷成深藍色的砂壁後方，掛著老師珍藏的義董[129]畫作。畫中人身穿唐代衣冠，步履蹣跚，拖沓纏在手臂的長袍大袖倚在童子肩上一派醉態，和這個家的清冷氣息很不搭調，倒像是享受暮春四月的樂天家。小野剛才一眼就看見畫中人仰起的額頭被黑帽遮住，那黑色很醒目，不意間再一看，就連畫幅兩邊垂掛不知是繩子還是裝飾的寬條絲帶，都染上朦朧暮色即將隱沒在黑夜中。老師和自己如果都拖拖拉拉，恐怕會陷入同一個洞中，如黑影般消失。

「老師，您托我買的油燈台買來了。」

「太好了。給我看看。」

小野在昏暗中走到玄關，拿著燈台和垃圾桶回來。

「啊——太暗了看不清楚。點燈之後再好好看個仔細。」

「我來點燈吧。油燈在哪裡？」

「真不好意思。她們應該快回來了。那就麻煩你去簷廊，就在右邊的遮雨板夾層中。應該已經清潔過了。」

淺黑的影子站起，倏然拉開紙門。黑夜已降臨，只見剩下另一個人影悄然將手藏在袖中就此靜止。六帖大的房間陰沉困住寂寞的人。只聽見那人不停咳嗽。

過了一會，隨著簷廊角落響起擦火柴聲，咳聲也停了。火光在室內逐漸移近。穿西褲的小野屈膝，將燈芯五分長的油燈放在新買的燈台上。

129 義董，四條派畫家柴田義董（1780-1819），擅長人物畫。

「正好適合。很穩固。這是紫檀木嗎？」

「應該是仿的。」

「就算是仿的也很不錯。多少錢？」

「不用了。」

「那怎麼行。多少錢？」

「兩個總共四圓多。」

「四圓。東京物價果然很高——若要靠微薄的退休金過生活，看來住在京都會更好。」

現在不比兩三年前，老師只能靠微薄的退休金和少許存款的利息過生活。和他以前收養小野時大不相同。說不定還指望小野補貼他一點生活費。小野只是拘謹地坐著。

「如果沒有小夜，我就算住在京都也無所謂，可是家有妙齡女兒難免操心……」老師說到一半稍微停頓。小野依然正襟危坐沒有接話。

「我這種人死在哪裡都一樣，只是留下小夜孤零零的太可憐了，所以我這把年紀還特地來到東京。——就算東京是我的故鄉也已離開二十年了。沒有知交往來。簡直如同異鄉。而且來了之後才發現塵土飛揚。不僅吵雜，而且物價昂貴，絕非適合居住的好地方。……」

「東京的確不是好住處。」

「以前我好歹也有兩三戶親戚，但是長年音信不通，如今連他們住哪都不知道。平時還沒甚麼感覺，但現在這樣抱病躺了半天就不免胡思亂想。總覺得很不安。」

「原來如此。」

「不過有你陪著是最大的依靠。」

「我也幫不上忙……」

「哪裡，真的很謝謝你多方關照。你已經很忙了還打擾你……」

「如果不用寫論文，倒還比較空閒。」

「論文？是博士論文吧？」

「對，沒有錯。」

「甚麼時候要提交？」

小野不知自己甚麼時候能提交。他也急著盡快交論文。要是沒有惹上這種麻煩，他覺得自己八成早就快寫完了。但他嘴上說：

「我現在正在拼命寫。」

老師從內衣長袖抽出手，把整截小臂貼著肌膚塞進懷中，晃了兩三下肩膀，

「總覺得怪冷的。」他說著將細長的鬍子埋進衣領內。

「您躺著吧。坐久了對身體不好。我也該告辭了。」

「急甚麼，再多聊一會。小夜也該回來了。如果撐不住我自然會躺下。況且我還有話沒

說完。」

老師突然從懷裡伸出手放在膝上，拍打雙膝。

「你再多坐一會。畢竟才剛天黑。」

小野在困擾中也有點同情。老師這麼努力挽留自己，並不只是為了緬懷當年或今晚閒著無聊。八成是因為憂心將來，只想趁自己還活著盡快抓住一個依靠，好讓自己能夠安心瞑目吧。

其實他還沒吃晚餐。但他怕如果待久了，老師會說出他不想聽的話。他早就坐不住了。可是看到老師的樣子也狠不下心抬腳走人。老人抱病在身還勉強為了自己打起精神。被褥也被推到一旁徒留空洞。被窩的餘溫早已冷卻。

「對了，關於小夜——」老師看著油燈說。半圓形的燈罩內，五分長的燈芯靜靜吸取油壺的油，平穩的火舌文風不動地守護天色剛黑的春意。這個冷清寂寥的傍晚，只有一點微光為伴。燈火招來希望之影。

「關於我家小夜，你也知道她的個性內向，也不像當今女學生那樣受過現代教育，終究不合你的意……」說到這裡，老師從油燈移開目光。轉向小野身上。小野不得不硬著頭皮接話。

「哪裡——怎麼會——」他回答，稍微停頓了一下，但老師依然目不轉睛看著他。而且始終沒開口，好像還在等著甚麼。

「怎麼會不中意——那種事——絕對不可能。」他結結巴巴回答。終於滿意的老師這才接腔：

「她也很可憐。」

小野不置可否。手放在膝上。眼睛看著手。

「我現在這樣還能湊合的時候倒還好。問題是你也知道我身體破敗成這樣，誰也說不準哪天會不會有甚麼三長兩短。到時就麻煩了。我們早有約定，況且你也不是那種會毀約的輕浮男子，所以等我死後你應該會替我照顧小夜吧……」

「那當然。」小野不得不這麼說。

「這樣我就安心了。不過女人就是小家子氣。哈哈哈，傷腦筋。」

聽來好像是強顏歡笑。老師笑起來之後神色反而更顯寂寥。

「您應該用不著這麼擔心吧。」他含糊說。話語輕飄飄的毫無定見。

「我是還好，問題是小夜她——」

小野的右手開始摩挲西裝褲的膝頭。兩人沉默半晌。燈火不期然將雙方各照亮一半。

「你那邊想必也有很多事情要忙。不過事情永遠忙不完。」

「也不會。就快忙完了。」

「可你已經畢業兩年了吧？」

「對。不過我想再等一陣子……」

「一陣子是多久？如果能確定時間，我可以等你沒關係。小夜那邊我也會好好勸她。但你不能只說要再等一陣子。畢竟我身為父親，對孩子也有幾分責任。——你所謂的一陣子是要等你把博士論文寫完嗎？」

「對，目前暫時是這樣打算。」

「你好像已經寫很久了，基本上，你打算甚麼時候寫完？」

「我也想盡快寫完所以正在努力。但畢竟是個大問題。」

「可你起碼能估個大概時間吧？」

「就快了。」

「下個月能完成嗎？」

「沒那麼快……」

「下下個月呢？」

「有點難……」

「不然等你婚後再寫應該也可以吧？總不可能因為結了婚就寫不出論文。」

「可是，婚後責任會很重。」

「那有甚麼關係，只要你像往常一樣好好工作即可。我們在經濟上暫時還用不著靠你資助。」

小野無言以對。

「你現在收入大概有多少？」

「很少。」

「很少是多少？」

「總共只有六十圓。一個人勉強糊口。」

「即使寄宿在別人家？」

「對。」

「太誇張了。一個人花六十圓很浪費。就算成了家這筆錢也足夠過得很舒服。」

小野再次無言以對。

老師雖然抱怨東京的物價高，其實並不瞭解東京與京都的區別。老師不懂得拿昔日勒緊破腰帶喝地瓜粥抵擋飢寒的時代，和他現在大學畢業後必須花不少錢在治裝費的處境比較。書籍的重要對學者來說僅次於性命。就和盲人的拐杖一樣，是在這社會混飯吃不可或缺的重要工具。這些書難道會憑空湧現桌上嗎？甚至有人使盡驚人的手段也要蒐羅書籍。老師完全不了解那些費用得花多少錢。因此小野無法輕易答覆。

小野不知是怎麼想的，左手撐著榻榻米，伸出右手倏然拽出油燈的燈芯。六帖大的小地球彷彿突然朝東方旋轉，一下子大放光明。老師的世界觀也在眨眼之間同樣變得明亮。小野還沒放開捏著旋鈕的手。

「好了。那樣就好。抽太長反而危險。」老師說。

小野鬆開手。收手的時候，自己湊近看袖口內的手臂。之後從西裝內袋抽出雪白的手帕仔細擦拭指頭的燈油。

「因為我看燈芯好像有點歪……」小野把擦過的指頭放到鼻頭前用力聞了兩三下。

「那個阿婆每次剪燈芯總是會歪。」老師看著燈芯分岔的油燈說。

「對了，那個阿婆怎麼樣？派得上用場嗎？」

「對，我還沒謝謝你呢。讓你費心了……」

「哪裡。我看她年紀大了，本來還擔心她能否勝任工作。」

「沒事，她那樣就很好。我看她也漸漸適應了。」

「是嗎，那就好。其實我本來一直不放心。不過她的品行絕對沒問題。是淺井打包票介紹的。」

「這樣啊。對了，說到淺井，他現在怎樣了？還沒回來嗎？」

「照理說他這時候也該回來了。說不定就是搭今天的火車回來。」

「他前天寄來的信上說兩三天之內就回來。」

「噢，這樣子嗎。」小野簡短回應，漫不經心地望著被抽出燈芯的燈罩。彷彿要思索淺井回來東京和燈芯的關係，雙眸集中在一點上。

「老師。」他喊道。臉孔轉向老師。嘴角異樣地帶著一絲決心。

「甚麼事？」

「關於剛才說的那件事。」

「嗯。」

「能否再給我兩三天時間？」

「再兩三天？」

「換句話說要做出明確的答覆之前，我想多方考慮一下。」

「那當然沒問題。你要考慮三大四天都行——甚至一星期也行。只要有個明確的答覆，我們就可以安心等候。那我也會這樣告訴小夜。」

「好，麻煩您了。」他說著取出恩賜懷錶。將要步入夏天的漫長日光消失後，夜晚的指針似乎跑得特別快。

「那今晚我就先告辭了。」

「急甚麼。她馬上就回來了。」

「我很快會再來拜訪。」

「那好吧——也沒好好招待你。」

小野毅然起身。老師拿著油燈。

「老師請留步吧。我看得清。」小野說著走向玄關。

「啊，今晚有月亮呢。」老師把油燈舉到及肩處說。

「是啊，這是個安寧的夜晚。」小野一邊綁鞋帶一邊從格子門看著巷道。

「京都更安寧。」

彎腰穿好鞋的小野終於在踏板站直身子。拉開玄關門。纖細的身體一半走到門外。

「清三。」老師從燈影中叫住他。

「是。」迎向月光的小野轉過身來。

「其實也沒甚麼事——我這樣特地搬來東京，只是想早點解決小夜的婚事。你能理解吧？」老師說。

小野恭敬地脫帽行禮。老師的身影伴隨油燈消失。

外面一片朦朧。一半照亮世間一半封鎖世間的月光高掛天空。天空似高遠似低矮，縹緲不定地浮現在漸深的夜色中。月亮更加飄忽朦朧。隱約畫出渾圓的邊緣，泛黃的輪廓也模糊不清。黃色圓圈靠近外圍處更是失色，在墨藍夜色中暈染開來。風一吹似乎連月亮也會消失。

這是個月亮與天空、人與大地皆模糊難辨的夜晚。

小野的鞋子彷彿忌憚水溶溶的月光，落地的鞋跟藏在西裝褲腳下，沿著小路走到蕎麥麵店的燈籠處左轉。路上有人的氣息。拖在地上的影子不長。蜷縮成一團走來。又蜷縮成一團搖曳而去。木屐的聲音藏在朦朧中，不似寒霜那樣凌厲。經過的電線桿看似有白色花紋。狐疑地定睛一看，原來是兩人共撐一把白傘。才剛入夜，籠罩著從白天而來的暮靄。來往行人似乎都看不分明。想逃走卻身在霧靄中，不管去哪都是月的世界。小野如在夢中般邁步。就像踽踽獨行這個成語的描述。

其實他還沒吃晚餐。換作以往，到了街上就會驕傲地踩著光鮮筆挺的西裝褲立刻衝進西餐廳。今晚卻始終不覺飢餓。連牛奶都不想喝。天氣太熱了。胃部沉甸甸的。拖著的步伐雖不至踉蹌，卻好似沒有明確踩在地面上。或許是因為腳步太輕。可是又提不起勁用力踩向大地。如果能像警察那樣走路，這世界就不需要朦朧月色。其次也不須擔心了。但唯有警察才能那樣走路。至於小野——尤其是今晚的小野——無法效法巡警。

為何會這麼軟弱呢——小野思忖著，信步前行。——為何會如此軟弱呢？自己的腦袋並不比人笨。成績也比同學好。言行舉止乃至衣著打扮，他有自信悉數優雅。偏偏就是軟弱。因為軟弱而吃虧。如果只是吃虧還沒關係，但有時還會陷入進退兩難的困境。記得某本書上提過溺水者會踢水。如果認清眼下是不得不斷尾求生的場合，用力一踢也就算了。問題是……

女人的說話聲響起。兩條人影從道路對面走來。矮齒女用木屐與方形木屐的步調一致，緩緩在溫暖的夜色中傳來交談聲。

「不知道有沒有替我們買油燈台。」其中一人說。「是啊。」另一人接腔。「說不定這時候已經來了。」前一個聲音說。「誰知道。」第二個聲音又接話。「但他說過要去買吧。」前者追問。「對——今晚好像太熱了。」後者迴避話題。「是因為我們泡了澡。藥浴有暖身的作用。」前者說明。

兩人的對話這時越過小野對面。放眼望去只見頭部的影子從簷下斜著出現，朝蕎麥麵店移動。小野扭頭駐足凝望片刻，又再次邁步走出。

如果像淺井那樣缺乏同情心，或許可以立刻解決。像宗近那樣凡事不在乎的男人，想必也能輕易搞定。若是甲野，或許會態度超然地夾在雙方之間。但自己做不到。往那邊一步會泥足深陷，朝這邊一步也同樣會深陷泥足。因為顧忌雙方，結果雙腳各被雙方拽住一隻。換言之是因為被人情糾纏缺乏我執意志。利害？利害是在人情的基礎上，事後才披上的光鮮外皮。若問推動自己的首要力量，他會立刻回答是人情。利害得失的念頭即便放在第三、第四位，甚至完全沒有，自己恐怕還是會陷入同樣的結果——小野這麼思忖著繼續步行。

就算再怎麼注重人情，也不能這麼優柔寡斷。如果袖手旁觀任由事態自然發展，不知會演變到何種地步。光用想像的都害怕。過於在乎人情，或許就只能眼睜睜看著事態可怕地惡化。現在非解決不可了。不過，幸好還有兩三天的緩衝時間。這兩三天內仔細思考後再做決定也不遲。兩三天後如果沒想出好辦法，那才真的是束手無策。屆時就拜託淺井去找孤堂老師談判吧。其實剛才他也是這麼想，估量淺井回來的時間，這才開口請老師寬限兩三天。這種差事只能交給不會拘泥人情的淺井出馬。像自己這種感情豐富的人終究無法斷然拒絕——小野這麼思忖著繼續走。

月亮依然高掛中天。似流動非流動。灑落地面的月光，來不及發亮就被凝重的熱空氣封鎖，在半空拖曳無垠大夢。寥落的星子潛入雲層似乎會從另一頭鑽出。彷彿打進棉花中的砲彈勉強發出光輝。這是個靜謐凝重的夜晚。小野就在這樣的夜裡且行且思量。今晚也沒響起防災警報。

十五

房間坐北朝南。法式窗[130]離地面五寸就是大片玻璃。陽光從敞開的窗子照入。暖風吹入。日光停駐在椅腳。清風不知停駐，毫不留情吹到天花板。甚至吹入窗簾內側。這是個寬闊明亮的書房。

法式窗靠右邊放了一張桌子。若蓋上半圓形拉門，可以上鎖。打開的話，中央鋪著綠色呢絨向前傾斜，可以把書本平放攤開。下方左右是一層層鑲著銀把手的抽屜，第四格抽屜貼地。樟木拼花地板塗了清漆，如果失禮地穿鞋踩進房間，地板光亮得一不小心就會滑倒。

此外還有洋桌。混合齊本德爾風格[131]與新藝術風格的設計，大膽地在現代樣式中蘊藏精緻的古典風格，佔據房間中央。周圍陳列的椅子當然也是同樣造型。緞面花紋也是成套的，但白色罩子只考慮讓人坐下時腰部和背脊都能安心放鬆，無法讓人大飽眼福。

六尺高的書架排滿整面牆直到門口足有九尺長。書架可以自由組合或拆開，是父親生前特地從西洋訂購的。架上擺滿的書籍或藍或黃爭相放出高雅的光彩中，燙金的花體字和方形字直排或橫排都很漂亮。

小野每次參觀欽吾的書房都很羨慕。欽吾當然也不討厭這個書房。這裡本來是父親的起居室。打開一扇門便可直接走進會客室。另一扇門則可從內走廊通往和室。這兩間西式房間，是父親將狹窄的住家在二十世紀擴建，便宜行事的結果。與其說實現個人品味，毋寧是基於實用性，勉強迎合時下流行的建築。成果並不令人滿意。但小野已經非常羨慕了。

如果能在這樣的書房，高興甚麼時候就甚麼時候看自己想看的書，看膩了就和喜歡的人隨意聊天，一定很幸福吧。博士論文肯定也能立刻寫出來。寫完博士論文後還能發表驚動後世的巨作。那樣一定很愉快。然而住在現在的寄宿處，被鄰居的吵雜搞得頭昏腦脹實在受不了。像現在這樣被過去的陰影糾纏，為了人情義理的糾紛日夜操心實在很糟。不是他我執吹噓，他的確擁有聰明的頭腦。有聰明頭腦的人，利用這頭腦貢獻社會是天職。要盡到天職，必須有先決條件。這樣的書房就是那個條件之一。——小野恨不得能待在這樣的書房中。

甲野和小野高中雖然不同校，但在大學時是同屆的。兩人念的分別是哲學系和文學系，所以小野不知甲野的成績如何。只聽說他的畢業論文寫的是「哲學世界與現實世界」。「哲學世界與現實世界」的價值，沒讀過內容的人當然不可能懂，但總之甲野並未獲得天皇頒贈的銀錶。而自己得到了。銀錶不只可用來計時，也計算腦子的好壞。計算未來的進步與在學術

130 法式窗，左右對開的窗子。
131 齊本德爾風格，英國家具名匠齊本德爾（Chippendale）設計的家具樣式。

界的成功。沒得到銀錶的甲野顯然不是甚麼出色人物。而且畢業後好像也沒做出甚麼像樣的研究。或許他心裡藏著深奧的思想，但既然有內涵就該發表出來。沒有發表成果就等於證明他沒有內涵。無論如何自己都是比甲野有用的人才。結果自己抱著這樣的才華碌碌奔走，每月勉強掙個六十圓糊口，甲野卻毫無建樹，無所事事地過著無聊生活。這個書房讓甲野佔據太浪費了。自己若能以甲野的身分成為這屋子的主人，這兩年來就不用做牛做馬地工作，生於貧窮家庭只能老驥伏櫪迫不得已地忍受上天的不公。據說不幸的人也會有時來運轉的一天。小野平時心心念念祈求有這樣的一天。——不知情的甲野卻呆然坐在桌前。

如果打開正面的窗子，只要走下一層石階，不僅可以一眼望盡遼闊的草坪，清朗的空氣也會順著地面立刻進入屋內，但甲野卻緊閉門窗，悄然窩在室內。

右邊的小窗，不僅關上玻璃窗，還將左右兩邊的窗簾拉上一半。穿過窗簾的光線幽微落在地板上。窗簾上紅褐色毛織浮凸的花紋已蒙塵，看來約有二十天沒被人碰過。顏色也褪色了。與室內並不協調的裝飾，在新舊交替、處於過渡期的日本也理所當然照用不誤。從窗簾的縫隙把臉貼在玻璃上向外看，可以透過石楠樹叢看見池塘。從直線條之間斷續窺見水平穿過的池水。池塘對面是藤尾的房間。甲野不看樹，不看池塘，也不看草坪，倚著桌子凝定不動。去年燒剩下的煤炭，在暖爐中獨自冷漠觀望春色。

之後，響起放下書籍的聲音。甲野取出那本沾有手垢的日記本，開始記錄。

「眾人欲對吾作惡。同時，不允吾視彼等為凶徒。亦不允吾對抗其凶暴。彼等曰，不服從命令則嫉汝。」

寫完小字的甲野，在後面又用片假名加上萊奧帕爾迪[132]的名字。把日記放到右邊。他拿起之前放到一旁的書，開始靜靜閱讀。細長的螺鈿鋼筆滾過桌面掉到地上。腳下出現一攤黑墨。甲野雙手撐著桌角，腰微微向後抬起，但他垂眼先看那攤黑墨水。圓形的墨水漬向四方噴濺。螺鈿鋼筆撞到地板後反彈，在昏暗中放出冰冷的幽光。甲野拉開椅子。伸手摸索著拿起鋼筆，那是父親以前從國外買回來給他的禮物。

甲野用指尖拈起鋼筆的手一翻，撿起的鋼筆就從指間滑落到手掌中。手掌翻轉後，修長的筆身在掌心前後滾動。每次一動便閃閃發光。這是個小小的紀念品。

他一邊轉動鋼筆一邊繼續看書。翻頁之後發現書上是這麼寫的。

「劍客比劍，雙方勢均力敵時劍術等同無術。若無法一籌致勝，就等於和不學無術者對敵。亦等於欺瞞他人。受欺瞞者與欺瞞者一樣詭詐時，兩者的地位，等同於誠實相對。因此除非『偽』與『惡』挾其優勢打支援，除非是碰上對方不夠虛偽邪惡，除非是與至善為敵——否則難以見效。第三種情況本就稀少。第二種情況亦不多見。通常只有凶徒能與敗德者匹敵。

132 萊奧帕爾迪（Leopardi, Giacomo，1798-1837），義大利詩人、思想家。貴族出身。著有《道德小品》、《感想》等。

人們互相攻擊亦無法做到，或者必須千辛萬苦方可做到的事，本來只要彼此行善施德便可輕易做到，思及此點不勝悲哀。」

甲野又拿起日記。將螺鈿鋼筆插進墨水瓶底。見鋼筆伸進去半天還沒吸起墨水，終於頹然鬆手。萊奧帕爾迪詩集還攤在桌上，他把黃色封面日記壓在詩集上。雙腳用力撐地，在後頸交握雙手，向後躺倒倚靠椅背。向後一仰頓時與父親的半身肖像畫面對面。

肖像畫並不大。雖是半身像卻只能看到背心最上面的兩顆鈕扣。穿的應該是燕尾服，但被陰暗的背景吸收，明亮的只有露出一丁點的白襯衫和額頭寬闊的臉孔。

據說是出自名畫家手筆。父親三年前回國時，就是帶著這幅畫遠渡重洋在橫濱港口上岸。之後，欽吾每次仰頭它都在牆上。不仰頭時它也從牆上俯視欽吾。無論執筆時，托腮時，在桌前假寐時——它總在俯視欽吾。甚至欽吾不在時，畫中人也一直俯視著書房。

之所以說它俯視，是因為畫面栩栩如生。兩眼炯炯有神，而且不是仔細塗色、耐心描繪出來的眼珠。只用一筆描出輪廓，眉睫之間自然形成陰影。可以看出下眼瞼的鬆弛。年齡增長在眼尾形成魚尾紋。雙瞳就在其中靈活浮現。文風不動卻鮮活的剎那表情，如實呈現在畫布上，不得不讚嘆畫家捕捉剎那時機的非凡技巧。甲野每次看到這雙眼睛都覺得畫中人是活著的。

思想只要出現一點波瀾，便有千瀾追隨而至。瀾瀾相擁在思索之鄉渾然忘我時，只要懊惱地抬頭，撞見這雙眼睛，就會想：啊，你在。有時甚至會驚訝：咦，你居然在啊。——甲野從萊奧帕爾迪詩集轉開眼，將全身重量靠在椅背時，比平時更驚訝它居然在。

用來在回憶中追思逝者的遺物，雖讓人懷念卻殘酷地無法讓死者重回人間。即便貼身珍藏幾縷頭髮，為之感懷哭泣，浮世的時光也只會繼續輪迴前進永不停駐。遺物就該燒掉。父親死後，甲野不自覺有點厭惡看見這幅畫。父親還在時即便兩地相隔也能安心知道彼此無恙，彷彿慈顏近在咫尺，是因為不僅可透過記憶之紙想起異鄉的父親，還可當成春日重逢的預兆。然而，想重逢的人已經死了。活著的只有這雙眼睛。就連那雙眼睛也只是活著，絲毫不會動。——甲野很茫然，望著畫中的眼睛思考。

父親也很可憐。年紀明明還不算老。鬍子更是完全沒白。臉色也很紅潤。想必他自己也壓根不想死吧。真可憐。就算一定要死，也該回到日本再死。想必死前也有話想交代吧。還有很多話想問，很多話想說。真遺憾。大好年華卻被一而再再而三派到國外，而且在駐外地點因急病猝然逝世。……

活著的眼睛，從牆上凝視甲野。甲野倚著椅子，凝視牆上。兩人四目相接。凝定不動，這樣互相凝視超過一分鐘後，對方的雙眸好像開始轉動。不是因為甲野的視線轉移造成的錯覺。光線逐漸增強，貫穿雙眼的靈魂筆直朝甲野逼近。甲野驚奇地動了一下脖子。頭髮離開椅背向前移動二寸時，靈魂已經消失了。不知不覺似乎又回到畫中的雙眼。那幅畫依然只是一幅畫。甲野的腦袋再次重重靠到椅背上。

荒謬。但近來經常發生這種情形。不知是因為身體衰弱還是腦袋出了問題。不過話說回來，這幅畫真討厭。只因為肖似父親，更令人耿耿於懷。明知對死者念念不忘也毫無助益。但被死者掛在鼻頭前不停催促你去思念他，就和被人拿木刀逼著切腹自殺沒兩樣。不僅煩人更令人不快。

那若是偶爾一次也就算了。問題是每次想起父親都會覺得父親可憐。如今的身心狀態甚至覺得自己也可憐。住在現實世界，只是貪求虛有其名的華服美食，思緒卻早已在另一個國度，忘了母親與妹妹，所以才能這樣活著。如果讓雙腳從不曾離開實際世界的功利主義者看來，肯定愚蠢透頂吧。儘管自己已有拋棄一切的覺悟，也不想讓父親看到這種窘態。父親是個平凡人。如果父親在九泉之下看到，肯定會覺得自己是個不肖子吧。不肖子不願想起父親。一旦想起就會覺得愧疚。——看來都是這幅畫的錯。改天有機會應該把它收進倉庫裡⋯⋯

十人有十人的因果。懲羹吹齏[133]與守株待兔，都是被同樣的大規律支配。青天白日下家家戶戶都在做午飯時，蹠下百姓[134]正在被窩溫習夜半太平之計。甲野獨自在書房思考之際，母親與藤尾正在和室那邊小聲交談。

「那麼，您還沒說囉。」藤尾說。偏褐色的粗線夾衣非常樸素，但是拖曳的袖子後方露出紅絹襯裡卻帶有一絲婀娜嫵媚。腰帶似乎是紅褐色的古代花樣。至於是甚麼布料就不得而知了。

「告訴欽吾嗎？」母親反問。她同樣把色調晦暗的條紋和服穿得很符合她的年紀，唯有腰帶的黑緞格外顯眼。

「對。」藤尾回答，

「哥哥應該還不知道吧？」她再次確認。

「我還沒告訴他。」母親只簡短回答，態度鎮定。翻起坐墊的邊緣，

「咦，煙管到哪去了？」她說。

煙管在火盆對面。藤尾用大拇指反著夾起修長的煙桿，「在這。」從手提鐵壺的上方遞過去。

「如果告訴他，他大概會有意見吧。」藤尾把伸出的手縮回。

「假如他有意見，妳就要放棄嗎？」母親嘲諷地說，低下頭，將雲井菸絲塞進煙管。女兒沒回話。如果回答了會落入下風。不過想要強硬回答時最好還是保持沉默。沉默是金。

母親湊近炭火點菸後用力吸了一口，從鼻子噴出煙霧說，

133 懲羹吹齏，被熱湯燙過後，連冷菜也要吹涼。比喻鑒於以往的教訓，遇事過度小心。

134 蹠下百姓，蹠是腳底。指地球另一側的民族。

「要告訴他隨時都可以。如果可以告訴他，那我就去說。用不著跟他商量甚麼。只要告訴他我們打算這麼做就夠了。」

「我當然也知道，既然已拿定主意，不管哥哥怎麼說我都不可能答應……」

「他本就不是那種甚麼話都好商量的人。如果他有那麼好商量，一開始就不用這麼做也有很多別的方法。」

「可是哥哥的一念之間就可能造成我們的困擾。」

「沒錯。要不是怕那個，根本不需要和他談甚麼。他畢竟是檯面上的家產繼承人，除非他點頭同意，否則我們毫無辦法。」

「可是他每次講話動不動就說要把財產全部給我，所以他應該是那個意思吧。」

「他光是嘴上講有甚麼用。」

「我總不可能去催他吧。」

「他如果真的願意把財產給妳，就算妳去催一下也沒關係——只是在外人眼裡不好看。就算他是學者，我們也不好主動開口。」

「所以跟他談談不就行了嗎？」

「談甚麼？」

「還能談甚麼，當然是那件事。」

「小野先生的事嗎？」

「對。」藤尾明確地回答。

「要談也可以。反正遲早總得講清楚。」

「到時候，總會有辦法吧。如果他打算讓出全部財產，那他應該會給。如果是打算分出幾成，那他應該也會分割財產。如果他討厭這個家，想必也可以去任何地方。」

「不過，我也不方便親口說出『不想接受你的照顧，所以藤尾就拜託你了』這種話。」

「是他自己先說不想照顧您。不替您養老，也不給財產，那他到底打算叫媽怎麼辦。」

「他沒有任何打算。只是那樣拖拖拉拉造成別人的困擾。」

「好歹也該稍微了解我們的處境吧。」

母親沉默不語。

「上次他說要把金錶給宗近時也是……」

「妳說要給小野了嗎？」

「是沒有指明要給小野啦，但也沒說要給一先生。」

「那個人真奇怪。才剛說要讓妳留在家裡招贅替我養老送終，結果還是想把妳嫁給阿一。人家阿一可是家中獨生子。怎麼可能當別家的上門女婿。」

「嗯。」藤尾應了一聲，纖細的脖子望向旁邊的庭園。看來分明在催促暮色的淺蔥櫻，枝頭花朵已悉數落盡，甚至冒出了發亮的褐色嫩葉。左邊茂密的三、四棵石楠樹被修剪成圓形樹叢，其間可窺見些許書房的窗子。朝右轉離開恣意歪斜伸展枝椏的櫻樹後就是池塘。池塘盡頭是自己向外突出的房間。

環視靜謐的庭園一眼後，藤尾又把側臉轉回來，正面凝視母親。母親從剛才就盯著藤尾。兩個人面對面時，不知想到甚麼，藤尾美麗的單邊臉頰抽動。無法稱為笑容的表情，尚未明顯流露已自然消失。

「宗近家那邊沒問題吧？」

「就算有問題，我們也沒法子。」

「但是您已經拒絕了吧？」

「當然拒絕了。上次去的時候，我見到宗近家老爺，已經當面把原因講清楚了。——回來之後我不也都告訴妳了。」

「那個我記得，但我總覺得曖昧不清。」

「曖昧不清的是對方。妳也知道那位老爺子是個慢半拍的人。」

「我們也沒有明確拒絕吧。」

「基於過去的道義，我當然不可能像小孩子跑腿傳話那樣，直接挑明了說妳不願意嫁過去吧。」

「討厭的東西不管怎樣都不可能喜歡，還不如直接挑明了說出來更好。」

「可是社會不是這樣的。妳年紀還輕，所以或許以為直來直往也無所謂，但在社會上那樣行不通。就算同樣都是要拒絕，也得拿捏分寸。還是不能講得太直白——否則惹惱對方也怪不了別人。」

「但您還是設法找理由拒絕了吧？」

「我說『欽吾不管怎樣都不肯娶媳婦。我也年紀大了很不安』。」她一口氣說完。稍微喝口茶。

「『年紀大了很不安』然後呢？」

「然後我說『因為不安，所以如果欽吾堅持不婚，除了讓藤尾招贅之外別無他法。但一少爺是宗近家的重要繼承人，所以也不可能入贅我們家，當然我也不可能把藤尾嫁過去』……」

「那哥哥如果說要結婚豈不是麻煩了。」

「放心，沒問題的。」母親微黑的額頭皺起尖刻的八字眉。八字眉隨即鬆開。最後她說：

「他要娶就娶，隨便他要娶糸子還是誰都行。反正我會盡快讓小野入贅。」

「可是宗近家那邊呢？」

「沒事。用不著那麼擔心。」她不耐煩地斷言後，又補了一句：

「沒考取外交官之前，他沒心思談婚事。」

「萬一他考取了，八成會立刻提起婚事吧？」

「問題是，那種人有可能考取嗎？妳仔細想想。——就算約定只要他考取外交官就把妳嫁給他，也絕對不用怕。」

「您就是這麼跟人家說的？」

「我沒那樣說。雖然沒說，但說了也沒關係，反正他絕對不可能考取。」

藤尾笑著歪頭。之後倏然坐正，準備結束這個話題：

「那麼，宗近伯伯確實明白被拒絕了吧。」

「我想他應該明白了。——怎麼？之後阿一的表現有點奇怪嗎？」

「還是老樣子。上次去博覽會時也一如往常。」

「你們去博覽會是甚麼時候來著？」

「今天是——」她說著思考。「是前天，大前天的晚上。」她說。

「那麼，阿一應該已經知道了。——不過依妳宗近伯伯那種個性，說不定還沒聽懂暗示呢。」她咬牙切齒說。

「不過以一先生的脾氣，就算聽伯伯說了或許也不當一回事。」

「沒錯。兩種都有可能。那，我看這麼辦吧。總之先告訴欽吾再說。——如果我們保持沉默，就算僵持再久也沒個了結。」

「他現在應該在書房吧。」

母親站起來。朝簷廊邁出一步後又轉身，彎腰湊近小聲說：

「妳會見到阿一吧？」

「也許會。」

「如果見到他最好先給他一點暗示。妳不是說要和小野去大森玩嗎？是明天吧？」

「對，我們約的是明天。」

「乾脆讓他親眼看見你們倆四處遊玩也好。」

「呵呵呵。」

母親走向書房。

走過明亮寬敞的簷廊，半推開打磨出漂亮木頭紋理的西式房門後，裡面一片漆黑。她握著門把向前推，身子倚靠打開的門，無聲地踩在拼木地板時，響起門把喀擦彈回的聲音。用窗簾遮住春天的書房，晦暗地讓兩人與世隔絕。

「太陰暗了。」母親說著來到中央的西式桌子駐足。欽吾只露出椅背上方那顆腦袋的背影，隨著聲音響起緩緩轉身，露出三分之一斜挑起的眉毛。黑色的小鬍子沿著上唇自然向下，消失在嘴角時突然翹起。嘴巴緊抿。同時黑眸瞟向眼尾。母子倆在這個姿勢下打量彼此。

「太陰暗了。」母親站著重申。

沉默的人站起來。拖鞋在地板踩響兩三下，走到桌角時，這才緩緩開口問：

「要開窗嗎？」

「隨便你——我都無所謂，只是我覺得你大概很鬱悶。」

沉默的人再次將右手掌越過桌面向前伸出。在他的催促下，母親先在椅子坐下。欽吾也跟著坐下。

「身體怎麼樣？」

「謝謝。」

「有好一點嗎？」

「對——還好——」甲野含糊其辭，挺起腰桿交抱雙臂。同時在桌子底下將左腳踝放到右腳腳背上。從母親的角度，可以正面看見他蛋黃色襯衫縮水的袖子。

「你的身體如果不照顧好，我也會很擔心……」

她的話還沒說完，甲野就低頭將下顎抵著咽喉窺視桌子底下。兩隻黑襪子重疊。看不見母親的腳。母親再次出擊。

「身體如果不好，連心情都會跟著憂鬱，自己也覺得毫無生趣……」

甲野忽然抬起眼。母親慌忙轉移話題。

「不過你去京都之後，好像氣色比較好了。」
「是嗎？」
「呵呵呵，瞧你的口氣，像是事不關己似的。——我看你的臉色好像越來越健康了。是曬黑的關係嗎？」
「也許吧。」甲野扭頭望向窗子。窗簾層層垂落向左右拉開，其間有石楠樹嫩葉燃燒似地鮮明映在玻璃窗上。
「改天你可以去我和室那邊聊一下。那邊明亮寬敞，我覺得比書房待起來更自在。偶爾和我這樣平庸的女人閒話家常也可以轉變心情很有趣喔。」
「謝謝。」
「雖然我講話可能跟不上你的水準——不過笨蛋也有笨蛋的好處……」
甲野瞇起的眼睛從石楠樹移開。
「石楠樹冒出美麗的新芽了。」
「的確很美。比起嬌豔的花朵，我反而更喜歡嫩芽。從這裡只能看到一棵。如果繞到對面可以看見修剪成圓形的石楠樹籬，那真的很美。」
「從您的房間似乎看得最清楚。」
「對，要看嗎？」

甲野沒說到底要不要看。母親開口了。
「還有，最近或許是因為天氣熱，池塘的錦鯉經常跳出水面……從你這裡聽得見嗎？」
「錦鯉跳起的聲音嗎？」
「對。」
「聽不見。」
「聽不見？你這樣門窗緊閉，想必是聽不見吧。就連從我的房間都聽不見。上次藤尾還笑我現在重聽呢。——不過，我已經到了重聽的年紀所以也沒辦法。」
「藤尾在嗎？」
「她在啊。已經到了小野先生來上課的時間吧。——你找她有事？」
「不，沒甚麼事。」
「她是個好強的孩子，所以想必也讓你很心煩，但是還請你忍耐一下，把她當成親妹妹照顧。」
甲野依然交抱雙臂，動也不動地將深邃的雙眸鎖定在母親上方。母親的視線不知為何落在桌面上。
「我是打算照顧她。」他徐徐說。
「有你這句話，我就安心了。」

「不只是打算，我是真心想這麼做。」

「聽到你這麼關心她，她一定也會很高興。」

「但是……」他說到這裡就停下了。母親還在等下文。欽吾鬆開雙臂，原本倚靠椅子的身體前傾，胸膛抵著桌角湊近母親。

「但是，母親。藤尾並不想讓我照顧。」

「哪有這回事。」這次是母親將身體向後倒向椅背。甲野甚至連眉毛也沒動。他用同樣低沉的聲音，平靜地繼續說。

「要照顧別人，必須得到被照顧的人信仰——用信仰這個字眼好像上帝或許很可笑。」甲野說到這裡倏然噤口。母親或許是知道還沒輪到自己開口，安坐如常。

「總之她必須信任我到願意接受我的照顧才行。」

「被你這樣否定了那自然沒啥好說了。」到此為止母親還說得很平和，但她突然語氣激動起來，

「藤尾其實也很可憐。你別這樣說，拜託幫幫忙嘛。」她說。

甲野屈肘用手心按住額頭。

「那是因為她瞧不起我，我多管閒事只會爆發衝突。」

「藤尾怎麼可能瞧不起你……」素來優雅的母親說到最後，激動得聲音都大了起來。

「如果真有那種事，我第一個饒不了她。」當她補充這句時已恢復正常。

甲野依然沉默撫額。

「難不成藤尾做了甚麼對不起你的事？」

甲野從依然撫額的手下望著母親。

「如果她真的做錯事，我一定會好好教訓她，你不用顧忌，有甚麼話儘管說。彼此心裡如果有甚麼芥蒂那就沒意思了。」

甲野壓在額頭的五根手指指節細長，連指甲的形狀都像女人一樣精緻。

「我記得藤尾二十四歲了吧。」

「過完年就二十四了。」

「已到了該設法處理的時候吧。」

「你是說她的婚事嗎？」母親簡單地確認。甲野沒說要讓藤尾嫁人還是招贅。母親說：

「其實我正想找你商量藤尾的事情，不過在那之前——」

「有甚麼問題嗎？」

他的右眉還是藏在手掌下。目光深邃。但是完全不顯尖銳。

「該怎麼說呢，你最好還是重新考慮一下吧。」

「您是指甚麼？」

「當然是你的婚事。藤尾的婚事固然該解決，但你的婚事如果不先確定，我也很困擾。」

甲野藏在手掌下的一邊臉頰笑了。是落寞的笑。

「雖然你說身體不好，但很多人像你這樣的身體還不都照樣娶妻了。」

「那想必是有吧。」

「所以囉。你不妨也重新考慮一下。其中也有人娶妻之後身體反而變得很健康。」

甲野的手這時終於離開額頭。桌上有一張十行紙和鉛筆。隨手拿起那張紙翻面一看，上面寫著三、四行英文。仔細一看才發現。是自己昨天從看過的書中抄下的摘要，寫完就隨手扔在桌上。甲野把十行紙倒扣在桌上。

母親只是暗自皺起八字眉，默默等待甲野的答覆。甲野拿起鉛筆在紙上寫了一個烏鴉的「烏」字。

「這該怎麼說呢。」

「烏」字變成「鳥」。

「能夠這樣是最好。」

「鳥」字變成「鴃」[135]。底下附帶一個「舌」字。然後他抬起頭說：

135 鴃，伯勞鳥。「鴃舌」是伯勞鳥刺耳的叫聲。比喻外國人的語言不通。此處是指母子無法溝通。

「先決定藤尾的婚事比較好吧。」

「如果你堅持不答應，那也只能這麼做了。」

母親說完沮喪地低下頭。同時在兒子的紙上出現一個三角形。三個三角形重疊形成魚鱗紋。

「母親。我會把這房子給藤尾。」

「那你……」她想要否決。

「財產也都給藤尾。我甚麼也不要。」

「這樣我們只會很困擾。」

「困擾嗎？」他從容不迫地說。母子倆對視一眼。

「這還用問嗎——這樣我怎麼對得起你死去的父親。」

「是嗎？那我到底該怎麼做？」他把焦糖色的鉛筆扔到桌上。

「到底該怎麼做，像我這樣沒念過書的女人不懂，但就算沒念過書也知道不能就這樣算了。」

「您反對？」

「甚麼反對，過去我說過那麼不知好歹的話嗎？」

「沒有。」

「我也覺得沒有。每次你這麼說，我不都是拚命道謝嗎？」

「的確每次都聽您道謝。」

母親撿起桌上的鉛筆，看著尖銳的筆尖。看著橡皮擦渾圓的尾端。內心覺得這小子真是油鹽不進難以對付。過了一會，她揪著橡皮擦往桌上扯著說，

「那麼，你無論如何都不打算繼承家業囉？」

「我現在已繼承家業。在法律上我是繼承人。」

「就算繼承甲野家，也不會照顧我是吧？」

甲野回答之前，狹長的雙眼直視母親的臉孔打量。最後才誠懇地說：

「所以我不是說了，房子和家產全都給藤尾。」

「既然你這麼堅持，那就沒辦法了。」

母親嘆息著把這句話擱向桌上。甲野的態度超然。

「那我也管不了你了，就照你自己的意思做吧——至於藤尾的婚事……」

「是。」

「其實我覺得那個小野先生不錯，你說呢？」

「小野嗎？」他就此陷入沉默。

「不行嗎？」

「也不是不行。」他緩緩說。

「如果可以，我想就這麼決定……」

「可以吧。」

「可以嗎？」

「對。」

「那我總算安心了。」

甲野目不轉睛地盯著正前方某種東西。彷彿看不見就在眼前的母親。

「這下子總算——那你打算怎麼做？」

「母親，藤尾知道吧？」

「她當然知道。幹嘛這樣問？」

甲野還是凝視遠方。最後在眨眼的同時，視線忽然拉近。

「宗近家不好嗎？」他問。

「你說阿一？本來阿一是最理想的對象。——況且你父親與宗近家又那麼親近。」

「之前兩家沒有承諾嗎？」

「沒有到那種程度。」

「我怎麼記得父親好像說過要把錶送給他。」

「錶？」母親歪頭不解。
「就是父親的金懷錶。綴有石榴石的那個。」
「噢，我想起來了。好像是有過那回事。」母親這才想起甚麼似地說。
「阿一好像還惦記著這個承諾。」
「這樣啊。」母親只喟嘆了這句，一臉無辜。
「如果承諾過，不給人家不太好。在道義上說不過去。」
「懷錶現在在藤尾手中，我會好好這麼勸她。」
「懷錶固然是個問題，但我說的主要還是藤尾。」
「可是根本沒有承諾過要把藤尾嫁給他啊。」
「是嗎——那就算了。」
「這麼說或許好像我在故意跟你唱反調——但我真的不記得有過那種承諾。」
「噢——那就應該是沒有吧。」
「當然話說回來，不管有沒有承諾，以阿一的人品，嫁給他也行，但他還沒考上外交官，在備考期間也不可能談論婚事。」
「那倒是無所謂。」
「況且阿一是長子，無論如何都得繼承宗近家。」

「您打算讓藤尾招贅嗎？」

「我並不想，問題是你不肯聽我的結婚成家……」

「就算藤尾嫁出去，我也會把財產給她。」

「財產──你老是誤會我的意思會讓我很困擾──在我心裡壓根不在乎財產。當然我是自認問心無愧甚至可以剖開給你看啦。看不出來嗎？」

「看得出來。」甲野說。他的語氣異樣認真。母親甚至感受不到一絲嘲弄的意味。

「只是我年紀大了很不安……如果把唯一的孩子藤尾嫁出去，將來誰來替我養老。」

「原來如此。」

「要不然我也覺得阿一是好對象。況且他和你也是好友……」

「母親，您很了解小野嗎？」

「我自認很了解他。他彬彬有禮，待人親切，又有學問，是很好的人。──為何這樣問？」

「那就好。」

「你別這樣冷漠地一句話帶過，如果有甚麼想法就說出來。否則枉費我特地來找你商量。」

甲野盯著十行紙上的塗鴉看了一會，抬起眼沉穩地開口：

「宗近會比小野更重視您。」

「那當然──」她脫口而出。之後平靜地又說：

「也許吧——你看人的眼光不會錯，但這件事和別的事情不同，唯獨婚事不能單憑母親和兄長做主。」

「藤尾堅持要嫁給小野嗎？」

「對——當然她是沒有堅持非君不嫁啦。」

「這個我也知道。但是知道歸知道——藤尾在嗎？」

「我叫她來吧。」

母親站起來。她一邊站起一邊對著淺紅色散布深色唐草花紋的壁紙上伸手可及的電鈴按下白色中央，還沒回到座位就有人回應。房門倏然打開五寸，轉過身的母親吩咐，

「找藤尾有事，叫她來一下。」

無聲打開的房門又無聲關上。

母與子隔著書桌對峙。相對無言。欽吾又拿起鉛筆。在三片魚鱗周圍畫出幾乎相觸的圓圈。塗黑圓圈與魚鱗之間的空隙。細心地塗上一條又一條平行的黑線。母親無所事事，只能殷切地望著兒子畫的圖案。

兩人的內心活動當然無從得知。唯有表面上異常平靜。如果舉手投足能夠成為將內心想法形而下傳遞過來的符號，那麼恐怕再也找不出比這對更悠閒的母子。畫出幾十條黑線打發無聊，規律地塗滿三片魚鱗外圍的兒子，以及態度尋常地將手疊放在膝上，端然旁觀圓圈內

隨著一筆一畫逐漸變黑的母親，是一對雍容的母子。是溫和的母子。隔著書桌，被遮住的胸膛與胸膛相對，在封鎖春天的窗簾內，看似遺忘了人世，人類，與爭鬥。死者的肖像照例從牆上照耀這對閑靜的母子。

仔細畫出的黑線越來越多。黑色的部分漸增。只剩右手邊擋住的那塊弓形空白時，門把旋轉的聲音響起，久等的藤尾終於現身門口。她一襲白衣春意爛漫。暗色的背景烘托出她的肩膀以上。甲野的鉛筆剛劃出一半的線條就頓住了。同時藤尾的臉孔也從背景中走來。

「都說出來了嗎？」她說著走到母親身旁坐下。坐穩之後又問母親：

「說了？」

母親只是飽含意味地看著藤尾。期間甲野又畫出了四條黑線。

「是妳哥哥要找妳。」

「噢。」藤尾只應了一聲，扭頭面對哥哥。黑線還在繼續增加。

「哥哥找我有事？」

「嗯。」甲野說，終於抬起頭。抬頭之後不發一語。

藤尾再次望向母親。同時漂亮的臉頰浮現淺笑。哥哥終於開口。

「藤尾，這個房子，以及我從父親那裡繼承的財產，全部都給妳。」

「甚麼時候？」

「今天就給——交換條件是，母親必須由妳來照顧。」

「謝謝。」藤尾說著又看母親。她還是在笑。

「妳不想嫁到宗近家？」

「對。」

「真的不想？就那麼不願意？」

「不願意。」

「是嗎——妳就這麼喜歡小野？」

藤尾臉一沉。

「哥哥問這個做甚麼？」她在椅子上挺直腰桿說。

「不做甚麼。對我毫無影響。我只是為妳好才這麼問。」

「為我好？」她的語尾挑起，

「是喔。」然後輕蔑地降下音調。母親這時才開口。

「妳哥哥認為，阿一或許比小野先生更適合妳。」

「哥哥是哥哥，我是我。」

「妳哥哥說，阿一會比小野先生更重視我。」

「哥哥。」藤尾尖銳地瞥向欽吾。「你了解小野先生的個性嗎？」

「了解。」欽吾平靜地說。

「你怎麼可能了解！」她站起來。「小野先生是詩人。是高尚的詩人。」

「是嗎？」

「他是懂得風雅的人。是懂得愛的人。是敦厚的君子。——哲學者不可能了解他的人格。你或許了解一先生。但你不懂小野先生的價值。你絕對不會懂。會欣賞一先生的人不可能懂得小野先生的價值……」

「那妳就選小野吧。」

「我當然會。」

她撂下這句話，紫色蝴蝶結朝門口飄去。纖細的手轉動門把，藤尾的身影隨即已隱沒在暗沉的背景中。

十六

敘述之筆這時離開甲野的書房，轉向宗近家。就在同一天。同一時刻。

宗近的父親依然守在矮桌前，坐在粗棉印花布的坐墊上。他討厭穿襯衫，黑色絲綢內衣的領口歪斜，露出肌膚上濃密的胸毛。忌部燒[136]的擺飾經常有這種布袋和尚的造型。布袋和尚前面放著造型奇特的菸草盆。帶有吳祥瑞[137]標誌的青花瓷上畫著青山、垂柳、人物。人物和山畫成同樣大小，其間有一條金泥蜿蜒而上直到邊緣。形狀如甕，膨脹的身形到了頂端倏然縮小，形成渾圓的邊緣。兩邊的耳朵上有藤蔓花紋，帶著典雅風味的藤蔓捲起，形成供人提起的握把。

宗近的父親昨天不知是從哪家骨董店挖出這個修補過的菸草盆，今天一早就嚷嚷著祥瑞長祥瑞短的，結果還不是照樣拿來裝菸灰裝炭火，菸抽了一根又一根。

這時門口的唐紙門倏然拉開，宗近不改活潑本色地走進來。父親的目光從菸草盆移開。只見兒子鬆鬆垮垮穿著父親給的舊西裝，唯有喀什米爾的襪子非常有品味。

「你要出去嗎？」

「不是出去，是剛回來。——熱死了，今天好像特別熱。」

「待在家裡倒還好。你是因為急著走路才會熱。何不心平氣和慢慢走。」

「我自認已經夠心平氣和了，看不出來嗎？傷腦筋——哎，菸草盆終於點火啦，原來如

136 忌部燒，伊部燒。岡山縣伊部生產的陶器。
137 吳祥瑞，關於吳祥瑞有多種說法，一般認為他來自伊勢，曾去明朝時的中國學習製陶，在有田附近成為陶匠。

此。」

「你看這個祥瑞如何？」

「看起來好像是酒甕。」

「哪裡，是菸草盆啦。雖然你們囉哩囉嗦笑話我，但是這樣裝了菸灰看起來分明還是菸草盆吧。」

老人握著藤蔓把手，倏然將祥瑞拎到半空中。

「怎麼樣？」

「是，很不錯。」

「不錯吧，祥瑞有很多贗品，並不容易買到。」

「到底花了多少錢？」

「你猜猜看。」

「我猜不著。如果隨便開價，八成又會像上次看到松樹那樣被罵得狗血淋頭。」

「一圓八十錢。很便宜吧？」

「這樣算便宜嗎？」

「這根本是撿漏賺到了。」

「噢——咦，簷廊又有新的盆栽植物啊。」

「剛剛才移植的萬兩金。那是薩摩燒花盆，也是老東西。」

「很像十六世紀葡萄牙人戴的帽子呢。——這盆玫瑰顏色也好紅。」

「這叫做佛見笑。也是一種玫瑰品種。」

「佛見笑？好奇怪的名字。」

「華嚴經有一句『外面如菩薩，內心如夜叉』。你應該聽過吧？」

「只知道有這麼一句。」

「據說就是因此才叫做佛見笑。花雖然美，但刺很尖銳。你摸摸看。」

「不用親自去摸也知道。」

「哈哈哈，外面如菩薩，內心如夜叉。女人可是很危險的。」老人說著，將煙管前端伸進祥瑞中。

「還有這麼刁鑽的玫瑰啊。」宗近感嘆地望著佛見笑。

「嗯。」老人好像想起了甚麼，拍了一下膝蓋。

「阿一見過那種花嗎？就是插在壁龕的那個。」

老人說著把臉向後轉。扭轉脖子時擠出三層贅肉，垂掛到肩膀上。

褐色的低矮壁龕中，沉靜地掛著以一筆畫描繪蜆子和尚[138]扛釣竿的畫軸，前方擺了一個青銅古瓶。修長如鶴頸的瓶中冒出兩枝花莖，葉片呈十字型圍繞四周，兩枝花穗猶如成串露珠雙雙綻放。

「好精巧的小花。——我沒見過。這叫做甚麼花？」

「這就是那個鼎鼎大名的二人靜。」

「那個二人靜？甚麼鼎鼎大名我可從沒聽說過。」

「那你最好記住。這種花很有意思喔。每次開花一定會冒出兩枝白色花穗。所以叫做二人靜。謠曲[139]還有提到靜的靈魂二人共舞。你聽過嗎？」

「沒聽過。」

「二人靜。哈哈哈，這花很有意思。」

「好像都是有典故的花呢。」

「只要查閱一下資料，典故多得很。你知道梅花有幾種嗎？」老人說著拎起菸草盆，又拿煙管頭在菸灰中翻攪。宗近趁機轉移話題。

「爸，我好久沒去理髮店了，今天特地去剪了頭髮。」他用右手來回撫摸黑髮。

「剪頭髮？」老人說著將煙桿中段在祥瑞邊緣敲打撢落菸灰。

「好像也沒變得好看一點嘛。」老人把頭轉回來說。

「不好看？老爸，這可不是五分頭喔。」
「不然是幾分頭？」
「這是旁分。」
「根本看不出來。」
「很快就會看得出來了。中央的頭髮比較長，對吧？」
「被你這麼一說好像是比較長。幹嘛這樣胡搞，難看死了。」
「很難看嗎？」
「況且接下來進入夏天會很悶熱……」
「可是就算再怎麼悶熱，都必須這樣修剪。」
「為什麼？」
「總之就是得這麼做。」
「你真奇怪。」
「哈哈哈，老實告訴你吧，爸。」

138 蜆子和尚，中國五代時的禪僧，據說終年一襲衲衣，撈捕蝦蜆充飢。描繪他撈蝦蜆的場景因此成了禪宗繪畫的好題材。
139 謠曲，謠曲《二人靜》。故事描述源義經的側室靜御前，死後鬼魂附身在吉野的摘菜女身上，女人穿上靜的衣服跳舞時，靜也會跟著起舞，一人靜變成二人共舞。

「嗯。」

「我考取外交官了。」

「你考取了？那真是太好了。這樣啊。那你應該早說嘛。」

「我本來想打理好頭髮再說。」

「頭髮怎樣都無所謂。」

「可是五分頭去國外的話據說會被誤認成囚犯。」

「去國外——你要出國嗎？甚麼時候？」

「等我這頭髮留到小野清三那麼長的時候吧。」

「那麼，還有一個月左右？」

「對，差不多。」

「有一個月的時間就可以安心了。在你出發前還來得及好好商量。」

「對，時間還很充裕。時間是很多，但這身西裝今天就想歸還。」

「哈哈哈，不滿意嗎？你穿很好看啊。」

「就是您一直說好看好看我才會穿到今天——全身上下都鬆垮垮。」

「是嗎，那就別穿了唄。改天我自己穿。」

「哈哈哈，太嚇人了。您才真的該別穿了。」

「不穿也行。那我送給黑田好了。」

「人家黑田還嫌棄呢。」

「真有那麼可笑嗎？」

「不會可笑，只是不合身。」

「這樣啊，如此說來還是很可笑吧。」

「對，說穿了是很可笑。」

「哈哈哈，對了，你跟小糸說了嗎？」

「我考取的事嗎？」

「對。」

「還沒有。」

「還沒說？為什麼？——你到底甚麼時候知道的？」

「收到通知是在兩三天前。但我太忙了，所以還來不及告訴任何人。」

「你也太馬虎了。」

「放心，我不會忘記的。沒事。」

「哈哈哈，忘記就麻煩了。總之，你還是小心一點。」

「好，我打算接下來就告訴她，因為她很擔心。——我要告訴她考取的消息，順便說說這個新髮型。」
「髮型不重要——你到底要去哪裡？是英國或法國嗎？」
「這個目前還不知道。總之應該就是西洋吧。」
「哈哈哈，你可真放心。不管要去哪總之去就對了。」
「雖然我並不想去甚麼西洋——但按照程序是這樣所以沒辦法。」
「嗯，隨你愛去哪都行。」
「如果是中國或朝鮮，我就頂著五分頭穿這身鬆垮垮的西裝去了。」
「西洋很囉唆。對你這種大而化之的人正好也算是一種修練。」
「哈哈哈，我只怕去了西洋會墮落。」
「為什麼？」
「因為要去西洋必須具備兩種東西，否則寸步難行。」
「哪兩種？」
「不守規矩的內在，光鮮亮麗的外表。真麻煩。」
「日本不也是這樣嗎？文明的壓迫太劇烈，所以如果不把表面搞得光鮮亮麗就無法在社會生存。」
「相對的，生存競爭也會變得更激烈，所以內在更加醜陋。」

「這樣正好。表面與內在朝反方向各自發展。今後的人類等於在生存的同時受到車裂之刑。一定很痛苦。」

「人類如果繼續進化，只會出現一些往神明臉上掛豬睪丸的傢伙，那樣或許能取得平衡。真不想出國接受那種進修。」

「那你乾脆別去算了。待在家裡穿老爹的舊西裝，自由自在暢所欲言或許更好。哈哈哈。」

「我尤其看不慣英國人。從頭到尾都擺出一副英國就是模範的嘴臉，甚麼事都想按照他們那套標準來。」

「可是說到英國紳士，最近風評好像挺好的。」

「就連英日同盟[140]，也不值得那樣讚賞。那些瞎起鬨的人根本沒去過英國，只會打著旗號，簡直像日本已經滅亡了。」

「嗯。無論哪個國家都一樣，表面上越發達，檯面下也會跟著發展。——不只是國家，個人也是如此。」

「日本如果壯大了，英國那邊肯定也得模仿日本。」

「你會讓日本壯大起來的。哈哈哈。」

---

140 英日同盟，一九〇二年（明治三十五年）日本與英國締結的攻守同盟。一九二二年廢止。

宗近沒說自己會不會讓日本壯大。不意間伸出手，印花領帶跑出白領子中央，領結歪了。

「這個領帶老是滑溜溜地歪掉，真討厭。」他用手摸索著調整領結，一邊說道：

「那我去跟小糸談一談。」他站起來。

「等一下，我還有話跟你說。」

「甚麼事？」他剛起身又坐回去，擺出盤腿而坐的姿勢。

「其實過去因為你的工作也沒確定，所以我也一直沒催促你……」

「是婚事嗎？」

「是的。既然你要出國，那就在你出國前訂婚或者結婚，或者帶妻子一起去……」

「我不可能帶人一起出國。錢不夠。」

「不帶人去沒關係。只要談妥婚事，再把妻子留下也行。你出國期間我會幫你照顧。」

「我也打算這麼做。」

「那麼重點來了，你有心儀的女人嗎？」

「我打算娶甲野的妹妹。您看如何？」

「藤尾嗎？嗯——」

「不行嗎？」

「我沒說不行。」

「要做外交官的妻子，就得像她那樣才行。」

「說到這個，其實甲野的父親在世時，我和他父親之間曾稍微聊到過這件事。你或許不知情。」

「伯父說過要把錶給我。」

「那隻金錶嗎？被藤尾拿來玩，很有名的那個？」

「對，就是那隻古老的懷錶。」

「哈哈哈，那隻錶還能走嗎？撇開錶先不談，關鍵在於她本人——上次甲野太太來，我順便提起了那件事。」

「噢，結果她怎麼說？」

「她說是一樁好親事，可惜你的身分未定所以只能扼腕……」

「身分未定的意思是指我還沒有考取外交官嗎？」

「應該是吧。」

「您的語氣讓我有點驚訝。」

「唔，那女人說的話，雖然聽來有條有理卻無法溝通，讓我很頭疼。儘管她滔滔雄辯，我還是搞不清楚她的重點在哪裡。簡而言之她是個很沒效率的女人。」

父親的神色多少有點氣惱，拿著煙管敲膝蓋，連視線都移向簷廊。之前移植的佛見笑，在春夏之交綻放艷紅誇耀自己的美麗。

「但是最麻煩的就是搞不清她到底是不是要拒絕婚事。」

「的確很麻煩。之前只要扯上那女人也發生過很多麻煩。她只會嗲聲嗲氣地打太極推託——我很討厭那樣。」

「哈哈哈，那個不重要——結果你們的談判還是不了了之嗎？」

「總而言之，對方的意思就是等你考取外交官才會考慮把女兒嫁給你。」

「那很簡單。因為我已經考取了。」

「可是麻煩還沒結束呢。真是傷腦筋。」父親說著用手心不停搓揉眼球。他的眼球變得赤紅。

「我考取了也不能談婚事嗎？」

「不是不能——但她說欽吾要離開家。」

「怎麼可能。」

「萬一欽吾走了，就沒人照顧老太太。所以必須讓藤尾在家招贅。所以無論是宗近家還是哪裡，她都不可能把女兒嫁出去。她大致上就是這個意思。」

「她說話簡直太荒謬了。首先，甲野根本不可能離家出走。」

「他要離家出走，應該不至於出家當和尚吧，但總之他的意思大概是不想娶妻替那個老太太養老送終。」

「甲野有神經衰弱的毛病，所以才會講那種荒謬的話。他錯了。好吧，就算他真的要離家——伯母打算讓甲野離家，替自己女兒招贅嗎？」

「她說變成那樣會很糟，正在擔心呢。」

「那她讓藤尾小姐嫁出去不就好了。」

「是可以。可以是可以，但顧及萬一，她說她也非常徬徨不安。」

「我越聽越迷糊了。簡直像誤入八幡藪不知[141]。」

「的確——摸不著頭緒也讓人很頭疼。」

父親皺起額頭翻白眼，不停撫摸腦袋。

「歸根究柢那是幾時發生的事？」

「不久前。到今天大概有一星期了吧。」

「哈哈哈哈，我的錄取通知只是晚了兩三天報告，您的消息卻拖了一星期才說。不愧是父親，比我神經更大條。」

「哈哈哈，因為我始終一頭霧水。」

141 八幡藪不知，千葉縣市川市的葛飾八幡宮南方的森林。據說走進森林就會迷途，再也出不來。

「的確讓人一頭霧水。那我立刻去搞清楚狀況。」
「怎麼說？」
「我打算先去勸甲野娶妻，打消出家當和尚的念頭，然後再和對方談判，說清楚到底要不要讓藤尾嫁給我。」
「你打算一個人去？」
「對，我一個人去就夠了。畢業之後我整天閒著沒事幹，至少得做點這種事，否則太無聊了。」
「嗯。自己的事自己解決是好事。那你就去試試看吧。」
「所以，如果甲野同意娶妻，我打算把小糸嫁給他，可以嗎？」
「可以，我沒意見。」
「當然得先徵詢她本人的意思……」
「不問也沒關係吧。」
「這種事怎麼能不問。畢竟終身大事和別的事情不同。」
「那你就問問看吧。要把她叫過來嗎？」
「哈哈哈，當著父親和哥哥的面前逼問是下下策。我現在過去問她。如果她自己願意，那我就去找甲野談。」

「嗯，好吧。」

宗近穿著西式長褲大馬金刀地起身。留下佛見笑與二人靜、蜆子和尚以及活生生的布袋和尚擺飾，沿著走廊走上夾層房間。

走上兩級台階便可清楚看見妹妹的和服腰帶。走到第三階看見的是歪向一旁的水藍色蝴蝶結，妹妹豐潤的半邊臉頰正對著入口。

「今天在用功啊，真難得。妳在看甚麼書？」宗近猛然在桌旁一屁股坐下。糸子啪地把書本倒扣在桌上。將肉嘟嘟的小手蓋在書上。

「沒甚麼。」

「有空看沒甚麼的書，妳可真是天下逸民[142]啊。」

「反正我本來就是閒人。」

「妳可以放手了吧。簡直像是搶到和歌花牌。」

「是花牌還是別的都不重要。總之拜託你走開。」

「看來我妨礙到妳了。小糸，老爸曾經說過妳喔。」

「說我甚麼？」

142 天下逸民，在民間生活悠然自得的人。

「他說妳應該讀一讀女誡，可妳最近整天看愛情小說，讓他傷透腦筋。」
「胡說八道。我甚麼時候看那種東西了。」
「我可不知道，是爸這麼說的。」
「騙人，爸爸怎麼可能講那種話。」
「是嗎。可是妳一看到有人來就把正在看的書藏起來，像抓到老鼠一樣拼命壓著不想被人發現，可見爸說的也不盡然是假的吧。」
「胡說。我都已經說那不是事實了，你也太卑鄙了吧。」
「罵我卑鄙太過分了吧，我又不是甚麼賣國賊，哈哈哈。」
「誰叫你不相信人家講的話。不信我給你看證據吧。哪。你等著。」
糸子像要把蓋住的書藏進袖子，從桌上拖到手邊後，迅速藏到腰帶後面不讓哥哥看見。
「不可以掉包喔。」
「你別說話，等著就是了。」
糸子避開哥哥的注視，不停給藏在長袖底下的書動手腳，最後她說聲「你看」把書取出來。
雙手仔細按住的那一頁，露出的一角中央有個朱印。
「這不是藏書印嗎？搞了半天——是甲野的。」

「這下你明白了吧？」
「妳向他借的？」
「對。不是愛情小說吧？」
「沒看到內容之前我無法置評，總之就先放過妳吧。對了，妳今年幾歲了？」
「你猜。」
「我不用猜，只要去區公所馬上就知道，不過為了參考起見我想問一下。坦白招供對妳只有好處沒壞處。」
「叫我坦白招供——好像我做了甚麼壞事似的。我討厭這樣被人逼問。」
「哈哈哈，不愧是哲學家的徒弟，不肯輕易向權威屈服這點令人佩服。那我重新問一次，請問小姐芳齡幾何？」
「你這樣嘻皮笑臉的，誰要告訴你！」
「傷腦筋。我越客氣妳反而越生氣。——二十一嗎？還是二十二？」
「差不多就這個年齡吧。」
「不確定嗎？連自己的年齡都不確定，那哥哥也會有點擔心呢。總之應該滿二十了吧？」
「你這不是多管閒事嗎。幹嘛問人家的年齡。——你打聽我的年齡做甚麼？」
「不做甚麼，其實我正在考慮把妳嫁出去。」

他半開玩笑說，但被他戲弄的妹妹突然態度一轉。就像把熱石頭放在冰上，轉眼急速降溫。糸子一下子失去活力。同時開朗的眼睛也陰沉地垂落，開始數榻榻米上的花紋。

「妳覺得結婚怎樣？應該不排斥吧？」

「不知道。」她低聲說。還是一逕垂著眼。

「不知道可麻煩了。又不是我要嫁。是妳要嫁。」

「我又沒說要嫁。」

「那妳不嫁人嗎？」

糸子點頭。

「妳不嫁？真的？」

她沒回答。這次連頭都沒動。

「如果妳不嫁，那哥哥只好切腹自殺了。糟糕。」

看不見糸子低垂的眼簾下是甚麼眼神。只有豐潤的雙頰掠過一抹笑影。

「這可不是鬧著玩的。我真的會切腹喔。這樣妳也不在乎嗎？」

「你要切就切。」她說著突然抬起頭。吟吟微笑。

「要切沒關係，但未免太嚴重了。如果可以，就這樣繼續生活不是對彼此更方便嗎？對妳來說唯一的哥哥切腹自殺死了也會很無趣吧。」

「又沒人說這樣有趣。」

「所以妳就當作是幫哥哥，趕快點頭答應。」

「誰叫你甚麼都沒解釋，沒頭沒腦就突然逼我結婚。」

「只要妳想聽解釋，要我說多少都行。」

「算了，聽不聽都一樣，反正我是不會嫁的。」

「妳的答覆就像老鼠砲一樣原地打轉。根本是我執錯亂。」

「你說甚麼？」

「沒事，我說甚麼都不重要，只是法律上的術語——所以小糸，這樣僵持下去沒完沒了，我就老實跟妳說吧，事情是這樣的。」

「就算聽你解釋原委我也不會嫁喔。」

「妳打算有條件地傾聽嗎？還真狡猾。——事實上哥哥打算娶藤尾小姐。」

「又來了？」

「甚麼『又來了』，這才是第一次。」

「可是我勸你還是放棄藤尾小姐吧。因為她並不想嫁給你。」

「妳上次好像也這麼說過。」

「對，既然人家不情願，犯不著非要娶吧？明明還有一大堆別的女人可以娶。」

「妳說的很有道理。哥哥也沒有卑鄙到非要強迫人家的地步。這也關係到妳的威信。如果確定她不願意，我會另找對象。」

「乾脆這樣做最好。」

「問題是我現在並不確定她的心意。」

「所以你要去問清楚嗎？天啊。」內向的妹妹有點驚訝地把視線落到桌上。

「上次甲野伯母來，不是和老爸在樓下密談過嗎？當時據說就是在談我的婚事。按照伯母的說法，現在還不可能，但是等我考取外交官，身分明確之後可以再商量。她好像就是這麼對爸爸說的。」

「所以呢？」

「所以這不是很好嗎？哥哥現在已經考取外交官了。」

「咦，你甚麼時候——」

「這還用問，我是真的考取了。」

「天啊，真的嗎？太驚人了。」

「誰會因為哥哥考取這麼驚訝啊。真沒禮貌。」

「本來就是，既然如此你應該早說嘛。別看我這樣其實很擔心你呢。」

「這都是托妳的福。我簡直感激涕零呢。雖然感激涕零但我就是忘了說，我也沒辦法。」

兄妹倆毫無隔閡地對視。同時笑了出來。

笑完時，哥哥說：

「所以哥哥才會剪了這個髮型，打算近日之內出國赴任，但爸爸說，在我出國之前應該先結婚建立穩定的家庭，所以我想反正都是要娶不如就娶藤尾小姐吧。除非是她那樣時髦的女人，否則將來很難扮演稱職的外交官妻子。」

「既然你這麼中意藤尾小姐，那就娶她吧。——不過還是女人看女人的眼光比較準。」

「我也知道才女小糸的意見應該不會錯，所以我也打算認真參考妳的看法，但總之我必須先去談清楚。對方如果不願意應該會明說。不會輕挑地因為我考取外交官就突然改變心意。」

糸子的低笑斷成兩三截從鼻孔冒出。

「她會嗎？」

「誰知道。那得直接問她本人——不過如果要問，不如問欽吾先生吧。免得你丟臉出醜。」

「哈哈哈，不喜歡就拒絕是天下的定律。就算被拒絕也不丟臉……」

「可是——」

「……但我還是會去問甲野。問是會問啦——但是有個問題。」

「甚麼問題？」

「先決問題——是先決問題喔，小糸。」
「所以我不是在問你是甚麼問題嗎！」
「不是別的，正是甲野要出家的風波。」
「胡說八道。烏鴉嘴！」
「放心，這年頭如果有當和尚的決心，撇開是否烏鴉嘴不談，應該是值得慶賀的現象。」
「真過分……說要當和尚不是突發奇想嗎？」
「不好說。最近似乎特別流行憂鬱[143]。」
「那麼，哥哥你先變成那樣試試看。」
「突發奇想嗎？」
「隨便是突發奇想或怎樣都行。」
「如果在一個就連五分頭都會被當成囚犯的地方剃光頭，那我待在駐外使館肯定會被當成瘋子。若是別的事情，妳是我唯一的妹妹我當然聽妳的，唯獨當和尚這件事拜託妳饒了我。我從小就討厭和尚與油豆腐。」
「那欽吾先生也別當和尚不就好了？」
「是啊，這樣說好像在邏輯上有點怪，不過，他應該不至於出家吧。」
「哥哥講的話到底哪句是認真的哪句是玩笑我都弄不清楚。這樣能夠勝任外交官的工作嗎？」

「講話不這樣還真不適合當外交官。」

「騙人……說真的，欽吾先生到底要怎麼辦？」

「事實上，甲野他說要把家產都給藤尾，自己離開。」

「為什麼？」

「簡而言之，好像是因為他有病無法照顧母親。」

「是嗎，真可憐。他那種人大概不需要錢也不需要房子吧。這樣做或許更好。」

「如果連妳也贊成，先決問題就很難解決了。」

「就算有金山銀山，對欽吾先生而言也毫無意義吧。還不如都給藤尾小姐算了。」

「妳這麼慷慨一點也不像個女人。不過這也是慷他人之慨吧。」

「我也一樣不需要錢。錢只會礙事。」

「咱們家的確沒有富有到嫌錢礙事的地步。哈哈哈。不過妳這種清高的情操值得敬佩。可以當尼姑了。」

「討厭，甚麼和尚尼姑的最討厭了。」

---

143 流行憂鬱，日俄戰爭前後，哲學青年輩出，如同藤村操在華嚴瀑布自殺所象徵的，許多人對人生抱有無解的苦惱。

「唯有這點我也很贊成。不過放棄自己的財產離開家未免太愚蠢了。就算財產先不提——欽吾如果走了，家裡無人主持所以藤尾必須招贅。伯母說這樣就不能把她嫁給我。的確言之有理。換言之甲野的任性會讓我的婚事泡湯。」

「哥哥的意思是為了娶藤尾小姐，要留住欽吾先生囉？」

「就某個角度而言的確可以這麼說。」

「那哥哥豈不是比欽吾先生更任性？」

「妳怎麼又變得這麼有邏輯。如果他把該繼承的財產拱手讓人不是太沒意思了嗎？」

「可是他自己不樂意那也沒辦法呀。」

「他不樂意是因為神經衰弱造成的影響。」

「他才不是神經衰弱。」

「總之就是有病。」

「那不是病。」

「小糸，今天妳一反常態非常頑固喔。」

「因為欽吾先生就是那種人。大家都把他當成病人，是大家錯了。」

「但他提出那種動議根本不正常。」

「他只不過是放棄他自己的東西吧。」

「這麼講也是沒錯啦……」

「他不需要所以才會放棄。」

「不需要……」

「甲野先生是真的不需要。不是死要面子或嘲諷人。」

「小糸，妳真是甲野的知己。比我更像他的知己。我沒想到妳會這麼相信他。」

「是不是知己不重要，我只是說真話。說正確的話。伯母和藤尾小姐如果反對我的說法，那是伯母和藤尾小姐錯了。我最討厭說謊。」

「佩服佩服。就算妳沒有學問也有真誠的自信，令人佩服。哥哥非常贊成。所以小糸，我再問妳一次，不管甲野會不會離開家，要不要放棄財產，妳都不想嫁給甲野嗎？」

「這是兩回事吧。剛才說的只是純粹就事論事講實話。是因為同情欽吾先生才那麼說。」

「很好。相當明理。雖然妳是我妹妹還是值得敬佩。那我換一個問題問妳。妳討厭甲野嗎？」

「怎麼可能討厭……」糸子說到一半突然低頭。似乎盯著領子上的花紋看了半晌。最後睫毛上的淚珠隨著眨眼倏然墜落膝上。

「小糸，妳怎麼了？今天天氣變化劇烈把哥哥都嚇傻了。」

沒回答的嘴巴一直緊抿著，轉眼之間又落下兩滴眼淚。宗近從父親的舊西裝內袋抽出皺巴巴的手帕。

「拿去，擦一擦。」他說著把手帕塞到糸子胸前。妹妹像人偶似的文風不動。宗近右手保持遞出手帕的姿勢，稍微彎下腰，從下方湊近妹妹的臉蛋。

「妳不願意？」

糸子默默搖頭。

「那，妳願意嫁給他吧？」

這次她的頭沒有動。

宗近任由手帕落在妹妹膝上，重新打直身體。

「不可以哭喔。」他說著注視糸子的臉。雙方就此陷入沉默片刻。

糸子終於拿起手帕。粗布和服的膝頭有點淚漬。她細心扯平膝上手帕的皺痕，接著折成四折，緊緊按住邊角。之後她抬起眼。眼眸深沉如海。

「我不會出嫁。」她說。

「不出嫁。」宗近幾乎是無意義地重複她的話，突然扯高嗓門：

「別開玩笑了！妳剛剛不是還說不討厭他嗎？」

「可是，欽吾先生不會結婚的。」

「那得問了才知道——所以我會去問他。」

「請你別去問。」

「為什麼？」

「總之就是別去問他。」

「那就沒辦法了。」

「沒辦法也無所謂，總之你別問。我對現狀毫無不滿。這樣就好了。出嫁反而不好。」

「傷腦筋，妳甚麼時候變得這麼強硬了。——小糸，哥哥並不是自私地為了娶藤尾小姐才說要把妳嫁給甲野。目前純粹只是為妳著想才和妳商量。」

「這我當然明白。」

「只要妳明白這點，剩下的就好談了。所以，妳並不討厭甲野吧。——好，哥哥就當妳是這麼承認了。可以吧？其次，妳反對我去問甲野要不要娶妳是吧？哥哥無法理解妳這個論調，不過，姑且就同意妳吧。——妳反對我去問他，但他如果說要娶妳，妳不排斥嫁給他吧。——家產那些都不重要。如果妳說要嫁給一文不名的甲野，反而會讓妳的名聲更好。這才像小糸。哥哥和父親都不會反對。……」

「如果出嫁了，個性會變得惡劣嗎？」

「哈哈哈，妳突然拋出了一個大哉問呢。為什麼這樣問？」

「不為什麼——如果我變得惡劣，只會讓人家失望透頂。所以我想我還是這樣永遠待在爸爸和你身旁更好。」

「爸爸和我——爸爸和我當然也想永遠和妳在一起。小糸，這就是問題所在。出嫁之後讓妳的人格變得更好，讓妳的丈夫越來越疼愛妳不就行了嗎。——最重要的是實際問題。所以，今後的事情哥哥替妳做主可以吧？」

「甚麼事情？」

「妳堅持反對我去問甲野，可是甲野還不知道甚麼時候才會主動來向妳求婚……」

「就算等再久也不可能有那種事發生！我很了解欽吾先生的想法。」

「所以囉，哥哥替妳做主。我一定會讓甲野點頭同意。」

「可是……」

「放心，我會讓他開口求婚的。哥哥打包票保證。沒問題的。等我這頭髮長長了就得出國赴任。屆時會有一段時間都見不到妳，所以為了報答妳平時對我的好，我會替妳做到——就當是謝謝妳送我的狐皮背心。可以吧？」

糸子沒回答。父親在樓下開始唱起小調。

「又開始了——那我走了。」宗近說著走下樓。

十七

小野與淺井來到橋邊。來時路出自青麥中。去時路也隱沒青麥中。只有一條鐵軌貫通前後，經過深谷下方。高聳的河堤如今吹來籠罩春天的綠意，陡峭的岸壁高聳，彎成圓形屏風似的弧形蜿蜒至遠方。斷橋距離鐵軌足有十丈高，從南向北橫貫。倚欄俯瞰時只見遼闊兩岸無垠綠野直到石牆邊。石牆底下出現褐色小路蜿蜒。鐵軌在小路中發出微光。——兩人來到斷橋上駐足。

「真是好風景。」

「嗯，風景很美。」

兩人憑欄而立。佇立之際，仍有無垠麥浪漸漸蔓延而去。這是個不僅溫暖甚至堪稱炎熱的日子。

鋪滿大地的綠毯盡頭，倏然調子一轉變成平庸的森林。黝黑的常綠樹林中，似要化為鮮豔黃綠色粉塵散落滿天的，大概是樟樹的嫩葉。

「好久沒來郊外走走，真是心曠神怡。」

「偶爾來這種地方走走也不錯。但我剛從鄉下回來，所以這種景色完全不稀奇。」

「想必是吧。帶你來這種地方好像有點對不起你。」
「沒關係。反正我也閒著。不過人如果整天無所事事好像會完蛋。欸，你有沒有甚麼賺錢的門路？」
「我是沒有賺錢的門路，但你應該很多吧。」
「不，最近法科也沒搞頭。和文科的一樣。必須有銀錶才吃得開。」
小野背靠橋上的欄杆，從西裝暗袋取出那個銀製菸盒喀擦打開。裡面整齊排放金箔濾嘴的埃及香菸。
「要不要來一根？」
「啊，謝謝。你這玩意很氣派呢。」
「人家送的。」小野說著，自己也抽出一根後，又把菸盒塞回暗袋。
兩人的香菸安然冒出煙霧，冉冉飄向空中。
「你平時都抽這麼高級的香菸嗎？看來你很闊氣嘛。借我一點錢吧？」
「哈哈哈，我還想向你借錢呢。」
「少來，怎麼可能。借我一點吧。這次我回鄉下花了不少錢正在頭疼。」
淺井好像是說真的。小野倏然往旁邊吹出一口煙。
「需要多少？」

「借我三十或二十圓都行。」

「要這麼多？」

「不然十圓也好。五圓也行。」

淺井不斷降低底線。小野的雙肘靠在身後的鐵欄杆上，小羊皮鞋隨意伸向前方。他叼著香菸，透過眼鏡打量指尖的修飾。遲日影長不惜光。光線照到擦拭過的皮鞋表面細膩紋理上，上面蒙著肉眼看不見的微小塵埃。小野拿手裡的細長手杖砰砰敲打鞋側。塵埃從皮鞋飄起一寸高。只有被敲打的地方變得斑駁發黑。淺井與他並排的鞋子，像士兵的鞋子一樣沉重粗糙。

「十圓的話倒也不是不能借給你——你要借多久？」

「這個月底保證還清。這樣行了吧？」淺井把臉湊近。小野取出嘴裡的菸。夾在指間，一甩手將三成菸灰撢落鞋面上。

小野的身體不動，只有白色領口露出的脖子扭轉，望向五寸下方正倚欄托腮的淺井。

「這個月底或別的時間還錢都行——但我有個小小請求。你會答應嗎？」

「嗯，你說說看。」

淺井一口答應。同時放下托腮的手立正站好。這下子兩人的臉孔幾乎相觸。

「其實是井上老師的事。」

「噢，老師怎樣了？我回來之後，還沒空去看望他老人家。你如果見到老師替我問候一聲。順便也向小姐問好。」

淺井哈哈大笑。順帶從欄杆探出胸脯，朝遙遠的下方吐口水。

「就是關於那位小姐的問題……」

「你們終於要結婚了？」

「你最大的毛病就是急性子。你這樣搶先發話我還怎麼說……」小野停止敘述，朝麥田看了一會，突然把手裡的菸蒂扔出去。白色袖子上的景泰藍袖扣互相撞擊清脆作響。還剩一寸有餘的金色濾嘴掠過空中落到橋下。落地的菸蒂從地面彈起。

「真浪費。」淺井說。

「你在認真聽我說話嗎？」

「對。然後呢？」

「甚麼然後，我根本都還沒開始說。——錢的方面我可以幫你，但我有件事情想拜託你。」

「那你就說啊。我們可是打從京都時代就認識的知己。無論任何事我都可以替你做。」

他的語調非常熱心。小野放下一隻手肘，轉身面對淺井。

「我想你應該能幫上這個忙，所以其實一直在等你回來。」

「看來我回來的正是時候。是要談判甚麼嗎？結婚的條件嗎？這年頭娶個沒財產的老婆的確不方便。」

「不是的。」

「不過，婚前先談妥這種條件對你將來比較有利喔。就這麼辦吧。我去替你談條件。」

「如果真的要娶，先講清楚條件當然也好……」

「但你遲早打算娶她吧？大家都是這樣想的喔。」

「誰？」

「還有誰，當然是我們大家。」

「別鬧了。我怎麼可能娶井上小姐——我們並沒有那麼明確的婚約。」

「是這樣嗎。——我看你很可疑喔。」淺井說。小野暗自認定淺井是個低級的男人。只有淺井這種低級的男人才能坦然自若和女方提退婚的事。

「你這樣劈頭就挖苦我，我們就沒法好好談正事了。」小野用原先的沉穩語調說。

「哈哈哈。你不必這麼正經八百。這麼老實只會吃虧喔。臉皮得厚一點才行。」

「那你要等我一下。我還在學習。」

「不如我帶你找個地方練習吧？」

「那還請多多指教……」

「你嘴上這麼說，私底下搞不好已經在拼命練習了吧？」

「怎麼可能。」

「不，那可難說。因為你最近看起來打扮得特別體面。尤其是剛才的香菸來源更可疑。對了，這種香菸好像有種奇怪的味道。」

淺井說到這裡，把幾乎燒到手指根的香菸放到鼻頭用力聞了兩三下。小野越發覺得這傢伙喜歡講無厘頭的冷笑話。

「我們還是邊走邊說吧。」

為了阻止他繼續講冷笑話，小野率先朝橋中央邁步。淺井的手肘離開欄杆。天上的太陽照射在左右兩側的麥田。溫暖的綠意掠過麥穗爬上田埂。籠罩整片原野的熱氣曬得兩人幾乎發暈。

「好熱啊。」淺井隨後跟來。

「是很熱。」小野停下等他，等到兩人並肩時才繼續走。邊走邊認真挑明問題。

「繼續剛才的話題——其實我兩三天前去看過井上老師，老師突然提起了那樁婚事……」

「重頭戲終於來了！」淺井捧場地還想繼續起鬨，於是小野只好加快談話的速度，急速進行——

「當時老師很激動，我也不能傷害曾經照顧過我的老師感情，所以我請他讓我考慮兩三天，就先回來了。」

「這麼慎重啊……」

「你先聽我把話說完。待會我再慢慢聽你評論。——你也知道的，我深受老師的照顧，所以如果不聽老師的，在道義上說不過去……」

「那的確忘恩負義。」

「是沒錯，問題是結婚問題和別的事情不同，關係到終生幸福，所以就算是恩師的命令，我也無法乖乖服從。」

「那的確不行。」

小野冷然打量對方。對方的神情意外認真。於是他繼續說——

「而且如果我曾給過明確的承諾，或者對小姐做出不該做的事必須負起責任，那麼不用老師催促，我也會主動設法把小姐娶回來，可是實際上在那方面我是清白的。」

「嗯，的確清白。再沒有人比你更高尚清白了。這點我敢保證。」

小野再次冷然打量淺井。淺井完全不在意。話題繼續——

「可是老師那廂，好像已經認定我必須負起那個責任，所以萬事都會根據那個結論去演繹，對吧。」

「嗯。」

「我又不能糾正老師，說他的想法從一開始的出發點就是錯的……」

「那是因為你人太好了。你得在社會上多歷練一下，否則會吃虧。」

「我也知道會吃虧，但以我的個性，好像就是無法露骨地反駁別人。尤其對方還是照顧過我的老師。」

「對，因為對象是照顧過你的老師。」

「況且站在我的立場，現在正忙著寫博士論文，這時候叫我談婚事只會增添我的困擾。」

「你還在寫博士論文啊？真厲害。」

「一點也不厲害。」

「哪裡，很厲害。不是領銀錶的優等生絕對做不到。」

「那些都不重要——總之，事情就是像我說的這樣，所以雖然很感激老師的賞識，但我目前只能暫時拒絕。可是以我的個性，如果見到老師一定會同情他，根本說不出那麼強硬的拒絕，所以我才想拜託你代為出面。怎麼樣，你可以幫忙嗎？」

「這樣啊，沒問題。我去見老師幫你說清楚。」

淺井就像扒下一碗茶泡飯般輕易地一口答應。如願達成計畫的小野暫時喘口氣，默默向前走了一兩步，然後又說——

「相對的，我打算替老師養老送終。我也不可能老是這樣一事無成——老實說，老師的經濟狀況似乎也不如從前。所以更讓我不忍心。這次商量也不只是為了結婚這個單純的問題，也可看出他想用那個當藉口接受我的資助。所以，我會幫他的，我純粹只是想幫助老師。

但我完全沒有那種因為結婚所以幫他或因為不結婚就不幫他那麼膚淺的想法——既然接受了老師的恩情，不管怎麼說都是接受了恩情。除非我回報他，否則恩情怎樣都不可能消失。」

「你真是令人敬佩。老師聽見了一定很欣慰。」

「請你按照我這個意思好好去說。千萬別造成誤會，否則事後又會很麻煩。」

「沒問題。絕對不會傷害老師的感情。我會好好解釋。不過你得借我十圓。」

「我會借給你。」小野笑著回答。

錐子是穿孔的工具。繩子是綁東西的手段。淺井是去退婚的機器。少了錐子就不可能在松木板鑽孔。沒有繩子就綁不住蠑螺。唯有淺井才能打從一開始就抱著上澡堂的輕鬆心情接下這種任務。小野是人才。深諳利用工具之道。

不過，去退婚和提出退婚的同時乾淨俐落處理善後是兩回事。搖動落葉的不見得是打掃庭院的人。淺井是個即便在參謁皇宮時也敢搖下滿地落葉的莽撞男人。同時，他也是即便在參謁皇宮時也不知稍微掃除塵埃的不負責任的男人。淺井是不會游泳卻敢潛水的大膽冒險者。不，他是潛水時沒想過需要泳技的壯士。他只會拍胸脯打包票。憑著一股衝勁，甚麼都敢答應。僅此而已。如果不考慮事情的善惡、是非、輕重與結果，淺井的確是個別無惡意的善人。

小野並非不了解這點。明知如此還委託淺井，是因為他本就沒有對淺井抱太大期望，只要能幫他提出退婚就行了。老師那邊如果提出抗議，他打算逃避。就算逃避不了，他也已做好安排，讓對方將來只能忍氣吞聲吃悶虧。小野明天和藤尾約好了去大森——等他們從大森幽會回來後，就算事情全盤曝光，他恐怕也不可能和藤尾斷絕關係了。到時他自然會按照約定給井上家物質上的補償。

小野這麼拿定主意後，在淺井爽快接下任務時，只覺暫時卸下了一半重擔。

「被太陽這麼一曬，好像麥子的芳香都飄到鼻尖了。」小野的話題終於觸及大自然。

「有香味嗎？我完全沒聞到。」淺井用力抽動渾圓的鼻子說，

「對了，你還是要去那個哈姆雷特之家[144]嗎？」他問。

「你說甲野家？我還是會去。待會也要去。」小野隨口說。

「上次不是聽說他去了京都嗎？已經回來了？也許他是去聞了一下麥香——那種人真無趣。你不覺得他整天都陰陽怪氣拉著臉。」

「會嗎？」

「那種人還是早點死掉最好。他有很多財產嗎？」

「好像是。」

「他那個親戚呢？在學校不時見到的那個。」

「你說宗近？」

「對對對。這兩三天之內我打算去找他。」

小野突然停下。

「找他做甚麼？」

「托他找門路。必須盡量走動關係才行。」

「可是宗近沒考取外交官自己也正焦頭爛額呢。你就算拜託他也沒用。」

「沒關係。總之我先去說說看。」

小野將視線垂落地面，沉默地走了四、五米。

「喂，你甚麼時候替我去跟老師談？」

「今晚或明早就去。」

「是嗎。」

彎過麥田，眼前出現杉樹蔭下的徐緩坡道。兩人一前一後走下坡。甚至無暇交談。走到坡下並肩越過稀疏的杉樹籬時，小野說——

「你如果去找宗近，先別把井上老師的事告訴他。」

「我不會說。」

144 哈姆雷特之家，這是將神經質的「甲野」比喻為莎翁作品中的哈姆雷特。

「真的不能說。」
「哈哈哈，你不好意思是嗎？其實這有甚麼關係。」
「會有點不方便，所以千萬要保密……」
「好，我不說。」
小野很不放心。有點想收回剛才的委託。
在十字路口和淺井道別後，小野滿懷不安來到甲野家。在他走進藤尾的房間十五分鐘後，宗近出現在甲野的書房門口。
「喂。」
甲野還是那個姿勢坐在那張椅子上，還在繼續描繪幾何圖案。他已經畫好了圓圈內的三角魚鱗紋。
被喊到時，他抬起頭，那種抬頭方式與其說是驚訝，激動，或者膽怯，故弄玄虛，毋寧只是遠遠更單純的抬頭。因此顯得充滿哲學。
「是你啊。」他說。
宗近大步走到桌邊，隨即猛然皺成八字眉，
「這裡空氣太糟糕。有害健康。開一下窗子吧。」他說著拔開上下的拴扣，握住中央的握把，像掃過地板一樣把正面的法國窗整個推開。遼闊的春天伴隨庭前萌芽的草坪綠意一同吹入室內。
「這樣就變得明亮多了。啊，真舒服。院子的草坪也大半變綠了。」
宗近回到桌前，這才坐下。是之前謎題女坐過的那張椅子。
「你在做甚麼？」
「嗯？」甲野說著停下鉛筆，
「怎麼樣，畫得不錯吧？」他把畫滿圖案的紙片滑過桌面推向宗近。
「這是甚麼玩意？數量多得可怕。」
「我已經畫了一個多小時。」
「如果我沒來，你大概會畫到晚上吧。真無聊。」
甲野不發一語。
「這和哲學有甚麼關係嗎？」
「有也可以。」
「你大概會說這是萬有世界的哲學象徵吧。虧你一個人的腦袋能想出這麼多東西。難不成是打算寫一篇討論染布店圖樣師與哲學家的論文？」
甲野這次依然沒吭聲。
「你好像還是這麼拖拖拉拉不乾脆。老是優柔寡斷。」

「今天特別優柔寡斷。」

「難道是天氣的影響？哈哈哈。」

「比起天氣的影響，不如說是因為還活著吧。」

「是啊，能夠當斷則斷還好好活著的人並不多。我們彼此也這樣軟弱掙扎了快三十年了……」

「永遠在這浮世的鍋中優柔寡斷地翻騰。」

甲野這時終於笑了。

「對了，甲野兄，今天除了來報告一件事，也要跟你做個小小的談判。」

「問題好像很嚴重啊。」

「我很快就要出國了。」

「出國？」

「嗯，去歐洲。」

「你要去可以，但千萬別像我老爸那樣一去不回[145]。」

「我現在也不好說，但只要越過印度洋應該就沒問題吧。」

甲野哈哈大笑。

「事實上最近我幸運考取外交官了，所以如你所見立刻剪了頭髮，還得趁最近的好時機趕緊出發。整天忙於俗務。少有閒暇畫這些圓圈與三角。」

「那真是恭喜。」甲野說著隔著桌子仔細觀察對方的腦袋。但他並未批評。也沒提出質疑。

宗近這廂也沒有主動說明。因此關於他的新髮型話題僅止於此。

「以上就是我要報告的，甲野兄。」他說。

「你見過我母親了嗎？」甲野問。

「還沒有。今天我從這邊的玄關進來，完全沒經過和室。」

的確，宗近還穿著鞋子。甲野倚靠椅背，望著這個樂天家的腦袋，以及印花領帶——領結照例歪到領子的外面——還有從他父親那裡接收的舊西裝。

「你在看甚麼？」

「沒。」他說著還是凝視宗近。

「我該去找伯母談談嗎？」

這次甲野沉默不語地望著他。宗近弓身準備自椅子站起。

「我勸你最好別去。」

145 一去不回，原文「煮え切る」，本是呼應前文優柔寡斷（煮え切らない）才能活著，所以不優柔寡斷就死了。字面意思是煮爛。

甲野從桌子這頭撂下簡單明瞭的一句話。

慢吞吞離開椅子的長髮男子用右手撩起額前的頭髮，左手按住椅背，轉頭望向亡父的肖像畫。

「與其和我母親談，你不如對那肖像說。」

穿著父親舊西裝的男人瞪圓雙眼，望著佇立室內頭髮漆黑的主人。接著瞪眼注視牆上的故人肖像。最後來回望著黑髮主人和死者的肖像。來回看兩者時，佇立者扭動瘦削的肩膀，從宗近的頭上說——

「我父親死了。但他比活著的母親更真實。更真實喔。」

倚靠椅子的人，隨著這句話，又把臉轉向畫像。就此靜止不動了半晌。唯有栩栩如生的那雙眼睛俯視他。

過了一會，倚靠椅子的人說——

「伯父也真是可憐。」

佇立者回答——

「那雙眼睛是活的。還活著。」

說完，在室內邁開步子。

「去院子吧，屋裡陰森森的太悶了。」

宗近起身，走到甲野身旁拉起他的手，隨即穿過敞開的落地窗走下兩級石階去草坪。雙腳踩上柔軟的地面時，

「到底是怎麼回事？」宗近問。

草坪向南延伸約有二十米，盡頭是高大的樫樹圍籬。寬度不足十米。被茂密樹叢遮住的後方，隔著五坪左右的水池，向外突出的新和室裡放著藤尾的桌子。

兩人緩步前行，走到草坪盡頭。回程迂迴了四、五米，沿著樹蔭回到書房。雙方皆沉默無言。步伐也恰巧一致。樹叢從中央斷開，來到鋪有兩三塊石頭通往水池的轉角時，新和室那邊忽然響起雉雞叫似的尖銳笑聲。兩人不約而同停下腳步。視線同時掃向同一個方向。

細長的四尺空地筆直到池邊，池塘對面，斜伸出的淺蔥櫻長枝在屋簷落下陰影，小野和藤尾正面朝這邊笑著站在簷廊邊緣。

左右兩邊是亂無章法的春季雜樹，上方有櫻樹枝椏，下方是紮根於溫水漂浮在水面的蓮葉——圍繞這兩人構成一幅活人畫[146]。由於畫框是匯集自然景物的精華而成（畫框的形狀恰到好處不影響意趣，亂中有序不至於眼花撩亂），與地上鋪的踏腳石、水池、簷廊都保有適度的間隔（不高不低的位置恰到好處），最後，也因為他們出現得太突然彷彿剎那幻影——

146 活人畫，扮裝成歷史名人，像畫中人物般靜止不動。是明治、大正期間流行的餘興表演。

兩人的視線不禁集中在水池對面的兩人身上。同時，水池對面的兩人，視線也落在這邊的兩人身上。互相對視的四人，緊盯著對方。這是氣氛緊繃的瞬間。誰能夠率先在剎那驚醒回神，誰便可獲勝。

女人倏然將一隻穿白襪的腳向後退。只見她把手伸進染成紅褐色古代花樣令春天黯然失色的鮮豔腰帶，像要用力扯斷甚麼似地猛然拽出某種蜿蜒的東西。手心握住那東西如小蛇膨脹的頭部，將細長的金色朝空中一甩，深紅的光芒如箭矢自尾端迸射而出。──下一瞬間，小野的胸前已掛著燦爛的金鏈子如靜止的閃電。

「呵呵呵，果然最適合你。」

藤尾刺耳的聲音撞擊靜止的水面，尖銳反彈到兩人耳中。

「藤……」宗近說著正想上前，甲野卻像要捅他側腰般猛然把他向前推。活人畫從宗近眼前消失了。甲野從他身後伸頭擋住那一幕，把臉挨近好友的耳畔，

「閉嘴……」他小聲說著，把搞不清狀況的好友拽進樹叢後。

他扣住對方的肩膀推上石階，回到書房後，甲野沉默地將落地窗從左右兩邊用力關上。上下栓扣也一一鎖上。接著走向門口。把本就插在鎖孔的鑰匙喀擦一轉，輕鬆鎖上了門。

「你要幹甚麼？」

「封鎖房間。以免有人闖入。」

「為什麼？」

「不為什麼。」

「你到底怎麼了？臉色很難看。」

「我沒事。你先坐下。」他說著把最靠近的椅子拉到桌子旁邊。宗近像小孩一樣服從命令。甲野等對方坐下後，靜靜地在他用慣的安樂椅坐下。身體依舊面對桌子。

「宗近兄。」他對著牆壁喊，之後只把頭轉過來面對宗近說，

「藤尾不適合你。」沉穩的語氣之中，隱約帶有暖意。不為人知地默默經過寂寥中好讓所有枝頭重返綠意的脈脈春暖，是甲野的同情。

「是嗎。」

交抱雙臂的宗近只是這麼回答。之後，他又消沉地補了一句：

「小糸也這麼說。」

「你妹妹比你有眼光。藤尾不適合你。她太輕佻了。」

有人喀擦轉動門把。門沒開。接著響起咚咚咚的敲門聲。宗近轉頭。甲野連眼睛都沒動。

「不用理會。」甲野冷漠說。

好像有人把嘴貼在房門上傳來呵呵高笑。之後腳步聲朝和室那頭漸漸跑遠了。兩人面面相覷。

「是藤尾。」甲野說。

「是嗎。」宗近再次回答。

之後是一片安靜。只有桌上的鐘滴答響。

「金錶你也放棄吧。」

「嗯。我放棄。」

甲野始終將臉對著牆壁，宗近始終抱著雙臂——唯有時鐘滴答響。和室那邊響起一陣轟然大笑。

「宗近兄。」欽吾又把頭轉向他。「藤尾討厭你。你最好甚麼都別說。」

「嗯，我不說。」

「藤尾不瞭解你這種人的個性。她是膚淺輕薄的黃毛丫頭。就把小野配給她吧。」

「如你所見，我已經打理好腦袋了。」

宗近鬆開雙臂舉起骨節粗大的手，敲了一下剛剪過的頭頂。

甲野的眼尾露出一絲若有似無的笑意，重重點頭。然後說：

「既然打理好了，那你應該不需要藤尾那種人了吧？」

宗近只是輕輕嗯了一聲。

「這下子我終於安心了。」甲野抬起慵懶伸長的一條腿架在另一條腿上。宗近開始抽紙

菸。從噴出的煙霧中自言自語說，

「來日方長。」

「來日方長。我也是來日方長。」甲野也自言自語般回答。

「你也來日方長嗎？那你今後打算怎樣？」宗近揮開煙霧，恢復活力的臉孔湊近甲野。

「我要從本來無一物開始重新出發所以來日方長。」

指間挾著敷島牌香菸的宗近當下目瞪口呆，甚至忘了抽菸，

「從本來無一物開始重新出發？」他彷彿懷疑自己的腦袋般反問。甲野語氣尋常，一派從容地回答——

「我把這房子和所有的財產都給藤尾了。」

「你真這麼做了？甚麼時候？」

「不久之前。畫那個圖案的時候。」

「那……」

「正好就是我在圓圈內畫魚鱗紋時。——那個圖案畫得最好。」

「你就這麼輕易把家產拱手讓人……」

「我甚麼都不需要。越多只會越累贅。」

「伯母同意嗎？」

「不同意。」

「不同意……那你這樣做伯母會很困擾吧。」

「不給她才會困擾。」

「可是伯母不是一直很擔心你會莽撞闖禍嗎？」

「我母親是假裝的。你們全都被騙了。她不是母親，是謎。是末世文明的特殊產物。」

「這麼說太過分了吧……」

「你或許以為我是因為她並非親生母親所以才鬧彆扭。如果你要這麼想也無所謂。」

「可是……」

「你不相信我嗎？」

「我當然相信你。」

「我比母親崇高。比她聰明。也更明白事理。而且我比她更善良。」

宗近沉默不語。甲野又說：

「她叫我不要離開家，其實意思是叫我滾出去。她叫我收下財產，其實意思是叫我把財產給她。她說希望我奉養她，其實意思是她討厭靠我養活。——所以我在表面上忤逆她的意思，其實是按照她的心願成全她。——你等著瞧吧，等我離家後，她一定會說得好像是我做錯事任性離開，世人也會這麼信以為真——我做出這麼大的犧牲，就是為了母親與妹妹著想。」

宗近突然從椅子站起來，走到桌角邊抬起一隻手肘撐著桌面，像要遮住甲野的臉孔般湊近他，

「兄弟，你瘋了嗎？」他說。

「我知道這很瘋狂。——過去大家不也在背地裡喊我笨蛋或瘋子嗎？」

這時宗近渾圓的大眼撲簌落下眼淚砸在桌上的萊奧帕爾迪詩集上。

「你為什麼一直不說？應該是她們母女滾出去才對……」

「就算趕走對方，只會讓對方的性格墮落。」

「即使她們不走，也輪不到你走。」

「如果我不走，我的性格只會墮落。」

「為什麼要把財產都給她們？」

「因為我不需要。」

「你應該先跟我商量一下的。」

「把我不需要的東西給別人有甚麼好商量的。」

宗近哼了一聲。

「為了我不需要的錢讓繼母與妹妹墮落，對我也沒有好處。」

「那你是真的要離家？」
「對。我留下只會讓雙方都墮落。」
「離家之後要去哪裡？」
「我也不知道該去哪。」
宗近無意義地拿起桌上的萊奧帕爾迪詩集，豎起書背對著有弧度的櫸木桌角輕輕敲打，一邊看似沉吟片刻，最後說：
「要不要來我家？」
「去你家也沒用。」
「你不願意？」
「不是不願，是我去了也沒用。」
宗近定睛看著甲野。
「甲野兄。拜託你來我家。撇開我與父親先不談，請你為小糸來吧。」
「為小糸？」
「小糸是你的知己喔。即使伯母與藤尾小姐誤解你，我也小看了你，甚至全日本都在迫害你，唯有小糸堅定相信你。小糸雖然沒學問也沒才氣，卻很了解你的價值。她完全理解你的想法。不是我吹噓自己的妹妹，她真的是了不起的女人。是高貴聖潔的女人。她就算沒有半毛錢也絕對不可能墮落。——甲野兄，請你娶小糸。你要離家沒關係。要去深山裡也可以。不管你去哪怎麼流浪都無所謂。怎樣都行，只請你帶小糸一起去。——我來的時候可是對小糸打包票了。如果你不聽我的，我沒臉回去見妹妹。我得殺了唯一的妹妹。小糸是高貴的女人，是誠懇的女人。她很誠實，為了你甚麼都願意做。殺了她太可惜了。」

宗近在椅子上搖晃甲野瘦骨嶙峋的肩膀。

十八

小夜子從阿婆手裡接過點心袋。把點心倒在出雲燒[147]的盤子上，正中央的藍色鳳凰花紋就被國產餅乾遮住了。盤子的黃色邊緣大部分都沒被遮住。她放上兩根竹筷，小心翼翼從起居室端到和室以免掉了。房間內，淺井正陪著老師為京都一別迄今敘舊憶往。時間是早上。日影緩緩逼近簷廊。

「小姐以前住過東京吧？」淺井問。

147 出雲燒，出雲地區生產的陶器，包括樂山陶、布志名陶等。

她把點心盤放到主客之間，柔肩向後縮，順帶小聲回答「是」，不好意思立刻走開。

「她可是在東京長大的。」老師補充道。

「我想起來了——沒想到都長這麼大了。」淺井突然跳到別的問題。

小夜子垂下落寞的笑臉，這次甚至沒有回答。淺井神情放肆地打量小夜子。他一邊想著自己接下來要破壞這個女人的姻緣，一邊坦然自若地望著她。淺井對結婚的意見就像路邊算命師一樣簡單。對於女人的未來及終身幸福，他沒有太大的同情。他很清楚自己是受人之託，所以只要忠人之事就行了。而且他知道，那是學法律的人的標準作風，學法的人是最實際的，而實際的做法就是最好的方法。淺井是個缺乏想像力的人，也從來不覺得缺乏想像力有何遺憾。他深信想像力和理性完全是兩回事，理性的思考反而總會被想像力干擾。他在法學的課堂上，從未聽任何老師說過除了理性判斷的純作用之外，有甚麼更好的處置是靠著想像力才能完全恢復人性。因此淺井向來不懂其中道理。他認為只要直接退婚就沒事了。至於落寞的小夜子，今後命運會因夫子一言出現何種變化，這是淺井做夢也無法想像的問題。

淺井無意義地望著小夜子之際，孤堂老師劇烈咳了兩三下。小夜子不禁望向父親。

「您吃藥了嗎？」

「早上的已經吃了。」

「坐著會不會冷？」

「不冷，只是有點……」

老師的左手三根手指搭在右手腕上。小夜子甚至忘記淺井在場，只顧著注視替自己把脈的老師。老師的臉孔隨著鬍鬚稀疏一天比一天枯瘦。

「怎麼樣？」她緊張地問。

「脈搏有點快。還是沒有退燒。」老師說著略微皺起額頭。每次他量體溫露出煩躁的不快神情時，小夜子都會很悲傷。就像在荒野中躲避午後雷陣雨，幸運找到唯一一棵杉樹躲雨，可是一看樹梢卻有雷電劈下。與其說恐懼，主要還是對老人的同情。如果是自己沒照顧好老父才令他發怒，還有辦法討好他。可若是無法用意志戰勝的病魔，她根本無從盡孝。父親自己以為只是小感冒，她本來也沒當成一回事，可是私底下打聽父親這兩天的咳嗽後，醫生卻說情況不樂觀。並非兩三天沒退燒就不耐煩的那種小病。如果讓父親知道了只會擔心。假使不說出來，也許父親能靠著意志力撐過去。而且父親情緒很容易激動。照他這樣下去，一年後說不定會變得神經過敏，碰觸空氣也會跳起來。——昨晚小夜子就沒闔過眼。

「還是穿上外套比較好吧。」

孤堂老師沒回話，只問：

「家裡有體溫計嗎？還是量一下吧。」

小夜子立刻去起居室。

「您哪裡不舒服嗎？」淺井隨口問。

「沒有，只是一點小感冒。」

「噢，這樣子啊。——外面已經是滿眼新綠了呢。」他說。對於老師的病情完全不同情也不在意。老師本想對他詳細講解生病的原因、過程與身體狀況，這下子不禁有點失落。

「喂，找不到嗎？怎麼回事？」老師朝隔壁房間發出比平時更大的吼聲。順勢又咳了兩下。

「好，馬上來。」小夜子小聲回答。但始終沒有拿溫度計出來的跡象。老師轉向淺井，意興闌珊地回答，「噢，是嗎。」

淺井感到很無趣。他很想趕快辦完正事離開。

「老師，小野根本不行哪，只顧著趕時髦，壓根不想和令嬡結婚。」他語無倫次地倉皇發話。

孤堂老師凹陷的眼睛頓時變得銳利。最後那種尖銳擴散到整張臉上，變得很不悅。

「婚約還是算了吧。」

小夜子正在隔壁房間尋找不知放到哪裡的體溫計，正將長火盆下方第二個抽屜拉開二寸，頓時愕然停手。

老師不悅的臉孔變得更加凝重。毫無想像力的淺井無法預料結果。

「小野最近變得非常時髦。令嬡嫁過去只會吃虧。」

老師終於再也撐不住不悅的臉色。
「你是來講小野的壞話嗎？」
「哈哈哈，老師，我說的是真的啦。」
淺井抓錯重點地大笑。
「用不著你多管閒事。太輕浮了。」老師尖銳地駁斥。聲音已經大失常態。淺井這才感到驚訝。他沉默片刻。
「喂，溫度計還沒找到嗎？妳在磨蹭甚麼！」
隔壁房間沒傳來回話。一片死寂中，推到一旁的紙門上映出影子。從紙門下方悄然遞出一個細長的白木筒。老師在榻榻米上接過後，砰的一聲拔開筒子。取出體溫計舉起，對著日光用力甩動兩三下，
「你為何要這樣多嘴地搬弄是非？」老師說著對光檢視體溫計的刻度。注意力有一半都在體溫計上。淺井這時已振作起精神。
「其實我是受人委託。」
「受人委託？是誰？」
「是小野委託我來的。」
「小野委託你？」

老師忘了把體溫計夾到腋下。神色茫然。

「他就是那種個性，自己開不了口來拒絕老師。只好委託我。」

「嗯——你再講詳細一點。」

「他說兩三天之內必須給您回話，所以就委託我當代理人來答覆。」

「所以他到底是基於甚麼理由拒絕的，起碼這點應該講清楚吧。」

紙門背後的小夜子在擤鼻涕。聲音雖小，但只隔著一扇紙門，對面的人聽得清清楚楚。聲音聽來很近，她似乎就站在紙門邊。不知淺井聽來又是甚麼感覺。

「至於理由嘛，他說必須成為博士，所以無暇顧及結婚。」

「那他的意思是博士頭銜比小夜更重要囉？」

「他應該不是那個意思，但是如果拿不到博士學位，對他的將來非常不利。」

「好吧，我知道了。理由就只有這個嗎？」

「況且他說並沒有明確定下契約。」

「所謂契約是在法律上有效的契約吧。也就是要蓋章認證的婚約書是嗎？」

「也不是婚約書啦——不過小野說他長年受您照顧，所以想給您一些物質上的補助做為謝禮。」

「意思是要每月給我一點錢？」

「是的。」

「喂，小夜，妳出來一下。小夜——小夜！」聲音越來越高。始終沒有回音。

小夜子蹲在紙門背後，動也不動。老師無奈之下只好轉身面對淺井。

「你有妻子嗎？」

「沒有。我想娶，但餵飽自己更重要。」

「既然你沒結婚，那就先聽聽作為日後參考吧——別人的女兒可不是玩具。拿博士頭銜和小夜交換，這誰受得了！你不妨想想看。就算是窮人家的女兒，那也是有血有肉的活人。是我的寶貝女兒。你替我問問小野，他不惜殺死一個人也要當博士嗎？還有，你替我告訴他。我井上孤堂是個注重道義上的契約更甚於法律契約的人。——每個月拿錢補貼我？誰求他拿錢了？當初我照顧小野，是因為他來哀求我，我看他可憐，所以出於善意幫助他。甚麼物質上的補貼，真是太無禮了。——小夜啊，我有話對妳說，妳出來一下，喂，妳在不在啊？」

小夜子躲在紙門後面啜泣。老師不停咳嗽。淺井愣住了。

他沒想到老師會這樣暴怒。也沒理由被這樣怒吼。自己講的話道理明白。若要出人頭地，任誰看來博士學位都很重要。提出取消一個含糊的婚約並沒有那麼不合道義。如果只是一味接受對方的恩情，那或許的確忘恩負義，但小野都已經表明願意用物質回報恩情了，老師應該欣然接受，滿足對方的義務心才是。結果卻突然發怒。——於是淺井愣住了。

「老師何必這麼生氣。如果不願意，我可以再去找小野談談看。」他說。這是他真心的反應。

老師沉默片刻，終於用稍微平靜的語氣不甘心地說：

「你似乎把結婚看得非常容易，但並不是那樣的。」

淺井不懂老師的意思，但老師的樣子連他都有點被打動了。不過他始終相信結婚只不過是基於利益締結約定，基於利益取消約定並無甚麼不妥，因此他沒有接腔。

「你不懂女人的心思，所以才會接下這種差事替他出頭吧。」

淺井依然沉默。

「你不懂人情道義才能坦然說出那種話。你大概以為小野這邊退了婚，小夜子明天就能隨便另擇對象出嫁才會這麼說。但她五年來都已認定小野會是她的丈夫，如今沒有特別的理由就突然被退婚，怎麼可能若無其事地立刻改嫁別人。或許世上有這樣的女人，但小夜不是那種輕浮女子。我也沒有那樣輕浮的教育過她。——你這樣草率地來談退婚，誤了小夜的終身，你都不會良心不安嗎？」

老師凹陷的眼睛逐漸泛出水光。開始頻頻咳嗽。淺井感嘆地想，的確，如果那是事實的話——他終於開始心生同情。

「那麼，請等一下，老師。我再去和小野談談看。我只是受委託而來，並不了解那麼詳細的內情。」

「不，你用不著替我找他談了。既然他不情願，我也不想勉強他娶我女兒。但他最好親自出面講清楚。」

「可是令嬡的想法……」

「小夜的想法，小野應該都知道。」老師像要打臉般毫不客氣說。

「但是，那樣小野想必也會很為難，所以不如再……」

「你替我告訴小野。我井上孤堂就算再怎麼疼愛女兒，也不會卑鄙地向不情願的人低頭懇求他娶我女兒。——小夜啊，喂，妳在嗎？」

紙門那頭，響起似乎是袖子碰觸紙門下方的聲音。

「爸爸這樣答覆可以吧？」

還是沒有回音。過了一會，響起把嚎啕的臉埋進袖中的聲音。

「老師還是再和小野談一次吧。」

「用不著談了。你叫他自己來退婚。」

「總之……那我就這麼轉告小野。」

淺井說著起身。對著送他到門口的老師鞠躬行禮時，老師說，

「真不該生女兒。」

走出門的淺井鬆了一口氣。過去他從未經歷過這種感覺。他走出橫巷在蕎麥麵店的燈籠右轉去大馬路，來到有電車的地方突然跳上車。

突然跳上電車的淺井在大約一個多小時之後，飄然走出宗近家的大門。接著駛出兩輛車。一輛去小野的寄宿處。一輛去孤堂老師家。五十分鐘後，停在玄關松樹下的那輛人力車，沒拉上黑色車篷，朝著甲野府邸奔去。小說必須依序敘述這三輛人力車的使命。

載著宗近的車子在小野的寄宿處門前停車時，小野正好剛吃完午餐。餐盤還擺在桌上。飯鍋也沒收。主角改坐到桌前，望著口中噴出的濃煙思索。今天和藤尾約好去大森。既然約好了就必須去。但是到了非去不可的地步，總覺得有點心虛。非常不安。如果沒跟她約好，或許心情會比較太平吧。說不定還能多吃一碗飯。但自己已擲出骰子。大勢已定。只能強渡盧比孔河[148]。然而能夠若無其事渡河的凱撒是英雄。一般人是到了緊要關頭總會重新考慮。而小野每次重新考慮，必然會後悔不該那樣做。一腳踏上船時，聽到船夫撐篙宣布開船，他就很想叫對方等一下。他希望有人從陸地跑來把他拽回去。因為才剛要上船應該還有回陸地的機會。沒有履行約定之前就像未離岸的船，還不到死心的時候。梅瑞迪斯的小說[149]就有這樣一個故事。——某男和某女相約在火車站碰面私奔。如果事情順利進行，汽笛響起時兩人就會從此身敗名裂。當兩人的命運來到緊要關頭時，女人終究沒有現身火車站。苦苦痴等的男人只好把臉縮回馬車中，就這麼空虛地返家。事後聽說，是某個朋友扣留了女人，故意讓女人誤了約定的時間。——與藤尾有約的小野望著香菸的青煙暗忖，如果能夠這樣毀約，或許反而更幸福。況且淺井還沒來回覆。如果對方同意退婚，不管結果怎樣對自己都是好事。如果對方不同意，那他打算先下手為強和藤尾把生米煮成熟飯，仔細想想當初本來就是為了度過眼前的難關才臨時想出的計畫，總之只要盡快去大森就行了。當然沒必要等待對方否定的答覆。雖然沒必要，臨要行動時還是忐忑不安。腦中擬定的計畫差點被感情瓦解。想像力在阻攔他，不讓他實行計畫。小野是詩人，因此想像力特別豐富。

正因為想像力豐富，所以無法自己去退婚。如果看到老師和小夜子的臉、房間的模樣、生活起居的情況，眼前所見的一切就會延長到未來，浮現在想像之鏡的影像有兩種。一種是自己也在這鏡中時，未來是春天，是豐饒，一切都幸福美滿。但將自己的身影從鏡中抹消時，未來就變成黑暗，變成衰頹暮色，一切都很悲慘。要把自己的靈魂從這些想像切割開來談判，就像一邊預想小灶會冒出的白煙一邊抽走灶中柴火。著實不忍。人們可以閉著眼吞下苦果。卻無法睜開想像之眼狠心斬斷如此糾纏的緣分。因此小野委託閉著眼的淺井。委託之後，只要殺死想像就行了。他雖然還不確定但已下定決心。然而就連殺死一隻狗都不容易。試圖在

148 盧比孔河（Rubicon），義大利及加里亞國境的河流。凱撒在此下定決心渡河進攻羅馬。因此通常用來形容「破釜沉舟」。

149 梅瑞迪斯的小說，英國小說家兼詩人梅瑞迪斯（Meredith, George，1828-1909）的作品《The Egoist; a Comedy in Narrative》。漱石文學的初期，尤其是《虞美人草》據說受其極大影響。

與生俱來的心靈動手腳，只塗黑對自己不利的部分將之刪除，是自古以來幾千萬人試過的窮極之策，是幾千萬人同樣失敗過的淺薄陋策。人心畢竟和稿紙不同。打從小野下定這個決心的晚上，想像力就復活了。

他在腦海描摹枯瘦的臉頰。描摹凹陷的雙眼。描摹糾結的亂髮。描摹微弱的氣息。——這時想像一變。

他在腦海描摹鮮血。描摹淒風苦雨與黑夜。描摹寒涼燈火。描摹白色的喪宅燈籠。——他悚然停止想像。

想像停止時，他突然想起約定。想起履行約定將會造成的不快結果。結果又被想像力掀起種種波瀾。——他想像著良心被典當。一輩子無法贖回。利上滾利。背脊變得沉重，疼痛，不自覺彎下腰。輾轉難眠。被世人指指點點。

他惘然望著香菸的煙霧。恩賜懷錶正在分分秒秒催促他履行約定。他等於無力地倚身在雪橇板上。如果袖手旁觀，自然會滑入約定的深淵。沒有甚麼比「時間」的雪橇板更能夠正確滑行。

「還是去赴約吧？只要不做踰矩之事，去了應該也無妨。只要小心留意這點，事後還能挽救。至於小夜子那邊，且看淺井怎麼回覆再做打算吧。」

煙霧濃重搖曳，朦朧籠罩了未來的影子時，宗近強壯的身影揮開一切想像出現在現實中。

不知是幾時讓女傭帶路過來的。只見宗近大步走進來。

「你房間真是一片狼藉啊。」宗近說著將紅漆餐盤放到走廊，又把黑漆飯鍋拿出去，連小茶壺都被他拿出去後，

「怎麼樣？」宗近在房間中央坐下。

「真不好意思。」主人惶恐地轉身面對他。正好女傭來把茶壺和碗盤收走。交由時間去決定，自己故意不動手的人，命中注定必須主動去履行約定。不安分分秒秒增加，緩緩接近可怕之處。這時突然殺出來的宗近，半路擋住了本來被迫滑落的人。被阻擋的人在受到阻礙的同時，也得以在原地貪戀片刻安寧。

約定就該履行。但剝奪履約條件的並非自己。自己主動毀約，和半路受阻無法守約，兩者在心情上截然不同。當約定變得危險時，有人來阻撓自己履行，讓自己得以撇清責任是好事。如果受到良心責問自己為何不去赴約，就可以回答自己本來打算去，是被宗近攔阻才無奈失約。

因此小野毋寧是滿懷好意迎接宗近。但這一點好意，不幸被負面情緒從四周深鎖。

宗近和藤尾是遠親。不管是自己想陷害藤尾，還是藤尾想陷害自己，也只能佯裝不知地定下這個可能讓兩人發生關係就此無法回頭的危險約定，就在正準備實行之際，突然冒出攔路虎，撇開困擾不談，實則頗為心虛。如果是不相干的人也就算了。偏偏這個半路殺出的攔

路虎正是女方的親戚。

如果只是普通親戚還好。偏偏是早就對藤尾有意的宗近。是客死異鄉的人曾經親口說要把女兒許配給他的宗近。是到昨天為止還不知兩人的關係，依舊懷抱昔日希望的宗近。是不知被偷走的錢到哪去了，還守著空保險箱的宗近。

祕密的雲層，被射向春天的金光閃電半劈開。驚醒惺忪睡眼的金光閃現後，淺井如果去說出井上的事——會很困擾。「同情」是只能對對方說的字眼。「心虛」只適用於自己做了對不起人的事時。至於「困擾」，那是更高一層，用於利害直接反彈回自己身上時。小野看著宗近的臉非常困擾。

對宗近來訪表達歡迎的那一點好意，核心被「同情圈」尷尬不安地包圍。而且還有「心虛圈」詭異地重疊。最外圍是「困擾圈」如黑墨流淌般無垠連結未來。而宗近看起來就像是掌管這個未來的主角。

「昨天真不好意思。」宗近說。小野面紅耳赤地低下頭。他不安地點菸，猜想對方接著應該會提起金錶那件事。但宗近完全沒那個意思。

「小野兄，剛才淺井來我家。我就是為了那件事特地前來。」宗近直接挑明。

小野渾身的神經發麻倏然一抖。過了一會才陰沉地從鼻孔噴出青煙。

「小野兄，你可別當我是仇家上門。」

「不，我絕無……」說到這裡時小野又愣了一下。

「我不是那種冷嘲熱諷，逮著別人弱點不放的人。如你所見我理了這個頭髮。我現在壓根沒那種閒工夫。就算有也違背我家的家風……」

他理解宗近的意思。只是不知他剪那個頭髮的原由。但他沒勇氣反問所以只是緘默不語。

「如果你把我當成那種卑鄙小人，那我抽空專程趕來就毫無意義了。你應該也是受過教育明白事理的人。如果把我當成那種男人就沒甚麼好說了，我說的話對你將會全然無效。」

小野依然沉默。

「我就算再怎麼閒著沒事幹，也不會為了讓你輕蔑特地飛車趕來。——總之果然如淺井所言吧。」

「淺井怎麼說？」

「小野兄，要真誠，你懂嗎？人一年起碼得真誠一次。如果光靠表面功夫生活，別人才懶得理會。就算肯理會也很無趣。我是正經看待你才來的。你聽清楚了吧，懂我意思嗎？」

「是，我懂。」小野老實回答。

「既然懂了，那我就把你當成對等的人物直接說了。你好像始終都很不安吧？看起來一點也不泰然。」

「或許——是吧。」小野無法可想，只能誠實承認。

「你這麼老實說出，讓人很同情，但這完全是事實吧？」

「對。」

「他人是忐忑不安還是無法泰然自若，在這個只靠表面工夫生存的輕浮社會都無所謂。別說是他人了，很多人自己雖然不安卻也洋洋得意。我或許也是其中一人。不能說或許，的確就是其中之一。」

小野直到這時才積極打斷對方。

「我很羨慕你。其實我一直在想，如果能像你這樣該多好。相較之下我顯然是個無趣又平庸的人。」

聽來不像是刻意討好的場面話。小野的文明表皮裂開。從中露出真心話。那是在消沉中帶著誠懇的聲調。

「小野兄，這點你發現到了嗎？」

宗近的話語之中有點暖意。

「嗯。」他回答。過了一會又說：

「是的。」他低下頭。

宗近把臉往前伸。對方依然低著頭，

「我的個性軟弱。」小野說。

「怎麼說？」

「這是天生的沒辦法。」

這句話也是低著頭說的。

宗近把臉湊得更近。屈起一條腿。手肘架在膝上。用手撐著向前伸的臉。然後說：

「你的成績比我好。腦袋比我聰明。我很尊敬你。因為尊敬你所以才來救你。」

「救我……」當他抬起頭時，宗近已近在鼻尖前。宗近像要把臉貼上去似地說：

「這種危險關頭，如果不把天性好好矯正過來，一輩子都會良心不安喔。就算再怎麼用功、變成多麼偉大的學者都無法挽回。所以重點來了，小野兄，你必須真誠。這世間有太多人一輩子都不知真誠是甚麼東西。只靠表面功夫生活的人，無異於黏土捏的人偶。如果本就不真誠也就算了，有那份真誠卻只能當人偶未免太可惜。真誠之後心情也會很舒服喔。你有這樣的經驗嗎？」

小野垂首。

「沒有的話，就趁現在試試看。這種事一生僅此一次。錯過這次機會就再也沒救了。一生到死都不會知道真誠的滋味。至死都只會像長毛犬惶惶終日。人能夠真誠的機會越多就能磨練得越成器。會覺得自己活得像個人樣。——這不是吹噓。你得自己體驗之後才知道。如你所見，我這人沒學問，成績不好，考試也落榜，整天遊手好閒。但我還是比你坦然。我妹妹認為這是因為我比較遲鈍。或許我的確很遲鈍吧。——但我如果真的那麼沒神經，今天也不會這樣驅車趕來了。你說是不是，小野兄？」

宗近莞爾一笑。小野沒笑。

「我之所以比你坦然，不是因為學問也不是因為成績，甚麼都不是。只是因為我經常態度真誠。與其說我是真誠的，或許該說我能夠真誠更貼切。能夠真誠，才能夠有自信。能夠真誠才是最好的倚仗。能夠真誠才會自覺精神的存在。能夠真誠，才會有自己儼然存於天地之間的自覺。所謂的真誠，我告訴你，就是全力以赴去較量喔。是要去拼搏。是非得拼命不可喔。是人類全體都在活動喔。光是花言巧語或是手腳靈活，就算再怎麼努力也算不得真誠。把腦中想法毫無保留地砸向世界才會感到自己變得真誠。會安心。老實說，我妹妹昨天也變得很真誠。甲野昨天也很真誠。而我，昨天和今天都很真誠。你最好也趁這機會真誠一次。人一旦真誠，不只是自己可以得救。社會也會得救。——怎麼樣，小野兄，你無法理解我說的話嗎？」

「不，我懂。」

「要真誠喔。」

「我真誠地懂了。」

「那就好。」

「感激不盡。」

「話說回來——淺井那個傢伙，簡直是毫無人情味，如果把他說的話全都當真就完了——照理說淺井本來該親自過來，按照他對我說的，在你面前一條一條重述一次。然後和你的說法比對之後再判斷事實或許更適當。就算我這人再怎麼笨也知道這點基本常識。但是能不能真誠是個大問題。抓著有無婚約這點囉哩巴嗦，硬扯甚麼有老婆就拿不了博士學位、當不成博士會有失體面云云，這些騙小孩的話全都不是重點，你說是吧？」

「對，那不是重點。」

「重點在於到底該怎麼做出真誠的處置。這就是你該做的。如果不嫌棄可以找我商量。我甚至可以替你奔走。」

垂頭喪氣的小野，這時肅然坐正。他抬起頭面對宗近。雙眼異常堅毅地直視對方。

「真誠的處置，就是盡快和小夜子結婚。拋棄小夜子對不起她。也對不起孤堂老師。都是我的錯。拒婚完全是我的錯。我也對不起你。」

「對不起我？那個就算了，反正將來自然會知道。」

「我非常抱歉——要是沒有拒婚就好了。要是我沒有拒婚——淺井已經替我拒絕了吧？」

「他當然按照你的委託拒絕了。但是據說井上老師要求你自己去退婚。」

「那我就去。我現在立刻就去道歉。」

「不過，現在我已經讓我老爸去井上老師那裡了。」

「讓令尊去？」

「嗯，根據淺井的說法，井上老師好像大發雷霆。而且他還說井上小姐哭得很傷心。我怕我來你家找你商量之際萬一出了甚麼事就麻煩了，所以先讓我老爸過去慰問一下。」

「謝謝你多方費心。」小野伏身在榻榻米上深深一鞠躬。

「沒甚麼，反正老人家閒著也是閒著，只要能幫上忙甚麼都樂意做。所以我才提前做了這樣的安排——我說如果談判順利，我會派車去喊小姐，到時再送她過來——等她來了，你再當著我的面親口告訴她，她就是你未來的妻子。」

「可以。我過去見她也行。」

「不，請她過來是因為我另外還有安排。談完之後我們三個再一起去甲野家。然後你要當著藤尾小姐的面再宣布一次。」

小野看似有點退縮。宗近立刻補充：

「沒事，由我向藤尾小姐介紹你的妻子也行。」

「真有那種必要嗎？」

「你會真誠地處理吧——那你最好當著我的面和藤尾小姐清楚斷絕關係。把小夜子帶去就是最好的證明。」

「帶小夜子去是無所謂，但那樣未免太刺激人了——還是盡量穩當行事比較好吧……」

「我也不想刺激藤尾小姐，但這是為了幫助她，所以沒辦法。以她那種個性，用尋常手段是矯正不過來的。」

「可是……」

「你沒臉見她是嗎？到了這個地步，如果還說甚麼丟臉啦、尷尬啦在那拖拖拉拉，那你還是在做表面功夫。你剛剛不是才說要真誠嗎？所謂的真誠，照我說來，就歸結到實行二字。光靠嘴巴說要真誠，那只有嘴巴變得真誠，並不是人格變得真誠。你如果要主張自己已變得真誠了，就得實際做出行動證明你的真誠才行……」

「那就這麼辦吧。當著多少人的面都沒關係，我做給你看。」

「很好。」

「說到這裡，我就全部坦承吧——其實我今天本來約好了要去大森。」

「去大森？跟誰？」

「那個——現在的對象。」

「該不會是藤尾小姐吧。幾點？」

「本來約好下午三點在車站碰面。」

「三點——現在幾點了？」

宗近的背心內喀擦響起懷錶聲。

「已經兩點了。反正你也不會去。」

「我不去。」

「藤尾小姐一個人去大森沒問題嗎？放著不管她應該自己會回來吧——如果過了三點還沒看到你的話。」

「就算遲到一分鐘，她也不可能多等。一定會立刻回來吧。」

「那正好。——好像開始下雨了。你們約好下雨也要去嗎？」

「對。」

「這場雨——恐怕暫時不會停。——總之先寫信請小夜子小姐過來吧。我老爸肯定正擔心地苦苦等候我的消息。」

春天罕見的傾盆大雨斜著落下。天空黑得深不見底。一片漆黑中，無數雨絲源源不斷落下。寒冷得需要火盆。

信函在滴滴答答的雨聲中寫成。信使在大雨中搖晃著車篷急忙離去時，這個故事的敘述將要轉移舞台。之前提到駛出宗近家大門的第二輛車子，已經停在孤堂老師的家門口，執行應盡的使命。

孤堂老師發燒臥床。背對珍藏的義董畫作躺臥，小夜子正拿冰袋替他冰敷額頭。她蹲在枕邊，哭腫的雙眼通紅，好像正在細數冰袋袋口上的皺褶有多少。始終不肯抬起頭。宗近的父親安坐不動，距離鐵線花紋的被子約有二尺。厚實的膝蓋露在坐墊外把榻榻米微微壓陷，和孤堂老師毫無血色的枯瘦臉孔一比，更顯得威風堂堂。

宗近老人還是一樣大嗓門。孤堂老師的聲音比平時高。兩個人在繼續對話。

「就是因為這樣所以突然來拜訪，在您不舒服的時候打擾真不好意思，但是事出突然不及報備，還請見諒。」

「哪裡，是我不好意思，抱病在床這麼邋遢。本來應該起來好好向您打招呼的……」

「不敢當，這樣更方便說話，所以我反而更開心。哈哈哈。」

「承蒙您親切地專程光臨寒舍，不勝感激。」

「哪裡，若在古代，這大概叫做落難武士同病相憐。哈哈哈，我說不定哪天還得靠您幫忙。不過，您很久沒來東京了，一定有很多不方便之處吧。」

「離開至今已是第二十年了。」

「第二十年。那真的是很久很久了呢。您的親戚呢？」

「等於舉目無親。因為已多年失去聯絡了。」

「原來如此。那就只能靠小野幫忙啊。弄成現在這樣子真是太不像話了。」

「是我們倒楣。」

「不過，總會有辦法吧。您也不用太擔心。」

「我不擔心。只是覺得很可笑，之前我也已經好好勸過我女兒叫她死心了。」

「不過難得費盡心血到今天，就此毅然放棄也很可惜，所以這件事就暫時先交給我們。我兒子也說會盡力代為周旋。」

「您的好意真是愧不敢當。不過對方既然已拒絕婚事，小女恐怕也不想嫁，就算她要嫁我也不會同意……」

小夜子悄然拿起冰袋，用手帕細心擦去父親額頭的水珠。

「暫時先停止冰敷吧。——小夜，妳不嫁過去行吧？」

小夜子把冰袋放在托盤上。雙手撐在榻榻米上，垂著頭彷彿要遮蔽托盤。眼淚滴滴答答落在冰袋上。孤堂老師放在枕上的花白腦袋邊問「行吧？」邊向後半扭轉過去。轉到他可以看見淚水打濕冰袋的角度。

「那是當然。那是當然……」宗近老人當下反應就是連聲應了兩次。孤堂老師又把頭扭回來。濕潤的雙眼定定望著老人。最後方說，

「不過小野如果因此和那位藤尾小姐結婚了，對令郎有點抱歉。」

「哪裡——這個——您用不著擔心。我兒子決定不娶了。大概——不，絕對不娶。就算他想娶我也不答應。那種嫌棄我兒子的女人，就算我兒子想娶，我也不允許。」

「小夜啊，宗近老先生也這麼說。做父親的都是一樣吧。」

「我——不嫁——也沒關係。」小夜子在枕頭後方斷斷續續說。滂沱大雨中勉強才能聽清她說甚麼。

「不，那可不行。那我專程趕來就失去意義了。小野想必也有種種苦衷，所以等我兒子通知之後，還請妳照我之前說的那樣聽他解釋。——不是我老王賣瓜自賣自誇，我兒子真的很明白事理，絕對不會對二位造成困擾。如果覺得退婚對妳有利，他應該會那樣勸妳才對。——雖然我們今天第一次見面，但是請妳相信我。——照理說他也該來通知了，不巧下起大雨……」

一輛車衝破雨幕，在玄關格子門前停車。喀拉拉開門，頓時有人穿著濕淋淋的草鞋走進脫鞋口。——故事敘述移向第三輛車的使命。

第三輛車載著糸子，發出轔轔車聲駛來甲野家之際，甲野已開始收拾書房。他把書桌抽屜一一拉開，不知幾時堆積的文件一一撕碎扔掉。地板上的碎紙很快堆到膝蓋高。甲野踩著凌亂的紙屑站起來。隨即從抽屜取出一張又一張寫滿小字的文件。其中也有五、六頁裝訂在一起的。多半是西洋紙。寫的也是洋文。甲野只看一眼，立刻堆到桌上。其中也有看不到半行就直接放下的。過了一會，堆積的紙張已將近一尺高。抽屜大抵都清空了。甲野用雙手扶著紙堆上下，整疊抱到暖爐旁，之後就默默拋進火中。沉重的紙堆在離開主人之手的同時全面瓦解。

西式桌上有一個葡萄葉花紋的青銅菸灰缸。菸灰缸上有火柴。甲野伸手拿起火柴盒。拿起的同時順手一搖，立刻響起五、六根細碎的聲音。他把火柴盒放回桌上。拿起詩集旁邊的黃色封面日記回到暖爐前。用大拇指按住書頁，像下雨一樣迅速翻頁，黑色墨水和灰色鉛筆的字跡一一閃現，直到出現黃色封面。完全看不出寫了些甚麼。他只記得昨晚睡前寫的那句「入道無言客，出家有髮僧」是最後一頁的最後一句。甲野心一橫，把日記放到散亂的紙堆上。蹲下身子。在暖爐前響起咻的一聲。凌亂的紙張靜靜地緩慢伸展，從下方開始燃燒。嗆鼻的濃煙從紙張之間的縫隙冒出。這時紙張從下層開始緩緩動了起來。

「嗯，還有事情可寫。」

甲野屈膝，從濃煙中搶救出日記。紙張已變成褐色。隨著轟然聲響，暖爐中化為整片火海。

「咦，這是怎麼了？」

站在門口的母親狐疑地盯著暖爐中。甲野聽到聲音後側身讓開。袖袋前方映著火光與母親面對面。

「天氣冷，所以給屋子生火取暖。」他說著，居高臨下俯視暖爐中。火焰燃成淡淡的焦糖色。不時有藍色與紫色的火焰交錯直上煙囪裡面。

「那你燒吧。」

這時有四、五條雨絲被風吹到玻璃窗上砸碎。

母親沒回話，朝室內走進三步。討好地看著欽吾說，

「開始下雨了呢。」

「如果會冷，我讓人來燒炭吧？」

熊熊燃燒的火焰，在搖曳的紫色火舌升騰後，倏然消失。暖爐中一片漆黑。

「已經夠了。火已熄了。」

欽吾說完，背對暖爐。亡父的眼睛不時從牆上光芒一閃落下注視。雨聲嘩嘩。

「哎呀，信怎麼丟得滿地都是——全都不要了嗎？」

欽吾望著地上。撕破的紙張亂七八糟。有的兩三行，有的五、六行，有的甚至撕得只剩下半行字。

「全都不要了。」

「那就稍微收拾一下吧。垃圾桶在哪？」

欽吾沒回答。母親探頭看桌子底下。西式藤編垃圾桶就在擱腳處後面隱約可見。母身彎身伸出手。深藍色綢緞腰帶正好被窗口的光線照到。

欽吾將右手伸直，握住罩了套子的椅背。他斜著瘦削的肩膀，把椅子拖到桌旁來。

母親從桌子底下拖出垃圾桶。從地上一一撿起信紙碎片放入垃圾桶中。揉成一團的就仔細攤平打開看。把寫有「改日拜見……」的扔進去。寫有「……深感抱歉。不過若情況許可……」的扔進去。「……終究無法忍耐……」的翻過來看。

欽吾用眼角餘光冷然望著母親。拖到桌角的椅背，被他用力握住。穿著深藍色襪子的雙腳跳到白色椅套上。併攏的雙腳隨即又跳到桌上。

「哎呀，你幹甚麼？」母親握著信紙碎片，從下方仰頭問。兩眼之間顯然有懼色。

「取下畫框。」他在上面從容說。

「畫框？」

母親的恐懼轉為驚愕。欽吾將右手搭在鍍金畫框上。

「等一下。」

「怎麼了？」他的右手依然放在框上。

「你把畫取下做甚麼？」

「帶走。」

「帶去哪裡？」

「我要離家，只帶這幅畫走。」

「離家？天啊——就算要走，也用不著這麼急吧？」

「不是不行。你如果想要就帶走也沒問題。但是用不著那麼倉促吧？」

「可是現在不拿下來就沒時間了。」

母親一臉驚愕地呆立。欽吾雙手放在畫框上。

「你說要走，是真的打算離開嗎？」

「是的。」

欽吾背對她回答。

「甚麼時候？」

「現在就走。」

欽吾雙手抬起，將搖晃的畫框從掛勾取下。畫框只用一條細線與牆壁連結。一放手線似乎就會斷。他用雙手恭敬地捧著。母親從下方說：

「可是雨下得這麼大。」

「下雨也沒關係。」

「至少你該向藤尾道個別。」

「藤尾不在吧。」

「所以我的意思是叫你等她回來再走。這樣突然說要走，豈不是為難我嗎？」

「不行嗎？」

「我無意為難您。」

「就算你沒那個意思，也要顧慮世人眼光。要走就該體面地走，否則我會很丟臉。」

「世人眼光……」他說到一半，捧著畫只有腦袋向後轉時，欽吾細長的眼睛再次垂下眼皮看母親。最後視線從母親身上拉開退到門口時忽然不動了。——母親害怕地轉過身。

「咦？」

彷彿從天而降般靜靜佇立的糸子，緩緩低頭行禮。頂著蓬起的廂髮抬起頭後，糸子走到桌旁。白襪子併攏站定後，

「我來接你了。」她筆直仰望欽吾說。

「請幫我拿剪刀。」欽吾從上面拜託。挪動下巴示意。萊奧帕爾迪的詩集旁邊有剪刀——喀擦一響，畫框離開了牆壁。剪刀也落到地上。欽吾雙手捧畫，站在桌上轉身面對二人。

「是家兄叫我來帶欽吾先生過去。」

欽吾捧著畫，從眼睛的高度緩緩將畫往下放。

「請幫我接住畫。」

糸子穩穩接住。欽吾隨即從桌面跳下。

「走吧。——妳是坐車來的？」

「對。」

「放得下這幅畫嗎？」

「可以。」

「那就走吧。」他再次接過畫，朝門口走去。糸子也跟上。母親叫住他。

「等一下。——糸子小姐也請稍等片刻。我是不知道你到底有甚麼不滿非要離家出走，但是如果不替我著想一下，我會沒臉見人。」

「世人怎麼想都無所謂。」

「你講這種叛逆的話——簡直和不聽話的小孩一樣。」

「把我當小孩也沒關係。能當小孩是好事。」

「又來了——你不是好不容易才長大成人嗎？費盡心血到今天，可不是那麼簡單的事喔，你知道嗎。你好歹也要考慮一下。」

「我就是考慮過了才要走。」

「為什麼你非要說出這麼任性的話。——這一切都是我的過失造成的，雖說事到如今就算我哭著哀求或者勸你也沒用——但我——我怎麼對你死去的父親交代——」

「父親沒問題。他甚麼都不會說。」

「甚麼叫做他甚麼都不會說——你也犯不著這樣賭氣來跟我過不去吧？」

甲野拎著畫，再也沒回話。糸子乖巧地跟在旁邊。大雨席捲房子不斷吹來。遠處有風聲逼近。忽然響起嘩然巨響。也是遼闊的聲響。甲野默然站在聲響中。糸子也默默站著。

「你稍微想清楚了嗎？」母親問。

甲野依然沉默。

「我苦口婆心講了老半天，你還是不明白嗎？」

甲野還是不開口。

「糸子小姐，妳也看到這種狀況了。等妳回家之後，還請妳把看到的如實告訴令尊和令兄。——真是的，讓妳看到這種場面，簡直是丟死人了。」

「伯母。欽吾先生既然想離開，就放手讓他離開不好嗎？勉強挽留他恐怕也毫無益處。」

「連妳也這麼說那就真的沒法子了。——恕我倚老賣老說一句，這是因為妳還年輕，才會有這種淺薄的想法。——就算他想離開，可我們一家人又不是遺世獨居深山裡，像他這樣當下想到就馬上說要走，比起他這個離開的人，留下的我們會更困擾。」

「為什麼？」

「因為人言可畏啊。」

「就算有人講甚麼閒話——欽吾先生又有甚麼錯？」

「可我們彼此就是因為在社會上有頭有臉，才能這樣生活到今天。比起自己，外界的人情道義更重要。」

「可是他都說了很想要離家。不讓他走太可憐了吧？」
「這就是人情道義。」
「這是人情道義嗎？真無聊。」
「這一點也不無聊。」
「那您就不替欽吾先生著想嗎……」
「怎麼會不替他著想。這還不都是為了欽吾好。」
「比起欽吾，其實是為伯母自己好吧？」
「這是為了維護社會觀感。」
「我實在無法理解──想走的人不管外人怎麼說還是想走。那應該不會造成伯母的困擾才對。」
「可是下這麼大的雨……」
「就算下雨也不會淋濕伯母，所以應該沒關係吧？」
以前還沒有火車時，山上的男人和海邊的男人吵架。山上的男人說魚是鹹的。海邊的男人說魚怎麼可能是鹹的。吵了半天依然不肯罷休。這時如果沒有名為教育的火車開來，大開方便之門讓人自由上下理性的階梯，就不可能理解彼此的想法。有時我們在通俗社會的醬缸醃漬太久，如果不是那種外表一眼就令人目眩的人物，就不被視為一個人。即便呼籲那是謊言是虛假的，對方也不肯相信。還是堅持醬缸主義——謎題女和糸子的對話，不管走多遠都只是平行的兩條線毫無交集。就像山上的男人和海邊的男人對魚的根本概念差異之大，謎題女和糸子對於人性的看法，打從開始就南轅北轍。

熟知山與海的甲野默默俯視這兩人。糸子的說法簡單得無從辯解。母親的主張愚蠢且庸俗得令人絕望。面對這兩人的問答，甲野只能抱著父親的肖像畫乾站著。他看起來倒也不覺得無聊。也沒有不耐煩的神色。更沒有困擾的樣子。這兩人的問答如果持續到天黑，那他大概會捧著畫用同樣的姿勢繼續站到天黑。

這時，雨中傳來呼喚聲。有車子停在玄關。腳步聲從玄關逐漸接近。首先出現的是宗近。

「嗨，你還沒走嗎？」他問甲野。

「嗯。」甲野只應了一聲。

「伯母也在這裡啊。那正好。」宗近說著坐下。小野隨後也走進來。緊跟著小野寸步不離的是小夜子。

「伯母，下雨天還這麼多客人啊。——小夜子小姐，這是我妹妹。」

活躍的男人用一句話兼顧打招呼與介紹。宗近很忙。甲野依然捧著肖像畫佇立。小野也手足無措沒有坐下。小夜子與糸子只能有禮貌地鄭重鞠躬。當然沒機會進一步溝通。

「下這麼大的雨，還讓你們跑來……」

母親拼命表現出親切的態度。

「這雨下得是很大。」宗近立刻接腔。

「小野先生……」母親才開口，宗近又打斷她。

「據說小野今天本來和藤尾小姐約好了要去大森。但他不能去了……」

「是嗎——可是，藤尾剛才已經出去了。」

「她還沒回來嗎？」宗近坦然自若問。母親略顯不快。

「現在不是追究她為何去大森的時候。」宗近自言自語，稍微轉過身，

「大家都坐下吧。站著會累喔。藤尾小姐想必馬上也會回來了。」他提醒道。

「各位請坐。」母親說。

「小野先生，請坐。小夜子小姐也請坐。——甲野兄那是幹甚麼……」

「他把他父親的畫像拿下來了你知道嗎。還說要帶走。」

「甲野兄，請等一下先別走。藤尾小姐馬上就回來了。」

甲野沒有回話。

「我幫你拿一會吧。」糸子低聲說。

「沒事……」甲野把拎著的畫像放到地上靠牆豎立。小夜子垂著頭悄然瞥向畫像。

「各位找藤尾有甚麼事嗎？」

這是母親發話了。

「對，有事。」

這是宗近的回答。

之後——雨繼續下。無人說話。這時一輛車載著克麗奧佩托拉的怒火如飛毛腿韋馱天般從新橋疾駛而來。

宗近掏出背心的懷錶啪地打開。

「三點二十分。」

無人回應。車子任由無數雨絲打在黑色車蓬濺起，馬不停蹄地奔來。克麗奧佩托拉的怒火在坐墊上躍起。

「伯母，不如我講講京都的事吧。」

怒火乘風而來鞭打車夫的背脊，彷彿要追過來不及落地的雨絲般風馳電掣。正面破開橫向掃來的強風，拐彎用力煞車後，在甲野家門內的碎石子路面留下兩行長長的輾過痕跡直到玄關口。

將怒火凝聚在深紫色蝴蝶結，克麗奧佩托拉鑽出車蓬時倏然一抖，隨即猛然衝進玄關。

「二十五分。」

宗近的話還沒說完，憤怒的化身就像被羞辱的女王一樣杵在書房中央。六雙眼睛悉數集中在紫色蝴蝶結。

「嗨，妳回來了。」宗近叼著香菸說。藤尾甚至不屑打聲招呼。她高高挺起胸脯，冷然環視室內一圈。目光最後掃到小野，狠狠刺向他。小夜子躲在西裝的肩膀後。宗近倏然站起。隨手將剛抽的香菸扔進青葡萄花紋的菸灰缸。

「藤尾小姐，小野沒有去新橋車站。」

「我跟你沒話說。——小野先生，你為什麼沒去？」

「如果去了會對不起人。」

小野說話意外地簡單明瞭。雷霆閃電劈哩啪啦從克麗奧佩托拉的眼眸射出。彷彿在質問小野要甚麼小聰明似地射向他的額頭。

「既然你不守信，那我需要一個解釋。」

「遵守約定會闖出大禍，所以小野先生才會失約。」宗近說。

「你給我閉嘴。——小野先生，你為什麼沒去？」

宗近大步上前兩三步。

「我來介紹一下吧。」他一腳把小野推到旁邊，躲在後面的嬌小的小夜子出現了。

「藤尾小姐，這位是小野先生的太太。」

藤尾的表情忽然轉為憎惡。憎惡逐漸變成嫉妒。嫉妒滲入體內最深處時，她倏然僵硬成化石。

「還不是太太。但是早晚會成為他太太。聽說五年前就有婚約了。」

小夜子哭腫的雙眼垂落眼簾，纖細的脖子低垂行禮。藤尾握緊雪白的拳頭動也不動。

「騙人。騙人。」她連說兩遍。「小野是我的丈夫。我未來的丈夫。你在胡說甚麼。真沒禮貌。」她說。

「我只是好意告訴妳事實。順便介紹小夜子小姐給妳認識一下。」

「你想侮辱我是吧。」

僵成化石的表情背後突然血管破裂。紫色的血液將她再次爆發的憤怒注入滿臉。

「是好意。好意。妳可千萬別誤會。」宗近毋寧是坦然自若。——小野這時終於開口了。

「宗近君說的每句話都是真的。這的確是我未來的妻子。——藤尾小姐，到今天為止是我太輕浮了。我對不起妳。也對不起小夜子。對不起宗近君。從今天起我會改過自新，做個真誠的人。還請原諒我。如果我去了新橋車站，對妳對我都沒有好處。所以我沒有去。請原諒。」

藤尾的表情第三次改變。血管爆裂，鮮血被慘白吸收，只剩侮蔑的神色深刻留下。面具猝然崩潰。

「呵呵呵！」

歇斯底里的笑聲沖破窗外的大雨高聲迸發。同時她握拳伸入腰帶深處，霎時扯出一條長長的鏈子。深紅的尾端帶著詭譎的光芒左右搖晃。

「那麼，這個你也用不著了吧。很好。——宗近先生，給你吧。接住！」

雪白的手腕倏然一揚。金錶準確落在宗近赭黑的手掌。宗近朝暖爐大步走近一步。大喝一聲的同時，赭黑的拳頭揮向空中。金錶砸在大理石邊角應聲碎裂。

「藤尾小姐，我可不是因為想要金錶才這樣棒打鴛鴦。小野先生，我也不是因為想要一個心有所屬的女人才這樣惡搞。只要這個錶壞了，你們應該就能理解我的心意了吧。這也是第一義活動的一部分。你說是吧，甲野兄？」

「是的。」

呆立的藤尾，臉上的肌肉忽然不會動了。雙手僵硬。雙腳僵硬。她像失去重心的石像般踢翻椅子，一頭栽倒在地上。

十九

穿過凝重的烏雲底層，下了快一整天的雨，直到浸透大地骨髓才停止。春色已盡。梅櫻桃李且凋零，殘紅亦如春夢散。誇耀春天的東西已悉數死去。我執強烈的女人也服下虛榮之毒香消玉殞。失去花朵為伴的風，只能徒然吹過死者的房間。

藤尾朝北躺在枕上。單薄搭著的友禪小被子上，以超脫俗世的風格染著片輪車[150]花紋。上方有一半染色的藤蔓蔓延整面。是寂寥的花色。她文風不動。墊被似乎是鋪了二床厚重的郡內[151]被。一塵不染的被單平滑地鋪在下面，可以看見黃色與焦茶色的粗格子花紋各一條。

不變的是黑髮。紫色蝴蝶結已摘下。頭髮恣意散落在枕上。母親想到過去至今的浮世種種，似乎也沒心情替她梳髮。凌亂的頭髮鋪在純白被單上，和小被子邊緣的天鵝絨連成一片。她仰臥的臉孔就在其中。血肉一如昨日，只是顏色不同。眉毛依然濃密。眼睛剛剛才被母親闔上。母親一直仔細撫摸她的雙眼才讓她闔上眼。——除了臉孔看不見其他部位。

被單上有懷錶。精緻鐫刻的魚子地花紋已悽慘變形。唯有鏈子還是好好的。纏繞兩片蓋子的邊緣，每隔半寸就折射金光，中央有石榴石如眼珠躺在凹陷的蓋子上。

倒立的是對折式銀屏風[152]。六尺見方的屏風底色是整片閃亮的月色，大量使用了銅綠顏料描繪柔韌的花莖凌亂交錯。還畫了呈不規則鋸齒形重疊的葉片。銅綠盡頭的花莖頂端，畫出巴掌大的單薄花瓣。輕盈得彷彿只要一彈花莖，花瓣就會簌簌掉落。花瓣交疊，層層摺痕彷彿皺縮的吉野紙。顏色是紅的。還有紫色。一切都生自銀色中。綻放在銀色中。彷彿也會凋落在銀色中——那種花是虞美人草[153]。落款是抱一[154]。

屏風背後放著藤尾生前慣用的拼木小桌。高岡漆表面綴有金銀彩繪的硯盒，和書籍一起移到裝飾架上。桌上放著灌了油的瓦器，大白天的就點了一盞燈火。燈芯很新。超出瓦器的高度，三寸長的尾端潔白地拖曳，甚至沒沾到燈油。

另外還有白瓷香爐。線香的包裝袋在桌角露出蒼白的紅色。香灰中插著五、六支香，頂端一點紅光化為輕煙裊裊消失。氣味很像佛陀。顏色是流淌的藍。從根本濃密升騰的同時也在左搖右晃。搖晃的幅度漸大。幅度擴大後顏色隨之變淡。變淡的煙霧中緩緩飄過一絲濃色，最後擴大的幅度和那絲濃煙都不知去向。只有燃盡的香灰不時整截倒下。

裝飾架上的高岡漆器在暗沉豆沙色中畫著綠色的老樹樹幹，螺鈿鑲成幾點寒梅。黑底飛

150 片輪車，車輪半浸在水波間漂流的圖案。
151 郡內，山梨縣郡內地區生產的郡內織（甲斐絲綢）。
152 倒立的屏風，佛教的死後儀式之一，在死者枕邊放置倒立的屏風，象徵死後世界與現世相反。
153 虞美人草，雛罌粟的別名。罌粟科一年生草本植物。每年五月開深紅、白、橙色花朵。
154 酒井抱一（1761-1828），姬路城主次子。出家後在京都過著文人生活，擅長繪畫、俳諧、和歌。

過一隻黃鶯。並排陳列的蘆雁金銀彩繪文具盒中，直到昨天還珍藏著在黑暗底層放出深邃光芒的石榴珠。珍藏著兩片蓋子密密麻麻綴有魚子金雕的金懷錶。文具盒上放著一卷書。四角燙金的切口顯得格外鮮明。書頁間垂下長長的紫色書籤穗子。插有書籤的那一頁，從上數來第七行有一句「這就是埃及女王的結局，正是死得其所」。旁邊還用彩色鉛筆畫了細線。

一切都是美麗的。躺在美麗事物中的死者遺容也是美麗的。驕傲的雙眼緊閉。閉著驕傲雙眼的藤尾，不論是眉毛、額頭、黑髮皆美如天仙。

「香是不是快燒完了？」母親從隔壁房間作勢起身。

「我剛上了香。」欽吾說。他端正跪坐，抱著雙臂。

「一少爺也來上炷香。」

「我也剛上過香。」

線香的氣味從藤尾房間彷彿忽然想起似地飄來。燃盡的香灰整段整段地掉落香爐中。銀屏風不知不覺被薰染。

「小野先生還沒來嗎？」母親說。

「應該快來了。我剛才已經去喊他了。」欽吾說。

房間特地關閉。唯有隔間的紙門是拉開的。只看得見片輪車花紋的友禪下方。其他的全都被芭蕉布紙門遮掩。區隔幽冥的紙門邊緣是黑色的。一尺寬的邊緣從門楣到門檻筆直貫穿。母親坐在紙門的這邊，不時歪頭挺身，像要窺視看不見的地方。冰冷的臉孔比冰冷的腳更令她介意。每次歪頭窺視，黑邊就會斜著切斷友禪小被子。如果如實描摹這一幕，直接可以成為一幅畫。

「伯母，發生這種悲劇真的很遺憾，但也莫可奈何。請節哀。」

「怎麼會這樣……」

「事到如今哭也沒用。這是因果宿命。」

「真的是太遺憾了。」她說著抹眼。

「哭得太傷心反而會讓死者不安。倒是後事處理更要緊。如今這樣，非得有甲野先生在家才行，所以您如果不願意，只會更困擾。」

母親放聲大哭。回顧過去的眼淚容易克制。猝然察覺自己未來的命運時，眼淚卻會爆發式湧出。

「該怎麼辦才好——想到這個就——少爺。」

她在眼淚鼻涕之間斷斷續續說。

「伯母，恕我冒昧說一句，您平時的想法有點錯誤。」

「都是我不積德，藤尾才會這樣。又被欽吾遺棄……」

「所以我不是說了，您這樣哭泣也沒用……」

「……實在是很丟人。」

「所以今後您應該稍微改變想法。哪，甲野兄，這樣可以吧？」

「一切都是我的錯吧。」母親這才轉身對欽吾說。環抱雙臂的人終於開口。

「您別去區別是不是親生孩子就行了。理所當然地保持自然態度就行了。不要顧忌太多就行了。不必把很平常的事情想得太複雜就行了。」

甲野到此打住。母親低著頭沒回應。或許是因為無法理解吧。甲野再次開口。

「您本來想把房子和財產全部給藤尾吧？所以即使我主動表明要給，您還是一直懷疑我不肯相信。您認為我賴在家只會礙事吧。所以我都主動表態要離家了，您卻非要以小人之心揣測我是在諷刺您。您本來想讓小野入贅和藤尾成婚吧。您認為我八成不會同意，所以叫我去京都玩，趁我不在時讓小野和藤尾的關係日漸加深。您錯就錯在耍這種策略。在我和外人面前，您都說叫我去京都玩是為了讓我養病吧。您不該說這種謊話。——只要您肯改正我說的這些問題，根本沒必要搬出去。我照顧您到甚麼時候都沒問題。」

甲野點到為止。母親依然垂著頭，思考了一會。最後終於低聲回答——

「被你這麼說，的確都是我的錯——今後我會聽你的意見，好好改正我的錯誤……」

「那就好，對吧，甲野兄。你還有母親。留在家奉養她老人家最好。我也會好好告訴小糸。」

「嗯。」甲野只應了一聲。

隔壁房間的香快燒完時，小野按著蒼白的額頭趕來了。青煙再次掠過銀屏風冉冉升起。

喪事在兩天內結束。辦完喪禮的那晚，甲野在日記上寫道——

「悲劇終於發生了。我早就料到會發生這種悲劇。但我只能任由意料中的悲劇發展卻袖手旁觀，因為我知道，對於造孽的罪人所為，我完全無能為力。因為我知道悲劇的偉大。因為我想讓她們體會悲劇偉大的勢力，從根本洗清跨越三世的業報。我袖手旁觀並非因為欠缺善心。如果我伸出一隻手就會失去一隻手，我看一眼就會瞎掉一眼。即便毀了手與眼，對方的因果業報依然不變。不僅不變，還會分分秒秒加深。我之所以袖手閉眼不是因為害怕。純粹只是感到偉大的天意制裁比手與眼更親切，能讓人在電光石火間見到本來面目。

悲劇比喜劇更偉大。有人說，為了說明這點，死亡封鎖了一切障礙因此堪稱偉大。陷入無法挽救的命運深淵時無法掙脫因此才稱為偉大，正如流水逝去永不回頭所以偉大，這是一般說法。但命運不只是因為宣告最後終結而偉大。是因為忽然變生為死而偉大。命運在不意之間點出我們已遺忘的死亡所以偉大。它讓嘻皮笑臉的人突然正襟危坐所以偉大。它讓人正襟危坐慢半拍地感到道義的必要所以偉大。它讓人在腦海豎立『人生的第一義是道義』這個命題所以偉大。道義的運行遇到悲劇方可暢行無阻因此偉大。我們期望他人實踐道義，自己卻難以做到。悲劇讓個人不得不去實踐因此偉大。道義的實踐對他人最有利，對自己最不利。

人們致力於此時，能夠促進一般大眾的幸福，將社會導向真正的文明，因此悲劇是偉大的。

人生的問題無窮盡。選小米或大米，這是喜劇。選工還是商，這也是喜劇。選那個女人或這個女人，這也是喜劇。選綴錦或七彩緞，這也是喜劇。選英語或德語，這也是喜劇。一切都是喜劇。最後只剩下一個問題。是生還是死。這是悲劇。

十年有三千六百天。普通人從早到晚勞苦身心的問題全是喜劇。三千六百天不停演喜劇的人最終會忘記悲劇。為了如何解釋生的問題而煩悶，無暇顧及死之一字。忙於在此生與他生之間做取捨，因此忽視生與死的最大問題。

忘記死的人會變得奢侈。一浮在生中，一沉亦在生中。舉手投足悉數在生中，因此以為無論怎麼跳躍，怎麼瘋狂，怎麼嬉鬧都沒問題，不用擔心脫離生。過度奢侈會變得大膽。大膽會蹂躪道義，恣意橫行。

萬人悉數以生死大問題為出發點。說要解決這個問題拋開死。說要喜歡生。於是眾人皆朝生前進。但在拋開死這點眾人一致，因此訂下彼此必須遵守的默契，把道義當作拋開死必要的條件。不過，由於眾人日復一日向生前進，日復一日遠離死，自信即便恣意橫行也絲毫不用擔心脫離生——因此道義成了不必要的東西。

不注重道義的眾人，犧牲道義扮演各種喜劇為之得意。嬉笑。喧嘩。欺騙。嘲弄。輕蔑。踐踏。踢打。——這全都是眾人從喜劇得來的快樂。這種快樂隨著向生前進而分化發展——

這種快樂必須犧牲道義才能享受到——因此喜劇的進步永無止盡，道義的觀念逐日退化。
當道義的觀念衰退至極，難以維持求生的大眾社會時，悲劇就會突然發生。此時大眾的眼光都轉向自己的出發點。這才知道生與死比鄰。這才知道狂亂舞動時，有人不慎踏出生之境，進入死之圈。這才知道眾人最忌諱的死，其實是不可忘卻的永劫陷阱。這才知道不可隨便跳過陷阱周遭即將腐朽的道義之繩。這才知道必須重新綁上繩子。這才知道第二義以下的活動毫無意義。然後才領悟悲劇的偉大。……」
兩個月後，甲野抄錄了以上這段文字寄到倫敦給宗近。宗近的回信是這樣的——
「此地只流行喜劇。」

虞美人草

ぐびじんそう

作　　者　夏目漱石
譯　　者　劉子倩
主　　編　郭峰吾

總 編 輯　陳旭華（ymal@ms14.hinet.net）
副總編輯　李映慧

社　　長　郭重興
發行人兼出版總監　曾大福
出　　版　大牌出版／遠足文化事業股份有限公司
發　　行　遠足文化事業股份有限公司
地　　址　23141 新北市新店區民權路 108-2 號 9 樓
電　　話　+886- 2- 2218 1417
傳　　真　+886- 2- 8667 1851

印務經理　黃禮賢
封面設計　許晉維
排　　版　藍天圖物宣字社
印　　製　成陽印刷股份有限公司
法律顧問　華洋法律事務所　蘇文生律師

定　　價　420 元
初　　版　2020 年 1 月

國家圖書館出版品預行編目（CIP）資料

虞美人草 / 夏目漱石 著 ; 劉子倩 譯 . -- 初版 . -- 新北市 : 大牌出版，遠足文化發行 , 2020.01　面 ; 公分
譯自 : ぐびじんそう
ISBN 978-986-5511-00-5（平裝）

861.57　　108020790